文春文庫

朝が来る

辻村深月

文藝春秋

目次

朝が来る

第一章　平穏と不穏

（一）

電話が鳴った。

またかもしれないと、佐都子《さとこ》は身構える。

2LDKのマンションのリビングにある固定電話は、あってもなくてもいいものだった。近頃は、自分の両親も夫の両親も、ともに携帯電話に直接かけてくることが増え、もはや、固定電話を鳴らすのは不動産や健康食品の業者くらいのものだ。解約してもいいのだが、わざわざそうするのも面倒な気がしてそのままにしてある。

その家の電話が、このところ鳴る。

「はい、栗原《くりはら》です」

無駄かもしれない、と知りつつ、名乗った。

すぐに返ってきてもいい声が、聞こえない。受話器の向こうには、本当に人がいるのかいないのかもわからない、塗り込めたような沈黙が蹲《うずくま》っている。

いたずらとも思える無言電話がかかり始めたのは、ここ一ヵ月のことだった。耐えられない頻度だというわけではない。三日に一度か、一週間に一度。もうかかってこないだろう——と思っていると、ふいに、またベルが鳴る。

雑音ひとつ聞こえない電話の向こうは、携帯電話ではなく、相手もまたどこかの固定電話を使ってかけている気がした。耳を澄まし、「もしもし?」と言う数秒の間に、電話は毎度、ふつ、と切れてしまう。

今は幼稚園の時間だが、六歳になる息子の朝斗《あさと》が一度、この電話を取った。

年長さんのぞう組になってから、受け答えもだいぶはっきりしてきた朝斗は、佐都子が携帯で話していると「ばあば? それともユウくんママ? 替わりたい」とやみくもに電話を渡すようにせがむ。かかってきた電話には出ないように言ってあったが、出てしまったのは、固定電話が鳴るのが珍しかったからだろう。

佐都子はベランダで洗濯物を干し、リビングに戻るところだった。受話器を耳にあてた我が子が「もしもし? おばあちゃん?」と話しているのを見て、あわててその手から電話を替わり、「もしもし」と声をかけると、いつもより長い沈黙が受話器の向こうに広がっていた。

息を飲みこむような気配を感じたのは、あれは、気のせいではないと思う。何も言わず、その時も電話はすぐ切れた。

悩むというほどの頻度ではないが、気持ちがいいものではない。

佐都子は切れた電話の受話器を置き、エプロンの紐を解《ほど》いた。ダイニングの椅子にかける。そろそろ朝斗のお迎えの時間だ。マンションの前に、送迎用バスがやってくることになっている。

秋あたりからは、幼稚園まで一緒に歩いてみようか。

朝斗の通う照葉《てるは》幼稚園は、小学校のすぐ隣だ。来年の春には、息子はもう小学一年生。そうなれば、バスではなく自分の足で通うことになる。道を覚えさせなければならない。とはいえ、夫と子どもに朝食を食べさせ、朝斗の顔を洗い、持ち物を確認し、と慌《あわただ》しく過ぎる栗原家の朝は余裕がなく、バスの時間にだってギリギリ間に合うくらいだから、歩くとなれば、早起きは避けられないだろう。

初夏、六月。

網戸になったベランダの窓の向こうに、晴れた日の武蔵小杉《むさしこすぎ》の町並みが広がる。屋根の低い家々の合間に、まばらな間隔をあけて異物のような高層マンションがロケットのようにそびえ建つ。昼間の太陽がガラス張りの壁に反射するのを眺めながら、佐都子は、自分の住むこのマンションも傍《はた》から見れば、ああいうマンションの一つに見えるのだろうと考える。

高層階にある部屋からの眺めは、気持ちがよかった。すっきりと晴れた青い空に、飛行機雲が一筋、線を描いている。

家事を終え、朝斗の帰りを待つこの時間、満ち足りている、とはっきり思う。

朝は息子を送り出せばひとまずほっとするものの、この時間になると、朝斗に会いたくなっている。バスから降りた我が子が母親の顔を探し、見つけ、「お母さん、ただいま！」と胸に飛び込んでくる瞬間を思うだけで、佐都子は、こんなに幸せでよいのだろうか、という喜びを感じる。

カウンターキッチンの隅には、先月の十日にあった朝斗の誕生日の写真が飾られている。朝斗と、夫と、佐都子の親子三人で一緒にケーキを食べた時のものだ。両家のおじいちゃんおばあちゃんにも「六歳になりました」というメッセージとともに携帯でデータを送っていた。

ケーキに立ったろうそくの数を見つめると、感慨深かった。もう六年。月日の経つ早さに圧倒される。

都心に近く、住みやすい町として注目されたこの町に越してきたのは、朝斗の母親になる前のことだ。

このエリアに建つ一億円未満のマンション物件はこれが最後の一ヵ所だという触れ込みで内覧し、夫とともに購入を決めた。しかし、〝最後の一ヵ所〟だったはずのこのマンションが建設される間にも、新しいマンションはまだ建った。通知義務があるのか、佐都子夫婦を担当してくれたデベロッパーの営業マンは、そのたび電話をかけてきて、

「弊社で駅の反対側にも建設予定ですが、こちらは、このように駅から距離があり、間

取りがこう違いまして」と連絡してくれた。建設が終わり、無事に入居が済むと、そうした電話はなくなったが、依然として、町にはマンションが増え続けている。

電話のベルが、また鳴った。

佐都子ははっと、また固定電話を見る。埃《ほこり》をかぶらないようにと上に乗せたキルティングの布が、なんだか空《むな》しい。無言電話は、一日に二度、しかも続けてかかってきたことなどない。

「――もしもし」

沈黙が返ってくるのを予感した。あなたは誰ですか、と声を荒らげてみようか。もうやめてください、と話しかけてみようか。

しかし、違った。

電話は、朝斗の通う照葉幼稚園からだった。

（二）

ジャングルジムから落ちた、と聞かされた時は、血の気が引いた。

朝、別れたばかりの朝斗の細い手足とその感触を思い出して、青ざめたところに、電話の向こうの声が「いえ、落ちたのは朝斗くんではなくて、大空《そら》くんです」と伝えてくる。

大空、と書いてソラくんは、朝斗と同じぞう組の友達で、同じマンションに住んでいる。マンション内の公園やオープンスペースで子どもを遊ばせるうちにお母さんと顔見知りになり、照葉幼稚園に子どもを通わせることだってお互いに話し合って決めた。今朝もバスに乗せる時に一緒になったばかりだ。

大空くんが落ちた。では怪我《けが》をしたのか。聞こうとする佐都子の言葉を遮るように続けられた先生の言葉は、にわかに信じられないものだった。

「大空くんが言うには、朝斗くんに押されて、落とされたということみたいなんです。栗原さん、今から園までいらしていただくことはできますか？」

子どもが少なくなった後の幼稚園の職員室は、静かだった。

朝斗の通う照葉幼稚園は、希望すればほぼ全入できる、お受験とは無縁の私立幼稚園だ。通常は朝九時から午後二時まで。他の子は、今日はバスで帰宅した後だという。園には、佐都子のような専業主婦と違って、働くお母さんたちのために午後五時までの延長保育のサービスがある。

ジャングルジムから落ちた大空くんのママは、今年から近所のスーパーにパート勤めに出ていて、延長保育を利用している。けれど、今日は大空くんを連れて病院に行き、そのまま帰宅したとかで、園には大空くん親子の姿はすでになかった。

「きちんとこちらが見ていなかったせいで、防げず、すいませんでした」

職員室の奥のテーブルに案内されてすぐ、園長先生と、担任の若い先生にそう言われた。園で子ども同士の問題が起きる時はいつもそうだ。自分の子がやった側でもやられた側でも、まず、先生たちが謝ってくれる。

「いえ、そんな」と恐縮するが、それでも頭ごなしに注意されたり、怒られないことに、とりあえずほっとする。

通園しはじめ、最初に先生たちに謝られたのは、朝斗がおもちゃを横取りされた怒りに任せて、友達の腕を強く引いてしまった時だった。相手が女の子だと聞いて色を失う佐都子に、先生たちがまず謝った。「防げずすいませんでした」。うちが加害者なのにそう言われることに違和感があり、その後、時が経って冷静になってからは、少しばかり嫌な気持ちに襲われた。園や学校に過剰なほど文句をつけるモンスター・ペアレントという存在だっている。先生たちがそこまで丁寧にへりくだらないといけない事情があるのだとしたら、それは嫌な世の中だという気がした。

子どもを持って、こうしたトラブルに見舞われるようになって、佐都子は初めて、殴られたり蹴られたりの被害者だった方が圧倒的に気が楽なのだということを知った。問題は、我が子が加害者になった場合だ。相手の子とその親の気持ちは、佐都子がどう思おうとわからない。

園や学校によって方針はまちまちなのだろうけど、朝斗の幼稚園では、子どもが加害者であった場合のみ、相手の子の名前が教えられ、被害者の場合には、よほどの場合でなければ誰がやったかは通知されなかった。子どもが自分の口で親に伝えることもあるが、園の側としてはあくまで謝るかどうかは各家庭の自己判断、という姿勢でこれまではきた。佐都子親子も、そんな流れの中で、相手の子どもの親と謝ったり謝られたりを繰り返してきたのだ。

とはいえ、それはいずれも小競り合いのようなもので、今回ほど大きな問題はこれまでなかった。

「午後の外遊びの時に、ジャングルジムの上から大空くんが落ちて、着地がうまくいかなかったのか、足を捻《ひね》ってしまったみたいなんです」

「骨折したり、大怪我ではないですか？」

「あ、それは大丈夫です。お医者さんの話だと、軽い捻挫みたいですから」

「そうですか」

とりあえず、ほっと安堵《あんど》する。園長先生の顔が微《かす》かに曇った。

「これまでも、ジャングルジムから飛び降りる遊びは流行《はや》っていて、もうしないようにと何度も注意をしていたところなんです。大空くんだけじゃなくて、朝斗くんもぱっと飛び降りてしまうことがありました」

「――はい。家で公園に遊びに行った時もそうです」

やらないように、と再三注意していた。男の子はスリルのある遊びが好きだ。止めても、ちょこちょこ、親の目を盗んで同じことを繰り返したがる。

「大空くんのおうちも注意はしていたそうなんですが――。職員が気づいた時には、どさっと音がして大空くんが落ちた後でした。わあーん、と大きな声で泣くのを助け起こすと、そこで朝斗くんの名前が出ました」

頭の奥に、朝斗の名前が重たく沈んだ。

職員室の横にある別室で待つ朝斗は、さっき、佐都子が名前を呼んでもすぐには顔を上げなかった。子どもは別の子の感情がすぐに伝染する。大空くんが泣いた時に一緒に泣いたのか、頬と目を赤くしていた。

ジャングルジムから大空くんが落ちた時、朝斗は彼のすぐ後ろにいた。てっぺんから呆然としたように下を見ていたという。

「朝斗が落とした、とはっきり言ったんですか。大空くんは」

「はい」

「朝斗は、何て言っていますか」

「やっていない、と」

佐都子は息を詰めた。正面から園長先生の顔を見る。彼女は落ち着いていた。重みのある声で続ける。

「気づいたら大空くんがいなくなっていたけど、押したり、落とした覚えはないそうです。自分もただジャングルジムを登っていただけだと」

「そうですか」

「――すぐに、先方に連絡を取ってください、とか、そういうことではないんです。大空くんたち、もうお帰りになっていますし」

園長先生から言葉を引き継いで、年の若い先生が言う。こちらは園長先生と違って、やや当惑気味の表情をしていた。

「先生たちはどうお考えですか」と尋ねる時、喉に声が絡んだ。若い先生は園長先生の方を困ったように見るが、園長は動じずに佐都子の目を見て、きちんと答えてくれた。

「職員が誰も見ていない最中の事故だったので、確かなことは言えません。ただ、ひょっとしたら、朝斗くんは押したつもりがなくても、体がぶつかったり、かすめていたということはあるかもしれません」

「それについては、朝斗はどう――？」

「ぶつかった覚えも、かすめた覚えもないそうです」

園長先生と担任の先生が、二人の子どものどちらの言うことを信じているかはわからなかった。そして、大空くんは怪我をしている。先生が、〝事故〟という言葉を使うのが、意図的かどうかわからないが、わずかに心を慰めてくれる。

男の子らしいやんちゃさやわんぱくさはもちろんあるが、朝斗は基本的には優しい子どもだ。ジャングルジムや鉄棒から危ない飛び降り方を自分がすることはあっても、あの子が人を押したりするとは思えなかった。

大空くん親子の顔を思い浮かべる。

同じマンション内に住む、朝斗の一番の仲良し。前に園で朝斗が大空くんにぶたれたことがあって、その時には、バス乗り場で会った大空くんママから「ごめーん。やりあってるらしいね。うちの子ら」と屈託ない口調で言われた。サバサバとした物言いで、朝斗の目線の高さまで膝を折り、「ごめん、朝斗くん。大空のことも思いっきりぶっていいからね」とふざけ調子にウインクした。

あの親子にだったら、話はしやすい。

とはいえ、気持ちは重かった。何より同じマンションという近さだ。わだかまりを作りたくない。

先生たちから事情を聞いて、再び、朝斗のいる部屋に入る。朝斗は一人きり、さっきと同じ姿勢のままで項垂《うなだ》れるように座っていた。

「朝斗、帰るよ」

声をかける。

人を押したり、叩いたり、蹴ってはいけないと言い聞かせてきた。嘘を吐《つ》いてはいけない、とも教えていた。

朝斗が顔を上げる。その目が見えて、佐都子はあっと声を上げそうになる。

我が子ながら、美しい子だ。すべすべの肌に、黒くつやつやと天使の輪のできる髪。一直線に切りそろえた前髪の下でこちらを見る目は、利発そうにいつも澄んでいる。

その目が、これまで一度も見たことのない色をしていた。泣いた後なのか、それとも泣くのを我慢しているのか。厚く作ってある前髪を、ぐしゃっと佐都子の腕に押し当てて、呻《うめ》くように一言、言った。

「……ぼく、押してない」

引き絞るような声が、使い古した雑巾のようにぼろぼろ穴が空いて聞こえた。見えなくなった目が、まだ同じ色をしているであろうことを思って、佐都子は胸をぎゅっと鷲《わし》づかみにされた気持ちになる。「うん」と答えていた。

この子が泣いているのは、体が痛いわけでも、大空くんの泣くのが伝染したわけでもない。信じてもらえないからだ。母親がここに来るまでの間、きっとみんなにたくさん質問をされ、その答えに訝《いぶか》しむような視線を向けられてきたのだろう。六歳の子どもにだって、自分が疑われていることくらいわかる。

朝斗の目は傷ついていた。

「信じるよ」

佐都子は答えた。ぶらんと下がった朝斗の左手の指を、自分の手のひらにくるむ。

「お母さん、朝斗を信じる。朝斗は大空くんを押してない」

佐都子たちの住むタワーマンションは、四十階建て、総戸数三百世帯。

子どもを遊ばせることのできる庭もラウンジもある環境は、昔で言うところの団地のようだと思うことがある。

マンション暮らしは人と人のつながりが希薄だと言われる中にあって、同じ幼稚園に子どもを通わせる親同士も仲がいい。お迎え時間に間に合わない時に、同じマンション内の親同士で別の子も一緒に連れて帰り、夕方まで預かることさえある。

大空くんママと佐都子も、そんな付き合いのある者同士だった。

四十一歳の時に、朝斗を授かり、初めて母親になった佐都子から見て、周りの母親は若く、時には気後れも感じる。茶髪で膝上のスカートを穿《は》くことも多い大空くんママとは実際の年も十以上離れていた。

建設会社で働く同じ年の夫、清和《きよかず》に電話をして事情を説明する。働き盛りと言われる三十代を過ぎてからも、夫の帰りは依然遅く、土日の休みも取れないことが多い。さすがに徹夜で何日も会社に詰めるようなことは減ったが、それでも、中間管理職にはまた別の責任と忙しさがあるらしかった。

しかし、朝斗の親になってからは、それが少し変わった。大空くんとのことを聞いた夫の声が、深刻味を帯びたものに変わる。「早めに帰った方がよさそうか?」と、佐都子に尋ねた。

「とりあえずは大丈夫そう。だけど、大空くんのおうちには今日のうちに連絡した方がいいと思う。たとえ、朝斗が本当は押していないとしても、大空くんがそう言っている以上、いい気持ちはしてないと思うから」

オープンキッチンの隅で電話をかけている間、朝斗はテレビを観《み》ていた。口を結び、画面を見つめる顔は内容に夢中になっているように見えるが、それでもこちらを気にしているであろうことは何となく察せられた。声をひそめる。

「すまないな」と夫が電話の向こうで言う。背後で、同僚のものらしき声が別の電話で話すのが聞こえていた。

本当は、夫にも一緒にいてほしかった。けれど、これでも以前と比べたら、と思う。父親になる前の清和には、仕事中に家庭のことで電話ができるような雰囲気はまったくなかった。佐都子はメールを入れ、その返事が来るのをただじっと待つようなことが続き、来ない電話を待ち侘《わ》びて、不安に焦《じ》れたこともたくさんあった。たとえできないにしろ、「帰ろうか」と言うだけ、清和も変わったのだ。

帰ってきてほしいという代わりに言った。

「帰ってくる頃、まだ朝斗が起きてたら、話を聞いてやって。私も、朝斗はやってないと思う」

「わかった」

五時になろうとしていた。

本格的に夕食の支度に取りかかる時間になる前の方がよいだろう。佐都子は、朝斗を見る。かけてある朝斗の好きなディズニー映画のＤＶＤはまだ前半だった。しばらくはまだやっている。

「朝斗、お母さん、隣の部屋で電話してるからね」

声をかけると、朝斗が大きな頭をゆっくりとこっちに向けた。大きく丸い瞳が佐都子を覗き込む。「うん」と言う声に、ぎこちない緊張を感じた。

ベッドルームに入る。

ベッドサイドに置いた写真立ての中の朝斗が笑顔でいることが、胸にこたえた。気は、やはり重い。意を決して、大空くんママの携帯を鳴らす。心臓が鳴り、痛かった。

呼び出し音が三回を過ぎて、緊張が頂点に達しそうだった時に、「はあーい」という軽い声が響いてきた。

「栗原です」と名乗った。

「ああ、栗原さん。電話、そろそろあるんじゃないかと思ってた。ジャングルジムのことでしょ？」

「うん。さっき、園まで行って聞いてきた。どうしようかと思って」

十歳以上の年の差があっても、屈託なくタメ口で話す大空くんママを、佐都子はすごいとは思っても、失礼だと思ったことは一度もない。周りの若い母親たちに気後れして敬語を使ってしまうのはむしろ自分の方だったが、彼女のおかげで、佐都子も気安い声が出せる。

大空くんママの声に、表向き、怒った様子はなかった。電話のうしろで、「マーマー、これやっていい？」と聞く舌足らずな声が聞こえて、ほっとする。

「大空くん、大丈夫？」

「え？　ああ……、ううん。今の声、大海《うみ》の方。大空はちょっとこたえたみたいで寝てる。足、動かすとまだ痛いみたいだから」

舌足らずな声はまだ続いている。大空くんは二人兄弟だ。さっきの声にかぶさるように、誰か別の声が「ママー」と続く。さっきのものより少し幼い声は、こちらの方が弟なんじゃないかと、訝しく思う。

しかし、その声を遮るように、「大空は寝ている」と答えた大空くんママが「でさぁ」と続ける。どこか静かな部屋に移動しているようで、子どもたちの声が遠ざかっていく。

「どうする？　うちはさ、誠意っていうか、それも慰謝料とかじゃなくて、大空の治療費だけもらえればそれでいいから。て言っても、ほぼ園の方の災害補償とかで出るみたいだけど。ほら、大空、スイミング通ったりしてるけど、治るまで行けないから、その分の月謝とか、移動にかかるタクシー代とか、そんなのだけ、後で請求するよ。他の子ならいざ知らず朝斗くんのことならよく知ってるし、おおごとにするつもりもないから安心して」

止めどなく、口を挟む隙もなかった。戸惑いながら、「ちょっと待って」と声を出すのは勇気がいった。

「朝斗は、やってないって言ってるの」

佐都子が告げると、電話の向こうから「え？」と絶句するような声が洩《も》れた。心臓の痛みが、きりりと増す。

「園の先生たちから聞かなかった？　大空くんは、うちの子に落とされたって言ったみたいだけど、うちの子は、押してないし、ぶつかってもいないって。落ちた時のことは誰も見ていないらしいの」

「何それ」

今度の声には、はっきりとした不快感が露《あら》わになっていた。「ちょっとどういうこと」という勢い込んだ声が続けられる。

「えー！　ちょっとびっくりなんですけど。そっか、だから、朝斗ママ謝らないんだ。あなたの性格だったら、電話がつながった瞬間にめちゃめちゃ謝るだろうなーって思ってたけど、そうじゃないから、どうしたんだろうと思ってたけど、えー！」

子どものような「えー！」の声が、耳に、尖《とが》った金属音のように響く。佐都子も負けじと「大空くんに聞いてみてくれない？」と尋ねた。

「朝斗は、どうしてこんなことになったかわからないって言ってる。自分もジャングルジムを登ってただけで、気づいたらもう大空くんが落ちてたって」

「聞いたよ。当たり前でしょ？　大空には聞いた。朝斗くんが押して、それで自分は落とされたって言ってるよ。何度聞いても同じだよ」

大空くんママの声がどんどん苛立《いらだ》っていく。「信じられない」と一言呟いた。

「私だって、朝斗くんのこと知ってるつもりだったから、そりゃ、驚いたよ。朝斗くんは、うちの大空と比べておとなしいし、行儀いいし、そんなことするような子じゃないのになって、不思議に思ったから、信じられないのもわかるけど……。でも、えー！　じゃ、朝斗ママは、うちの大空が嘘言ってるって思ってるってこと？」

「——そこまでは言わないけど、少なくとも、朝斗は嘘を言ってないと思う」

「信じるんだ？」

「うん」

咎《とが》めるような言い方に、自分がもっと怯《ひる》むかと思ったのに、意外なほど堂々とした声が出た。隣の部屋で、心細そうに待つ朝斗のことを考えたら、怖くなかった。

そして、気づいた。

朝斗が嘘を吐いていないことを、佐都子は信じている。けれど、別にあの子が嘘を吐いていたって構わないのだと。後でそれがバレて、謝ることになっても、罵られることになっても構わない。今頷《うなず》いたのは、その時、朝斗と一緒に怒られる覚悟ができたということだ。

「じゃ、私だって、大空を信じてるってことなんですけど」

子どものような言い方で、大空くんママが応じた。「はっきり言ってムカツクよ」と。

「大空が嘘ついたって言われてるも同然でしょ？　ねえ、じゃあ、謝らないつもりなの？　ずっと？　治療費も、怪我のことでかかったお金も払う気がないってこと？　栗原さん、そういう人じゃないでしょ？　家だって、三十四階だし、旦那さんだって稼いでるし、そんな、ケチなこと言う人だと思わなかった」

「ケチとか、そういう問題じゃないでしょう」

ともに住むこのマンションが、階数によっては価格も間取りも違うことを言っているのだろう。佐都子の家は分譲だが、七階の賃貸に住み、一部屋少ない間取りだという大空くん親子は、家に来るたび、「うわー、やっぱり二十階以上は違うなぁ」と感心した声を出していた。

問題はお金ではないのだ。お金だったら払っても構わない。そう言いたい気持ちをぐっとこらえて呑み込む。

いくら仲がいいからって直接連絡を取ったのは失敗だったと後悔する。何のために、園が時間差で別々に自分たちを呼んで話をしたのかを、もっと考えてみるべきだった。これからも同じ幼稚園に通い、同じマンションに住む。小学校だって、公立ならば同じ学区だ。朝斗は受験は考えていない。

目の前が眩《くら》むような思いがしたが、今はただ、引いてはいけないという、その一念だった。

ここで流されて、朝斗を信じないことは、あの子を手放すことと一緒だ。親であることをやめるのと一緒だ。

「もうやだ、話したくない」

投げやりな声で、大空くんママがため息を吐いた。

「栗原さんがこんな強情な人だと思わなかった。幻滅したよ」

幻滅、という強い言葉を使うのにも、大空くんママは抵抗がなさそうだった。返す言葉のない佐都子を突き放すように、電話はそのまま切れた。

携帯電話を握る手が、指が、強張《こわば》っていた。話していたのは短い時間に過ぎないはずなのに、頬に、硬い電話の感触が残ってしまっている。全身を覆うような疲れが、だるさの形でやってくる。

「――お母さん」

声がした。

寝室のドアが細く開いて、そこから泣き出しそうな顔の朝斗がこちらを見上げていた。佐都子はあわてて「んー?」と何もなかったような顔を作り、子どもに近寄る。廊下につけた素足が寒そうだ。

「冷たくない?」と尋ねて、身を屈《かが》め、足の指に触れるが、朝斗は、今度は俯《うつむ》いたまま答えなかった。

――朝斗はやっていないよね、という声が出かかり、すぐに呑み込む。

それは、この子に、自分の希望する答えを押しつけることだ。屈んだまま辛抱強く言葉を待つと、やがて朝斗が、呟くようにこう言った。

「大空くんと、また、遊べる?」

唇を噛んだ。

小さな頭の中をフル稼働させて、ずっと、胸をその心配事でいっぱいにしていたのだろう。佐都子は「うん」と頷いた。自分でもわからないのに、「大丈夫、心配ないよ」という力強い声が出ていた。

（三）

翌朝、幼稚園のバス停留所に行く時には、また緊張した。

思い切って朝斗を今日は休ませてしまうことも考えたが、それだっていつまでもそうするというわけにはいかない。

今朝は停留所までついていこうか、と清和が心配してくれたが、昨日、大空くんママから「旦那だって稼いでる」と言われてしまったことを考えると、出勤前の父親を一緒に連れて行くのは躊躇《ためら》われた。

清和は、昨夜、いつもより早く帰ってきて、久しぶりに朝斗と一緒にお風呂に入った。朝斗にどう接するだろうか、と気になったが、最初に我が子の頭を撫でて、「やってないのに、災難だったな」と笑って、それきりだった。災難、という言葉の意味がわかったと思えない朝斗も、それに安心したように頷いて、父親の顔を見ないまま、照れくさそうに「うん」と生返事をした。

幼稚園には今日も行く、と自分から言って、制服のブレザーに袖を通す時も、嫌がる様子なくスムーズに自分で着た。

極力気にしないように。顔を合わせた時、万一強いことを言われても動じないように。最大限の覚悟を胸に下に降りていくと、意外にも、いつもの場所に大空くん親子の姿はなかった。

「おはようございます」

拍子抜けしながらも、胸をなで下ろして、来ている他の母親に挨拶すると、彼女たちがはっとしたようにこちらを見た。どうやら、昨日の園でのことを知っている様子だ。仄《ほの》かに空気が張りつめる。

「おはよう。栗原さん」

二十七階に住む、朝斗の一つ年下の華絵《はなえ》ちゃんのママが話しかけてくれる。他に五、六組いるお母さんたちが、それに倣って、気遣うようにこちらを見ながら、まばらに「おはようございます」と話しかけてくれた。誰も皆、佐都子より若い。

その中にあって、三十八歳で華絵ちゃんを高齢出産したという華絵ちゃんママは、佐都子と四歳しか違わないせいか、親しく付き合っている一人だった。彼女が「朝斗くんもおはよう」と声をかけると、朝斗も「おはよう」と首を傾けた。華絵ちゃんがぱっと母親の手を離し、朝斗を連れて、マンションの脇にある花壇に誘う。二人で行ってしまった。

そうなってから初めて、華絵ちゃんママが声をひそめた。

「大空くんたち、先に行っちゃったよ。しばらく、タクシー使うって言ってた。病院に寄ってから行くって」

「――そう」

「大変だったね」

　ということは、朝、大空くんママは、バス待ちをしている親子のもとにやってきて、事情を話したのだ。そこでどんなふうに自分たち親子のことを言われたのか。知りたい気もしたし、絶対に知りたくないという気もした。ともあれ、朝斗には聞かせたくない。

「大空くんママ、ちょっと変わった人だから」

　別のお母さんが、子どもの手を引いたまま、話に入ってくる。

「こんなことあんまり言いたくないけど、嫉妬も入ってると思うよ。大空くんママ、旦那さんの仕事がうまくいってないからパートに行く羽目になったって、最近会うたびにこぼしてたし」

「そうそう。大空くんも大海くんも、そのせいで、これまでは延長保育じゃなかったのに急に時間がのびて、子どもなりにストレスなんじゃないかな」

　華絵ちゃんママが、「気にしない方がいいよ」と言う。

「うん」

　答えながら、次にどう続けていいかわからなかった。何も言わないのも変だと思って、「ありがとう」とお礼を添える。

　普段から、大空くんママは、マンション内で、「分譲で持ってる人は、うちらみたいな賃貸組とは違うよねー」と明け透けに他のお母さんに同意を求め、それでどちらの親にも微妙な表情を浮かべられることなどがよくあって、そのせいか、彼女を好ましく思わない人も多くいる。悪い人だとは思わないが、自分の発言が人にどう思われるかをあまり気にしない人なのだ。

しかし、問題は親同士のことじゃない。

朝斗と大空くんのどちらかが嘘を吐いているかもしれないということは、大空くんママからはどう聞いたのだろう。誰も、そこに関しては何も言わない。

「子どものことだから、謝っちゃったら」と勧めてくる人もいた。

「下手にずっと目をつけられてると厄介だよ。謝って、それで終わりにしちゃうのも手だよ。大空くんママ、さっきもタクシー、全部領収書とっとくんだって息巻いてた」

「そうかぁー」

意識して軽く言わないと、耐えられなかった。「どうしようかな」と苦笑して、バスが来るまでの時間をやり過ごす。——この分だと、共通の知り合いのところに全部先回りされて、朝斗がやった、と言いふらされそうだ。

バスが来て、マンションのエントランスから外に出て、朝斗を送り出す。息子の姿が見えなくなるまで手を振って、再びエントランスに向き直ると、高い建物から急に威圧感を感じた。

深呼吸して、自分の住むマンションをてっぺんまで見上げる。薄曇りの空は確かに光が差しているのに、その光がどこからくるのかを辿《たど》っても、太陽の姿は見えない。

佐都子の予感は的中し、その日の夕方、買い物を終えて通ったマンションのエントランスで、仕事帰りらしい大空くんママとその子どもたちが、別の親子連れと話をしているところに出くわした。大空くんたちは親しそうだが、佐都子は知らない、まだ小さな赤ちゃんを抱いた親子だった。

「ほら、毎日、包帯だって替えなきゃならないし、お風呂だって大変でしょう？　巻いてあるから見えないけど、擦り傷だってあるし、砂が入ってたんだから」

外からでも声が聞こえた。

堂々としていようと決めたはずなのに、それでもさすがに、今日は彼女の勤め先であるスーパーとは違う店に買い物に行ってしまった。手にしたビニール袋の表面のロゴが見えなければいいと、咄嗟《とっさ》にロゴのある方を身体《からだ》にくっつけて隠してしまう。

佐都子たち親子が入ってきたのを見て、話していた大人たちがわざとらしいほどのタイミングで口を噤《つぐ》んだ。

「こんにちは」と、思い切って言うと、赤ちゃんを連れたお母さんの方は「あ、こんにちは」と戸惑う様子を見せながらも会釈してくれたが、大空くんママは無言だった。冷たく顔を背け、「じゃあね」と、話していた親子連れに言う。そのまま、佐都子を無視して、兄弟を伴い、外に出て行ってしまった。タクシーを使うと言っていたはずなのに、兄弟は二人とも自転車に乗る時のようなヘルメットをかぶっていた。

普段は明るい大空くんが俯いていて、それを見つめる朝斗は顔を上げていた。赤いヘルメットの頭を振り、黙って母親にくっついていってしまう大空くんの、右足に巻かれた包帯が痛々しかった。子どもが怪我して大仰な包帯姿でいるのを見るのは、ただでさえ胸が痛む。

今日、朝斗は幼稚園で大空くんに話しかけたそうだ。けれど、大空くんは朝斗と話さなかった。お母さんに、話すなと言われているのだとぽつぽつ説明しただけで、別の子の方へ行ってしまったと聞いて、なんとも言えない気持ちになった。

横を見ると、朝斗は自分のお菓子と朝食用のパンだけが入った袋を下げ、大空くんが消えた方向をまだ目で追い続けていた。

暗くなってはいけない。

「朝斗、行こうか」

まだ力の入らない、息子のだらりとした腕を取って、佐都子はエレベーターホールへと歩き出した。

普段通りにする。

いつも通りにする。

——何を言われても、揺らがない。

こんなことは、いくらだって耐えられることなのだと言い聞かせる。

「気にしないようにする」ということで、清和との間でも話をしていた。夫も、顔見知り程度だった大空くんママに、今は「なんて人だ」と批判的だった。

専門ではないだろうけど、会社の顧問弁護士に民事に詳しい人を紹介してもらおうか、と言い出したので、それはやめてほしいと頼んでいた。子どものことでおとなげない。それに、話が大きくなればなるほど、傷つくのは朝斗だ。あれからは、大空くんママからは、直接電話がかかってくるようなこともなかった。

我が子ながら、朝斗は聡《さと》い子だ。言葉にしなくても、親が思っていることが伝わるのか、ふとした瞬間に、親にぎゅっと抱きついてきたり、そのまま、引き絞るような声で、「お父さん、お母さん、ごめんなさい」と謝ったりする。寝つきも悪く、遊んでいても、沈みがちだった。

謝る声を聞くのは、つらかった。

「なんで？」

と、鈍感を装い、涙をこらえて顔を上げる。不思議そうに見える目で、息子を覗き込む。

「なんで謝るの？　朝斗は悪くないじゃない」

そう言って、分厚い前髪を「そろそろ切らなきゃね」とくしゃっとする。

耐えられる。なんてことはない。

ただし、そうやって謝られると、佐都子も清和も聞いてしまいたくなる。「本当は、やったの？」と。

その衝動を押しとどめる方が、よほど大変だった。

ある晩、寝かしつけようとベッドに絵本を持っていくと、横になった朝斗から「ねえ」と話しかけられた。

「何？」

「――ぼく、大空くんを押したって、言った方が、いい？」

ぎくりとした。

目を見開き、顔を見つめてしまう。まさか、本当に――という気持ちで目を覗き込んで、そして後悔した。朝斗の目には、あの日、園で皆に問い詰められた時と同じ、傷ついた色が浮かんでいた。

わかるのだ、と感じる。

自分のせいで、周りが困っている気配を感じている。だとしたら、それは、佐都子や清和のせいだった。事実、針のむしろに座らされたような日々の中で、朝斗がいっそのこと認めてくれたら、と、佐都子だって思った。一緒に謝るんだったら、責められたって構わないとすら、思っていた。

「そんなこと」

笑い飛ばしたいのに、うまく笑えない。目に滲《にじ》みそうになる涙をこらえる。

信じなければと思っていたけど、自分のそんな気持ちすら、この子を追いつめているのかもしれない。

「朝斗は、本当のことだけ言えばいいよ」

迷った末にそれだけ言うと、朝斗はしばらく、何かを考えるように黙っていた。やがて小さな声が「うん」と頷く。

「お母さん、絵本、読んで」という声が少しだけ明るくなった気がして、「よしきた」と、佐都子も笑顔で本を広げる。


こんな日々が一体いつまで続くことになるのかと思っていたが、状況は二週間ほどで変わった。

幼稚園から再び、「すいませんが、今日、園にいらしていただくことはできますか」という連絡があった時は、嫌な予感しかしなかった。これ以上、何があるというのか。

「大空くんとのことですか」と尋ねる佐都子に、電話をくれた園長先生も「そうです」と認めた。

朝斗はまだ、幼稚園にいるはずだ。取るものもとりあえず、佐都子は一人で家を出た。清和には、園から帰ってきた後で連絡するつもりだった。

咄嗟に思ってしまったのは、幼稚園を替わらなければならないだろうかということだった。朝斗のことは信じているが、嫌な予感というのは理屈ではない。理不尽な目に遭うことはいつだって、どんな場面だってある。園を追い出されるというのなら、大空くん親子のためにそうしろと言われるなら、覚悟はできていた。

園に着いたら、今度こそ、大空くん親子も座っていて、職員室で言いにくい話を直接対決のように話さなければならないのではないか。身構えていたが、予想に反して、通された部屋には、今度も先生たちだけだった。

最初に呼ばれた日、泣き顔だった朝斗も、今日は延長保育の子たちと遊んでいる。園の建物の中では一番広い、ホールのスペースでみんなと一緒にいる。姿を探したが、その輪の中に、大空くん兄弟はいなかった。

「ジャングルジムでの事故のことなんですが」

「はい」

「大空くんが、自分から飛び降りたことを、今朝、お母さんに話したそうです」

え、という声が、声にならずに喉の途中で止まった。「すいませんでした」と園長先生が立ち上がって頭を下げ、それに少し遅れて、担任の先生が立ち上がる。同じように、佐都子に向け、長く、深く、頭を下げた。

「誰も見ていなかったとはいえ、子どもの言葉をそのままお伝えして、栗原さんと朝斗くんには、嫌な思いをさせてしまったことと思います。本当に、申し訳ありませんでした」

「どういうことなんですか」

頭を上げてください、と恐縮しながら話す。謝ってもらうより先に事情が知りたかった。

園長先生が居住まいを正す。「座ってもいいですか？」と尋ねられるのがもどかしかった。「どうぞ」と答える。

「おとといから、大空くんは園をお休みしています」

園長先生が元通り腰掛けながら、真面目な顔つきで言う。

「朝、園に行きたくないと布団の中で愚図《ぐず》るのを、お母さんが説得していると、言いだしたそうです。ジャングルジムで朝斗くんに押されたのは嘘だから、もう朝斗くんと口を利いてもいいか、と」

言葉が出なかった。若い先生の方が言葉を選び選び補足する。

「大空くん、お母さんから、朝斗くんと口を利かないように言われていたみたいですね」

「大空くんは、なんでそんな嘘を。朝斗が落とした、なんて」

「この間もお話ししましたが……」

園長先生が答える。

「ジャングルジムから飛び降りる遊びのことを、園やご家庭で、大空くんには、何度も注意していたんです。特にご家庭では、弟が真似《まね》をしたがって本当に危ないということで、ご両親ともに、かなり厳しく注意されていたそうです。次にもし飛び降りたら、家にもう二度と入れない、というような強い言葉で。――実際、その注意をした時には押入れに何時間も閉じ込めるようなことがあって、それで大空くんも、泣きながら、『もうやらない』と約束したそうなんですが」

園長先生がため息をつく。

想像できた。大空くんの家でも、厳しくしつけてはいたのだ。

「だけど、あの日、飛び降りてしまった。これまでも大人が見ていない時を狙ってやって、それで平気だったから、ばれなければいいと思ったのかもしれません。けれど、あの日は着地に失敗して怪我をして、泣いて、大人が来てしまった。……びっくりした弾みで、怒られたくないあまりに嘘をついてしまったそうです」

園長先生が、つらそうに眉間に皺《しわ》を寄せた。佐都子を見つめる。

「子どものことだから、で済む話ではないと思っています。朝斗くんとは普段から仲がいいし、つい名前を出してしまったのだと思います。大空くんも、こんなに大ごとになると思わなかったんでしょう。混乱して、この二週間は、彼なりにつらい時間を過ごしたと思います。――許していただけないでしょうか」

問われて、鼻に深く、息を吸いこんだ。

怒ってもいい場面だったと気づいたのは、後からだ。疑われて、どんなに嫌な思いをしたかと、憤りが胸を衝《つ》いてもおかしくなかったのだろう。

けれど、佐都子の胸に湧き起こったのは圧倒的な安堵だった。

朝斗、と心の中で、名前を呼ぶ。

朝斗、いい子だね、とあの子を褒めてやりたくなる。あの子は本当にやっていなかった。

自分はやはりあの子を信じていてよかったのだ。

噛みしめるように一度思ったら、その他のことはどうでもよくなった。

「朝斗に、謝っていただけるなら」と、佐都子は答えた。

「大空くんとも、きちんと話せる場をいただけるでしょうか。朝斗も、仲のいい友達と遊べない日が続いたことが、一番つらかったようです」

「わかりました。朝斗くんにも、担任と一緒に事情を話すつもりです」

「私、呼んできましょうか」

若い先生が部屋を出て、ホールで遊ぶ朝斗を連れて戻ってくる。

心細そうに職員室に入ってきた朝斗の顔が、佐都子を見つけて、ぱっと輝いた。

「お母さん」と呼ばれる。

たちまち走り寄ってきた子どもを胸に受け止め、「朝斗」と、佐都子も名前を呼んだ。

薄い背中に手を回し、撫でる。

夕方になってかかってきた電話の向こうで、大空くんママは泣いていた。

「――ごめんね」

咄嗟に彼女のものとわからないほどか細く震えた声が謝る。今日は子どもはどうしたのか。この間と違って、背後も静かなものだった。

「いいよ」と、佐都子は答えた。本心だった。

その声に、大空くんママが声を詰まらせる。短い泣き声が聞こえた後で、子どものような謝罪がまた続く。

「ごめんね。大空、うちで怒られるのが怖かったんだって。私も、朝斗くんが落としたなんておかしいなって、本当にそう思ってたんだよ。だけど、大空が……」

「いいよ。もう気にしてない。それより、大空くんのこと、あんまり叱らないでいてあげて」

「無理だよぉ」

大空くんママの泣き声が大きくなる。

「殴っちゃったよ。信じられない。自分が悪いのに人のせいにするなんて。しかも友達売るなんて、そんなさ、そんなさ、情けない、性根が曲がったヤツにだけは、育てた覚え……」

しゃくり上げる声が合間に混ざる。途方に暮れたような声が「どうしよう」と呟いた。

「朝斗ママにも、朝斗くんにも、嫌な思いさせたよね。周りにも、私、話しちゃった。怒ってるよね」

「……もういいよ」

根気強く、佐都子は語りかける。実際、こうやって謝られている以上、他に何を望むということもなかった。

一昨日から園を休んでいるという大空くんは、本当はもう少し早く、母親に自分の嘘のことを打ち明けたのではないか。周りに話してしまったという大空くんママは、子どもに口止めすることだって当然考えただろう。そう思ったとしても、それは責められない。しかし、赤ん坊ならいざ知らず、年長さんにもなれば、子どもは自分の意志で話し出してしまう。親であっても止められない。

そして、実際、大空くんママは自分から園に連絡したのだ。自分の子どもの方が悪い、ということを。

それだけで充分だった。

「言いにくかったでしょう？　本当のこと。だけど、連絡してくれてありがとう」

佐都子が言うと、それが合図になったように、大空くんママが、う、と声を詰まらせた。十歳以上離れている、年の差を思う。自分とこの人が同じ年の子の母なのだから、世の中はわからない。不思議だ。

わぁっと泣き出した大空くんママが、最後にもう一度「ごめんねぇ」と、謝った。

（四）

ジャングルジムの一件が落ち着いた翌週の土曜日は、幼稚園で一緒の、何組かの親子で動物園に行くことになっていた。同じマンションではないが、親しいお母さんの一人が気を利かせて企画してくれたのだ。

「仲直りに動物園ねぇ……」

大きな仕事を抱えているという清和は、土曜日であっても休めず、ネクタイをしめて出かける支度をしながら、呆《あき》れたように苦笑した。

「よくやるね。うちだって、相当罵られて被害をこうむったっていうのに」

「もう過ぎたことじゃない。それに、きちんと謝ってくれたし、このままここで朝斗も大空くんも気まずい思いをせずに暮らせるなら、それが一番だって思うけど」

「そりゃまあ、そうだ」

清和が笑う。足下に「お父さん、行ってらっしゃい」とくっついてくる朝斗に「おう」と答え、「一緒に行けなくてごめんな」と謝る。

口ではこう言っていても、清和も大空くん親子に、これ以上悪い気持ちは持っていないようだった。スーツを着込み、菓子折を持参して正式にうちを訪れた大空くんのパパは礼儀正しかったし、何より、大空くんが子どもながらにしっかり正座して、朝斗にも、自分たち両親にも「ごめんなさい」と謝ったことの印象がよかったようだ。

「夕飯の時間には、動物園の近辺に出られるようにするよ。上野だろ？　一緒に飯でも食おう」

「大丈夫？　忙しくない？」

「平気平気。今日プレゼンで説明に行く再開発の駅は近くだから」

その時、電話が鳴った。

携帯電話ではない。リビングの固定電話だ。

「お、電話」

清和が言う。「はいはい」と答えて、リビングに向かいながらも、佐都子は内心、またかもしれない、と身構えていた。電話があるのはいずれも清和のいない時ばかりで、だから、最近続く無言電話のことを、佐都子は夫に相談することすら忘れていた。

「はい、栗原です」

沈黙が返ってくるに違いない、と予想する。

けれど違った。

「――もし、もし」

幽霊のような声だ、と思った。

途切れるように頼りない印象の若い女の声は、およそ、そこに生気というものが感じられない。

「はい」

声に心あたりはなかった。訝しく思いながら、「どちらさまですか」と聞いてみる。聞きながら、ふと、この間からの無言電話の相手はこの人だ、と直感する。微かに緊張し、受話器を持ち直す。

「私、カタクラです」と声が言った。

「栗原さんの、お宅ですか」

「そうですが」

「あの……」

電話の向こうで、数秒、言い淀《よど》む気配があった。意を決したように、声が言う。

「子どもを、返してほしいんです」

「え？」

胸が、どくん、と大きく打った。そして、告げられた名前を反芻《はんすう》する。

カタクラ。

漢字が思い浮かぶと同時に、目を、大きく見開く。

片倉。

女の声が続けて言った。

「私の産んだ、子どもです。――そちらに、養子でもらわれていった」

心臓の音が、速く、大きくなっていく。声を失う佐都子とは反対に、片倉と名乗った女の出す声が、徐々に、落ち着き払っていく。

「いますよね。アサト、くん」

きゃははは、という朝斗の大きな声が、家の中に響き渡った。「待てー」という声がして、清和が、朝斗をつかまえようとしている。くすぐろうと、している。

大きさの違う二つの足音がリビングに入ってくる。清和の足が、電話の前の佐都子を見て止まる。

「――どうした?」

夫が佐都子の顔を見て、ぎょっとしたように呼びかけてくる。

受話器を持った手に現実感がなかった。

茫然《ぼうぜん》としながら、佐都子は声を聞いた。混乱と戸惑いが胸を強く揺らす。

しかし、次の瞬間には、心が決まった。

大きく、息を吸い込む。胸に手を当て、鼓動の音を聞く。落ち着け、と自分に言い聞かせる。

電話をする自分の方を気にして、こっちを見る夫と息子に目を向けると、清和は心配そうに、口の動きだけで「大丈夫か?」と聞いてきた。その気配が電話の向こう側に伝わらないことを祈りながら、佐都子は二回、うんうんと無言で頷く。

右手の甲で空気を押すように払う仕草をすると、清和が何かを悟ったように、朝斗の耳元まで顔を近づけ「よし、どの靴を履くか、選ぼう」と息子に囁いた。朝斗はまだきょとんとした表情を浮かべていたが、すぐに「うん！」と頷いて、父親と一緒に玄関に消えていった。

その背中を見ると、胸が詰まった。大きくなった。

「片倉──ひかり、さんですか」

その名前を忘れたことはない。

電話の向こうでは、戸惑うような沈黙が一拍あった。「そうです」と相手が言う。

「──どういうことでしょう。朝斗を返してほしい、というのは」

「言ったとおりです。私が産んだ子ですから、返してほしいんです」

強気な内容を語っているはずなのに、彼女の声が途切れ途切れに弱々しく聞こえる。

佐都子もまた、気力を振り絞るようにして尋ねる。

「それは、朝斗を私たちから引き取って、一緒に暮らしたい、ということですか」

「そうです」

「どうして、今──」

注意深く言葉を選んで話そうとしていたはずだったのに、つい、そんな言葉が出た。本心を言えば、こう続けたかった。「どうして、今になって」と。

佐都子が怯んだ隙を相手は見逃さなかった。語気が微かに強くなる。

「いつ、そう思ったっていいでしょう。血が、つながっているし、私の子どもだし」

声が「血が」と言う時、震えて聞こえた。

突然のことに、受話器を持ったまま動けない。すると、彼女が思いがけないことを続けた。

「それがもし、嫌なら」

女の声が早口になる。「お金を」と言う。

「お金を、用意してください。そうすれば、私、諦めます。——私のこと、バレたらいろいろ、困るんじゃないですか。用意してもらえないなら、私、話します。あなたの周りに」

あまりのことに声が出て来なかった。女の声は続いていた。

「あの子の学校にも、ご近所にも、もちろん、あの子本人にも、話します。そうなると、困るんじゃないですか」

脅迫されているのだ、とようやく気づいた。瞬きした自分の瞼《まぶた》が、痙攣《けいれん》するように震えて動く。

初めて聞く種類の声だった。幽霊のように生気がない、と思った最初の印象がぶれないまま、この人は、だけど、その印象と真逆な、もっとも生々しいお金の話をしている。朝斗とお金というかけ離れた存在は、佐都子の中ではひとつにつながらない。

「——わかりました」と佐都子は言った。

金を用意するのを了承する、という意味ではなかった。

「会ってお話ししましょう」と、佐都子は申し出た。

（五）

電話の女は、佐都子の家の場所を知っていた。

電話口で住所を告げようとすると、「だいたい、わかります」とその声を制した。「まだ、あの時と同じ住所に住んでますよね」と言われて、ひょっとしたら、これまでにも自分たちのところまで、この人は様子を見に来たりしていたのだろうか、と微かに身が竦《すく》んだ。

「……この番号はどうしたんですか」

「『ベビーバトン』から、知りました」

『ベビーバトン』というのは、佐都子たちが養子縁組を仲介してもらった民間団体の名だった。今はもうない団体だ。三年ほど前に運営に行き詰まって解散し、以降の事務は同じく養子縁組を仲介する別の団体に引き継がれ、統合された。その名を聞いて、身が引き締まる。

外でできる種類の話ではない。

この電話で会うことを決めてしまわなければ、こちらからはこの人の連絡先はわからない。会ってみなければ、という気持ちは佐都子の方でも抑えられなかった。

彼女には、朝斗が幼稚園に行っている間に来てもらう約束をした。

水曜日を指定したのは、水曜なら、夫が午後の定例会議から会社に出ればよく、それまでは別の打ち合わせなどが入らないと聞いていたからだった。

電話を受けた後の土曜日の動物園も、その後の朝斗の幼稚園の送り出しでも、佐都子は、誰にも何も話さなかった。心はもちろんかき乱されていたが、少なくとも、表向き、それを朝斗や他の人に悟られることはなかったはずだ。

動物園で、仲直りした我が子と大空くんが、一緒にうさぎに餌をやっている姿にほっとして、大空くんママが、佐都子や他のお母さんたちに屈託なく「ブラウニー焼いてきたよー」と一口大にカットしたケーキを勧めてくれるのも嬉しかった。

清和とは、その後、何度も、電話の女のことを話し合った。

片倉ひかり、と名乗ったこと。そして、脅迫とお金のこと。話すと、清和もまた言葉を失い、それから、佐都子と同じ結論を出した。「会ってみよう」と。

普段なかなか休みが取れない夫だが、躊躇うことなく自分も同席すると言う。普段は仕事第一の夫がそう言ったことにより、佐都子は実感する。これは、うちにとっての一大事なのだ。何より優先されるべきことが起きてしまったのだ、と。

彼女が来る日の朝、マンションのエントランスで朝斗を送り出してから、また自宅に戻る。清和がきっちりとネクタイまで締めた格好で、ダイニングで新聞を読んでいた。

もし用件が手短に済めば、午後からは会社に行くという。そうなることを祈りながら、佐都子も夫の靴にブラシをかける。

「朝斗は行ったか」と尋ねる声に「ええ」と答えると、会話が途切れた。目線を新聞に注いだままの清和も、読んでいる内容はほとんど頭に入っていないだろう。佐都子も、朝ご飯の洗い物を片付け、洗濯物を干す間、心は上の空だった。

よく晴れた日だった。

抜けるような青い空の下で、朝斗の真っ白い下着を吊るす。一枚、首まわりが少したるんでいることに気づいて、これは明日もう一度着せたら捨てようと思う。今から何が起こるかわからないこんな日でも、明日以降もこの日々が続くと信じている自分に気づき、不思議な気持ちになる。

マンションの外は、今日も、風もなく爽やかだった。マンション内にある公園から、どこかの親子連れが遊んでいる声が聞こえてくる。どこかに行く途中なのか、「ほらー、早くしてー」とお母さんらしき人が、子どもをせかす声が届いてくる。

約束の十一時を過ぎても、誰も訪ねてこない。

リビングの時計の針が、十分過ぎた頃に、清和が新聞から目線を上げて時計を見つめ、その後、二十分にさしかかったところで「来ないな」と呟く。

一時間が過ぎ、十二時になったところで、新聞を折り畳み、ソファを立った。おどけるように、佐都子に、「いたずらだったのかな」と呟く。

来ないなら、来ないでも構わない。けれど、佐都子もまた、本当に今日だと伝えただろうか、時間は合っていただろうか、と自信がなくなってくる。心が落ち着かない。

胸が苦しいまま、さらに十分が過ぎる。このままでは幼稚園だって終わって、朝斗が帰ってくる時間になってしまう。清和に仕事を休んでもらったこともすまなく感じるが、夫の方では、相手に会わずに済むのだとしたら気安く感じるのか、今日は気にした様子がなかった。ことさらに明るい声で「せっかくだから、どこかに何か食べにでも行くか？」と聞いてくる。

「でも、朝斗が」

「ああ、――そうか」

清和が時計を見上げる。

すると、その時だった。家の中にチャイム音が響き渡った。マンション全体のエントランスから部屋を呼び出す音だった。

目を合わせると、清和が息を止めた気配があった。黙ったまま、壁に備えつけられたインターホンの方向に首を動かす。

「――はい」

通話ボタンを押すと、インターホンの画面に、その人の姿が映し出された。清和も佐都子の横に立ち、画面を覗き込む。

粒子の粗い画面に、白い帽子をかぶった女が立っていた。痩せていて、帽子の下から伸びる長い髪を明るい色に染めている。朝斗の母親は、まだ二十歳そこそこのはずだ。

片倉です、と彼女が名乗った。


その顔に、朝斗と似たところがあるかどうかを、まず探した。

玄関先で迎え入れ、「どうぞ」とスリッパを勧める。彼女は一人だった。俯きがちに「はい」と答えて、黙ってスリッパに足を通す。その顔は佐都子と清和の視線から逃げるように目を合わせない。

ピンク色のサマーニットに、膝上丈の短いスカートを穿いていた。染めた髪は、頭の根本が黒く、明るすぎる毛先とのバランスがバラバラだ。電話で幽霊のようだ、と思った印象の通り、不健康そうに肌が荒れている。化粧をしていても、その下の顔色が悪いのがわかった。それでいて、目の先がマスカラで重たそうに彩られ、茶色いラメ入りのアイシャドウが、伏せた目の上で浮いて見えた。

一時間以上の遅刻を、女はインターホン越しのエントランスで「遅れてすいませんでした」と謝ったきり、部屋に来ても、何も言わなかった。

朝斗のおもちゃが散らかるリビングではなく、奥の和室に通した。普段はほとんど使うことなく、実家の両親が朝斗の運動会などでやってきた時に寝室として使っているような部屋だ。日常的に使っていない部屋は、座る座布団までもが冷たかった。

お茶を用意して、彼女の前に置く。そうやって向き合っても、まだ、女の方から口を利くことはなかった。こちらが言い出すのを待つように、黙ったままでいる。

その耳の、形を見る。

朝斗の耳の形を思い出し、彼女の上に面影を重ねる。似ているかどうか、わからなかった。似ているような気もする。

ショックを受けることを、佐都子は覚悟していた。

いつか、こんな日が来るのではないかと、今が幸せだと思えば思うほど、ふと夢想してしまう時はあった。いつか、朝斗にそっくりな母親が現れて、自分の前に立つのではないか。その顔の隅々にある朝斗の面影に、自分が衝撃を受けて立ち尽くすことを、ずっと、覚悟してあの子と生きてきた。

だけど、わからなかった。

毎日、顔と顔をくっつけるほどに近くにいる朝斗の顔と、目の前の女の顔が、似ているかどうか。

――六年前、泣きながら佐都子の手を取り、涙をこぼして繰り返し、繰り返し、ごめんなさい、ありがとうございます、この子をよろしくお願いします、と三つの言葉だけを言い続けた、私たちのあの小さなお母さんは、果たして、目の前のこの人なのか。

「……あなたは、誰ですか」

言ったのは、清和だった。

清和とは、今日、この人に会ってみてから、どういうふうに話をしようかということを、ずっと相談していた。けれど、躊躇いなく、彼が言った。佐都子は微かに驚きながらも、それでもやはり、夫と同じ気持ちだった。

目の前の女が――脅迫者が、初めて反応した。声にならない声で、え、という形に口を開く。

「失礼ですが、あなたは、私たちの朝斗のお母さんではありませんね？　通常、特別養子縁組では、生みの親と育ての親は最後まで顔を合わせることはない。だから、ごまかせると思ったのかもしれませんが、私たちの場合は、あの子のお母さんに一度、会っています」

女の顔が、固まっていた。その顔に現れるどんな変化も見逃すまいと、佐都子はじっと彼女を見張る。清和が続けた。

「朝斗を渡していただく際に、希望して、特別に、ほんの数分だけでしたが、会わせてもらいました。それは先方の希望でもあったそうで、朝斗のお母さんはご両親に付き添われて、私たちと会ってくださいました」

その日のことを思い出したのか、清和の目が何かをこらえるように瞬きの数を減らしている。当時、朝斗の母親は、まだ十代の、中学生だった。

女の見開いた目の、睫《まつげ》が微かに震えた。目の前に置かれた佐都子の淹《い》れたお茶の表面が、手を触れていないのに、小さな丸い波紋を浮かべた。

「――あのお母さんは、あなたではないと思います」

清和が言った。きっぱりと。

それを聞いて、佐都子も口を開いた。「電話の時から、そう思っていたんです」と。

「あの子のお母さんが、今の朝斗に会いたいと思ったり、朝斗を引き取りたいと思い直したというなら、それはわかります。けれど、お金の話が出るのはどう考えてもおかしい。あの子の――私たちのお母さんは、そういうことを言いだす人ではありません」

電話を受け、清和と何度も話したことだった。

あの日、涙を流して自分たちに朝斗を託した、あの小さなお母さんは、朝斗だけのお母さんではない。彼女は、朝斗をこの世に授けてくれた。彼女がいなければ、私とあの子は出会えなかった。親子になれなかった。あの小さなお母さんは、私たちと朝斗、両方にとっての大事な〝お母さん〟だ。

その大事なお母さんを、軽んじたり、貶《おとし》めることは誰にも許さない。

「私たちは、確かに、『ベビーバトン』に、その後、もしお母さんが希望されるようだったら、朝斗と私たちの連絡先を教えてもらっても構わない、ということでお話をしました。『ベビーバトン』は、今はもうない団体ですが、それにしたって、私たちに何も伝えずに、連絡先を教えてしまうことはないと思います。――電話があってすぐに、『ベビーバトン』の事務を引き継ぐ今の団体に連絡して、確認しました」

団体の解散と引き継ぎの際に多少の混乱はあったかもしれないが、基本的には個人の情報は守られているはずだ、というのが団体からの返事だった。

一番つらい時期に佐都子たちに親身になって、自分たち家族に寄り添ってくれた『ベビーバトン』は運営上の費用面や、創設者の高齢化など、さまざまな理由から三年ほど前に解散してしまった。それはとても残念なことだったが、『ベビーバトン』が行ってきた、同じように養子縁組をした家族との懇親会の輪はまだ続いている。密に連絡を取り、今もずっと交流し、そうやって時間を重ねてきた。

「私たちのことをどこで知ったのかはわかりません。──ひょっとしたら、解散時の混乱で、情報が出回ってしまった可能性はあるかもしれませんから、あなたがそこで私たちの連絡先を知ってしまったとしても、それは不思議ではないと思います」

そんなことはいいんです、と清和が続けた。

「問題は、あなたの目的です。朝斗がうちの養子であるということを周りに話す、という脅迫のことです」

「……あの」

女が初めて口を利いた。清和と佐都子、両方の顔を順に見る。生気のなかった目に、初めて感情らしいものが浮かぶ。憤りなのか、戸惑いなのか。見極めきれないまま、彼女が「私です」とはっきりした声で言った。声が少し、かすれていた。

「お会いしたのが、かなり前だから、少し、雰囲気変わってるかもしれないですけど、私は、片倉ひかりです。あの子の母親です」

「では、お尋ねしますが、あなたの目的はどちらですか。朝斗を引き取ることか、お金を要求することか」

「引き取ることです」

「本当ですか」

清和の口調は揺らがない。一度、彼女が口にした脅迫の内容は、容易に佐都子たちの頭から消えない。

女の目が、最初会った時には気づかなかったが、うっすら充血していた。こちらを精一杯睨《にら》みつけてはいるが、佐都子はなんだか、自分たちがおとなげないことをしているような気がしてくる。この若い彼女をいじめているような気持ちに、だんだんなってくる。

「お金ではないのですか」と、清和が静かに聞いた。

「違います」と答える女は、そう口にはしていても、どこか気圧《けお》されて見えた。余裕がなく、イライラと焦っている。

朝斗を手離す気は、佐都子にも清和にもない。あの子は、うちの子だ。

事情があって生まれた子どもを育てられない母親と、望んでいても子を授かることができない夫婦との間で、子どもが赤ちゃんのうちに養子縁組を結ぶ、「特別養子縁組」は、子が成長してから行う普通養子縁組と違って、戸籍上も、子どもは夫婦の実子として記載される。

朝斗も、佐都子たちの実の子として記載されている。おいそれと、産みの親だからといって朝斗が奪われてしまうことなどない。――この女もそれは、わかっているのではないか。

「お金、と言ってしまったのは、もし、引き取らせてもらえないならという意味で、です。だって、ずっと子どもがほしかったのに、急に手離すなんて嫌だろうと思ったから。どうせ渡してもらえないならっていう意味で言っただけで」

女の話し方は稚拙だった。どう言っても取り繕えない種類の願望を明け透けにこちらに伝えてしまう。その後に続くであろう、引き取るための具体的な文句が、女の口からは出なかった。唇を噛みしめて、「お金をもらえるなら、だから、引き下がります」と、彼女が言ってしまう。

想像してみると、眩暈《めまい》がした。佐都子たちが朝斗を渡したら、目の前のこの女は朝斗を持て余すに違いないのだ。目的が最初からお金だというのなら、そんなことを死んでも口にしてほしくなかった。乱れた髪と顔色の悪い化粧に現れた彼女の生活に、朝斗が入り込める余裕があるようには、どうしても思えない。

電話の段階からもう脅迫についてを持ち出さなければならないほど、彼女にもまた焦る事情があるのではないか。

「だって、困るでしょう。今、周りやあの子に、養子のことを話されたら。だったら、と思って」

「その脅迫は、脅迫になりませんよ」

清和の口調はまたも、揺るがなかった。

「あの子が養子であることは、すでに朝斗に話してあります。あの子の幼稚園の先生も、あの子の同級生の親御さんたちも、ご近所の人たちも――みんなが、知っていることです。あの子はこの家の養子として、なんら後ろ暗いところなく、今も生活しています」

女の目が見開かれた。

佐都子は思い出していた。

朝斗を授かってすぐに、このマンションのエントランスで、同じく赤ちゃんを抱くお母さんに話しかけられた。あれは――大空くんママだった。彼女らしい屈託のない声で、「年、うちと近そうですね」と声をかけてくれ、佐都子はそれにこう答えた。朝斗を抱きしめる手にぎゅっと力を込めて、「ええ。養子をね、もらったんです」と。

養子縁組が珍しいことでない欧米と比べて、日本ではまだまだ血のつながりのない親子の存在はすんなりと受け入れてはもらえないだろうと、知ってはいた。偏見も抵抗も覚悟の上だったが、それでも口にするのは勇気がいった。しかし、朝斗を得た喜びが、人の目を怖れる気持ちに優《まさ》ったのだ。

堂々としよう、隠すことだけは絶対にしたくない、という思いが自然と生まれた。子どもにはいつか本当のことを伝えるように、というのが『ベビーバトン』から最初に示された約束事だ。

どれだけ戸籍上の問題がなくても、実の子として育てる環境が整っているとしても、子ども自身は、いつか、必ず真実に気づく。それをその子が受け止められる準備をしていくのが育ての親の役目なのだと、講習会でも繰り返し聞かされてきた。

告知は、特別養子縁組における避けられないステップの一つだ。

「養子をもらったんです」と答えた佐都子に、大空くんのママは驚いた顔をした。けれど、その一瞬後には、「そうなんだ。養子って、誰から？　ひょっとして、不妊治療とか大変だったんですか」と彼女らしく明け透けに尋ねてきた。——あれから、六年近くが経つ。子ども同士のトラブルが起こっても、そこに、血のつながりやあの子が養子であることを持ち出さない大空くんママのことを、強い言葉で言い合ってさえ、その一点だけで、佐都子は心のどこかで信じていた。ひょっとしたら、長く生活するうちにそんなことは忘れてしまったのかもしれないが、そうだとしても、感謝している。

清和が「こう申し上げるのは失礼かもしれないが」と居住まいを正した。努めて感情を殺した声で、淡々と続ける。

「もし、朝斗が養子であるということだけで、そこに、脅迫するに足る後ろ暗さのようなものがあるのだろうと思われたのだとしたら、それは見当違いな思い込みです。はっきり申し上げて、不愉快だ」

「朝斗は、実親のお母さんのことを〝広島のお母ちゃん〟と呼んでいます」

今度は佐都子が言った。口調が激した清和から、やんわりと、先を引き継ぐように。

「物心つく前からの方がいいだろうと、朝斗が二歳を過ぎた頃から少しずつ、教えてきました。朝斗には、私と、その他にもう一人、おなかで育ててもらったお母さんがいるんだよ、と」

彼女に向けて、説明する。

物心つくのを待ってから、「実は」と真面目な顔をして告白するのではなく、日々の生活の中で、言えるタイミングがある時に話していこうと、そんなふうに決めていた。

朝斗が三歳の頃だ。佐都子と一緒にお風呂に入っていた時、朝斗がふいに佐都子の腹部を触って「この中に、あーちゃんがいたの？」と舌足らずな声で尋ねた。佐都子は覚悟した。タイミングをここ、と決めていたわけではなかったけれど、「違うよ」と答えた。勇気がいった。

「朝斗には、お母さんの他に、おなかで育ててもらった別のお母さんがいるんだよ」

朝斗は小首をかしげ、ふうん、というように頷いて、それから「どこにいるの？」と聞いた。それに、佐都子が答えたのだ。「広島にいるよ」と。『ベビーバトン』に仲介してもらう際に、生まれたばかりの朝斗を迎えに行った場所だった。

「広島のお母ちゃん」という呼び方は、朝斗が言いだした。その夜帰ってきた清和に、朝斗が自分から「あのね、あーちゃん、お母さん二人いるんだよ」と教えていた。「広島のお母ちゃんがいるんだって。お父さん、知ってた？」と。

その日から、テレビの天気予報で日本地図が映ると、「広島はどこ？」と聞き、「広島のお母ちゃんのとこは晴れかな」と気にするようになった。

普段は、佐都子を「お母さん」と丁寧に呼ぶ朝斗が、なぜ、実のお母さんのことは「お母ちゃん」と呼ぶことに決めたのかは、佐都子たちにもわからない。だけど、それに合わせて、佐都子たちもまたあの小さなお母さんをそう呼ぶようになった。

〝広島のお母ちゃん〟は、この家で、確かに生きている存在なのだ。

「――これは、あの子の、広島のお母ちゃんから預かったものです」

佐都子は今日、和紙の張られた小箱を用意していた。箱を開け、ピンク色の封筒を出す。十代の女の子が好きそうな、キャラクターもののレターセットは、彼女がいつ、どんな気持ちで用意したものなのか。見るたびに胸が締めつけられるような思いがする。宛名のところには、ただ「お母さんより」と丸みを帯びた文字で書いてある。

女は何も言わなかった。ただ、正座した膝の上で、最初は開いたままだった手が両方、ぎゅっと拳を握っている。目は、佐都子が取り出した手紙に注がれていた。

「――いつか、私たちが本当のことをこの子に伝えるであろう時に、渡してほしいと預かりました。おととし、あの子には最初に読んで聞かせて、これからも毎年、朝斗がきちんとわかるようになるまで、何度も、聞かせていくつもりです。大事なものです」

大事な、という時に声が震えた。目が、瞬きを忘れたように乾いて感じる。佐都子は、今日はどんなことがあっても泣くまい、と決めていた。脅迫者の目的はわからない。だけど、絶対に怯まないと決めたのだ。

「朝斗のことは絶対に忘れない、と、あの子のお母さんは書いています。これから先何をしていても、今、あなたが何歳で、何をしているだろうということを一生考え続けるだろうけど、どうか、幸せになってほしいと」

唾を飲み込む。物も言わず、唇を引き結んで、魂が抜けたような青白い顔をしている女を睨んだ。

「――お電話で、脅迫について口にされるとき、こう仰《おつしや》いましたね。『あの子の学校にも』と」

女は答えない。佐都子はそのまま続けた。

「朝斗は、まだ幼稚園に通っています。小学校に通うのは来年からです」

手紙の内容を、女に聞かせる気はなかった。見せる気もなかった。だけど、あそこに並んだ朝斗を思う気持ちと、自分自身を責める気持ちは本物だ。

「あのお母さんが、朝斗が何歳かを忘れることなどありえないだろうと、夫と話しました。その上でお尋ねしたいんです。――あなたは一体、誰ですか」

その時だった。

玄関から、ピンポン、と家のチャイムを鳴らす音が響いた。え、と佐都子と清和は入り口の方を見る。マンションのエントランスにはインターホンがあり、直接家のチャイムが鳴らされることなどほとんどない。すると、それから少し遅れて、籠《こも》ったような声が「ただいまー」と響いた。

佐都子と清和は息を呑んだ。目の前の女も、目を見開いた。

咄嗟に和室にかかった時計を見る。どれくらい時間が経ったものかわからなかったが、いつの間にか、朝斗が帰ってくる時間になっていた。だけど、マンションの下までバスが来て子どもを下ろしても、一人で上まで来られるはずがないのに。

そう思っていると、「栗原さぁーん」と声が聞こえた。

大空くんのママだ。

「下にお迎えきてなかったから、上まで一緒に連れてきたよー。いるー?」という声に続いて、大空くんと朝斗が追いかけっこをするようにはしゃぐ声が続く。

佐都子はあわてて、「はーい」と返事をして立ち上がる。清和と、そして、朝斗の母親を名乗る女の方を、目で気にしながら。

すると、清和が言った。

「どうしますか」

静かだが、威圧感のこもった声だった。女がのろのろと、来た時よりさらに生気を失った目をして、清和を見た。清和が続ける。

「朝斗です。帰ってきました。どうしますか。会いますか」

女は答えない。奥歯を嚙むような表情をしたまま、目線を下に向ける。膝に作ったその拳だけが、静かにぎゅっと、握る指に力をこめたように感じた。

大空くんママの声は続いている。あれ、おかしいね、と話しながら、「おおい、朝斗ママー」と中に向けて、呼びかけている。どうしよう、朝斗くん、うち来て大空と遊んでる？　そうだよ、ママー。朝斗くんと一緒にテレビ観たいよー。大空くんの声も答える。

外の声が遠ざかっていっても、佐都子は動けなかった。黙ったまま、息を詰めて、清和と女の方を見る。

心臓が、高く、痛く、打ちつけていた。平穏な日常に紛れ込んだ、彼女の形をまとった不穏な影を、そのままにして明日からも暮らしていくことは、考えられなかった。

彼女がようやく、答えた。唇が、乾いて、ひび割れている。

「私、は――」

◆

警察がやってきたのは、それから、一ヵ月近くが経った頃だった。

平日の夕方だった。

清和は留守で、佐都子は幼稚園から帰ってきた朝斗におやつを出して、自分は少し早い夕飯の支度をしていた。

エントランスでチャイムを鳴らされ、宅配便だろうか、というくらいの軽い気持ちで「はい」と出た画面に、いきなり背広姿の男たちの姿が飛び込んできた。「警察のものですが」と名乗られて、え、と息を呑む。

ここに越してきたばかりの頃に、巡回連絡ということで、一度、警察から世帯調査のような訪問を受けたことはあったけれど、その時は制服姿のお巡りさんだった。その時とは明らかに違う人たちの姿を前にして、足が固まったようになる。

「ちょっとお話を聞かせてほしいのですが」と言われ、佐都子は気の抜けたような声で「はい」と、とりあえず頷いた。インターホン越しに警察手帳を見せられ、ああ、こういう時、警察というのは本当に手帳を見せるのだ、と驚きとは別のところで、頭が冷静に考えている。

言われるままに解錠ボタンを押して、彼らを中に入れる。

母親の様子がおかしいことに気づいたのか、朝斗が目線を上げて「お母さん?」とこっちを見る。佐都子は咄嗟に「大丈夫だから」と言ってしまうが、何がどう大丈夫だというのか、なぜ、そんなことを言ってしまったのか、わからなかった。

テレビをつけると、ちょうど、夕方の子ども向け番組をやっていた。朝斗に、それを観ながらプリンを食べているように言って、落ち着かないまま、男たちが上がってくるのを待つ。

玄関先に現れた男は、二人だった。

朝斗のいるリビングに続くドアを閉ざしたまま、佐都子は、扉を開ける。ぐい、と肩を強引に押し込むように入ってきた男たちに圧倒され、玄関の中に警察の人たちを入れてしまう。

自分が廊下まで出て、そこで応対した方がよかったのではないかと、テレビ番組の音声が背後で聞こえる暗い玄関先に立って、いまさらのように考える。

「神奈川県警のものですが」

「はい」

「この女性に見覚えはありませんか」

右側に立った、若い方の刑事が一枚の写真を取り出す。その顔を見て、佐都子は、あっと声が出そうになる。

あの女だった。

この家を訪ねてきた、朝斗の母親を名乗った、彼女だ。

声は上げずに済んだものの、佐都子の顔に走った変化を、彼らは見逃さなかった。佐都子に向けて、畳みかけるように言う。

「この女性が、行方不明になっています」

「え……」

「なんでも、あなたのお宅を訪ねていくと言っていたそうで、実際、この近くで姿を見かけられてもいる。そして、それを最後に目撃情報が途絶えています。ご存じありませんか」

話がどこに向けて、動きだそうとしているのか、佐都子にはわからなかった。呆然としたまま、佐都子は、「あの」と懸命に声を出す。

「確かに、この人は、うちに訪ねてきました。一ヵ月近く前です。でも……」

写真を見たまま、視線が固まる。「この人は」と声が出た。

「教えてください。この人は一体、誰なんですか」

刑事に示された写真の中の彼女は、一ヵ月前に会った時よりは幾分口元をにこやかにして、顔つきも、まだしも明るい。履歴書などに貼る証明写真の拡大版といった様子だ。

背後で、かちゃりと、リビングに続くドアが隙間を開けた音がした。そこから、朝斗がこちらを見つめる気配を感じ、はっとして振り返るが、ドアの向こうの細い隙間に、あの子の影は見えなかった。

第二章　長いトンネル

朝斗がうちにくる前のことを考えると、それは、長いトンネルの中にいるような気持ちだ。

長い長い、そして、出口があるのかわからないトンネル。

出口がないのではなくて、あくまでも、出口があるかどうかわからない、トンネル。

希望はない、光は差さないと言われたらそこで気持ちの区切りがつくかもしれないのに、終わりがあるかどうかがわからないから、人は、縋《すが》ってしまう。

長い道のりは、今思い出しても、暗い、夜の底を歩いているような感覚が、迫るように蘇《よみがえ》ってくる。

（一）

佐都子が清和と知り合ったのは、二十九歳の時だ。

同じ年の清和とは、部署が違うが同じ建設会社に勤めており、同期の紹介という縁で知り合った。交際一年を経て結婚する時、清和に、「仕事を続けていい？」と佐都子は聞いた。

働く女性を応援する、という方針を、会社が対外的にアピールしているタイミングでもあった。産休や育休を充分に取れる職場環境を用意し、出産から仕事に復帰してからも、可能な限り時短勤務などの方策を講じる。

千人近い社員を抱えるという人材の豊富さから、産休前には育休から復帰してきた別の女性社員による説明会なども催されることになっていた。二十代で結婚、妊娠した佐都子の同僚は、その説明会に参加して、講師となる女性が連れてきた赤ちゃんのかわいらしさに、これから自分が臨む出産へのモチベーションをだいぶ高めてもらった、と笑っていた。仕事を続けるにあたっても、休み中にどうしておいたらよいとか、保育園申込の体験談を聞けたことが参考になったと喜んでいた。

業務は忙しく、責任も伴う会社だが、佐都子はいずれ、自分にもそういう時が来るのだろうと、漠然と考えていた。激流の川のようにごうごうと過ぎる日々から、妊娠という、結婚すれば普通に訪れるであろう出来事を経て、望むと望まざるとにかかわらず、凪《な》いだ海のような静かな環境に自分が落とされる数年間があるのだろう。結婚した頃は、無条件にそう信じていた。

結婚してからも、しばらくは、夫婦二人だけの生活を楽しみたいという気持ちもあった。

子どもがいたら簡単には出かけられないであろう旅行や、レストランでのディナー。互いに忙しい仕事の合間を縫って、舞台やコンサートもだいぶ楽しんだ。活躍をさほど期待されなかった二十代の頃と比べて、仕事がわかり始めた三十代の前半は、任される業務のすべてに時間と手間を取られたが、それでも充実感があった。夫婦両方から入ってくる収入のおかげで生活は豊かに思われ、何の不自由を感じたこともなかった。

いつか、授かるなら、子どもを。

それまでは、夫婦二人だけの楽しい時間を。仕事を。生活を。

その、「いつか」をいつとはっきり定めないまま、佐都子と清和が三十五歳になった年、佐都子の実家の母から電話がかかってきた。

「今、ちょっといい？」

田舎に暮らし、自分の住む町からほとんど出たことのない佐都子の母は、東京に暮らす娘夫婦の家にさえ、訪ねてくることが滅多《めった》になかった。

佐都子が東京の大学に行くと決めた時も、そのまま故郷に戻らず、こちらで就職をするという選択をした時も、「どうして家族のいる場所から離れるのか」という疑問を躊躇うことなく娘の前で口にするような人だった。

実家の近くでは、佐都子の弟夫婦が暮らし、そこにはもう二人の子がいる。盆や正月に会う佐都子の両親は、すっかり彼らのよきおじいちゃん、おばあちゃんとなっていた。

何か急用でもない限り、実家から電話がかかってくることは珍しかった。構えるような控えめな声に、微かに嫌な予感がしたが、仕事に行く前の支度をしていた佐都子は「うん」と頷いて、電話を肩口で押さえたまま、両手を使ってストッキングを穿こうとしていた。新品を開封して、つま先の方を手繰《たぐ》り寄せる。

「テレビ、観たかい」という言葉から、その話は始まった。

「テレビ?」

「おとといの夜の。人工授精とか、卵子の老化のことをやってた番組。ドキュメンタリーの」

「ああ――」

観てはいなかったが、どういう内容なのかの想像はついた。

女性の体や妊娠、晩婚化や不妊治療のことを報じるテレビ番組も新聞の記事も今は珍しいことではない。母の世代では馴染みがないのかもしれないが、佐都子が買うファッション誌にだって女性の体についての特集記事は載っている。

佐都子の答えを待たずに、彼女が言った。

「あんたね、三十四歳までだったんだって」

「え?」

「女性が自然に妊娠できる年齢。三十四歳までだったんだってよ」

いきなりの言葉に、返す声を失う。母はもうはっきり、焦りを隠さなくなっていた。

「佐都子、あんた、今年三十五になったでしょ。あと少しで三十六」

「誕生日はまだ半年も先だよ」

「もう、遅いんだってよ。どうするの。病院には行ってるの？」

躊躇いがちに、だけど、図々《ずうずう》しく出される母の声に、湧いてきたのは、怒りだった。病院には行っていないし、不妊治療は考えたこともなかったが、この人は私と清和が本当に通院していたらどうするつもりなんだろう。あまりにデリカシーに欠けるのではないか。

子どもがほしいかどうかについては、実家の両親ともまともに話したことがなかった。そういったことを明け透けに語れるような家庭ではなかったし、これまでは聞かれもしなかったことだ。それなのに、田舎の母がテレビで見聞きした情報に不安に駆られて、急に電話をかけてきた。

「お母さん、ちょっと落ち着いてよ。私の会社の同僚や友達は、みんな子どもができたのは三十代後半になってからだよ」

「そういう人もいるかもしれないけど、ともかく病院に行ってごらん。行ってないなら、早くした方がいいよ」

子どもは、いなくても構わないと思っていた。

清和とも、そんなふうに話していた。いつか自然とできるならそれでもいいが、このまま二人だけで暮らしていくのでもいいのではないか。

けれど、こんなにも疑いなく、それまで何も話さなかった母が子どもは作って当たり前だと思っていたことを知って、佐都子は驚いていた。保守的な、昔の人である母と、それ以上は話しても平行線だろうという気がした。

「もうわかったから」

「お願いね。約束したからね。病院に行ってね」

どっと、疲れた気持ちで電話を切る。

穿こうと思って、両手でたぐったストッキングが、電話の最中に引っかけてしまったのか、いつの間にか伝線している。それにも疲れた気持ちで、ため息を吐き、苛立ちに任せて、ゴミ箱に放り込む。

（二）

週末、実家からあった電話のことを伝えると、清和は絶句していた。

平日は互いに忙しく、清和が徹夜仕事になって、佐都子とはすれ違いになることも多い。落ち着ける土曜日のランチを待って、うんざりと母の心配について話した佐都子に、清和は、聞き終えてしばらくしてから、「お母さんらしいなぁ」と苦笑した。

「まったく、やんなっちゃう」と佐都子も呟く。

「自分の世界に見える情報だけですぐ手一杯になっちゃうんだから。これまで一度だってそんなこと、言わなかったくせに」

こういう問題の時、やはり遠慮がないのは、実の母の方なのだ。

たとえどれだけ気にしていても、清和の両親の方は、ここまでのことを佐都子には言わない。清和の兄も妹もまだ結婚するそぶりがなく、佐都子たちのところに子ができれば、姑《しゅうとめ》たちにとっては初孫になるはずだが、これまでせかされたように感じたことはほとんどなかった。

「いや、これまで言いたくてもなかなか言えなかったのかもしれないよ」

「でも、あんな言い方しなくても」

「まぁ、いいんじゃない？　せっかくだから」

清和が気軽な声で言った。佐都子は意外に思って、え？　と顔を上げた。清和が笑いながら続ける。

「お母さんの心配は大袈裟だとしても、行ってみたら、病院。本格的に考えてみてもいいかもしれないよ」

「――ほしかったの、子ども」

胸が微かに、ぐ、と押されたような気持ちがした。

結婚して二年が経った頃から避妊はしていなかった。基礎体温をつけたり、排卵日に気をつけたりと積極的に動いていたわけではなかったが、授かればその時に考える、というような気持ちのまま今日までできた。仕事が忙しく、今のタイミングでできたら困る、という意識を常に頭に置きつつ、自然に任せてきた。清和も同じ考えだと思っていた。けれど、本当は違ったのか。清和もまた、できることなら佐都子に、仕事はおいても出産してほしいと、実は考えていたのか。

「ほしいっていうかさ」と答える清和は、どこかはにかむような、気まずそうな表情を浮かべた。

「いたらいいな、とは思うじゃない。オレたちもそろそろ四十代が見えてきたし」

「――そっか」

「あと、たぶん、うちの親も、言い出せないだけで、孫を見たいとは思ってると思うんだよ。負担に思わせないようにふるまってるけど、なんとなく、気配でわかるっていうか」

それは、佐都子も薄々勘づいていたことではあった。見てみぬふりをしてきたと言ってもいいかもしれない。痛いところを突かれた思いで、佐都子は「うん」と頷いた。

「考えてみる」と。

頷くと、さっきまでより気持ちが重くなっていた。「いつかは」と思ってきたことが、母がテレビで観たという三十四歳という数字や、清和の口にする四十代という言葉を得て、一気に具体的な形を帯びてくる。

十代で初潮を迎えてから、佐都子の生理周期は定まったことがなかった。

そして、佐都子はその事実を放置していた。高校の頃、友人が「そろそろだ」というのを聞いて、そんなにも機械のように正確にリズムができているのかと驚いたくらいだ。佐都子は当時から、半年以上間隔が空くことさえ珍しくなかった。いずれ本格的に子どもを考えるようになったら病院に行けばいい、と思ってきた。

ネットで検索すると、不妊治療専門のレディースクリニックは、佐都子たちの住む町にも、会社近くのターミナル駅にも、至るところにあった。

そこに見る「不妊」の文字に違和感を覚える。つい最近まで、子どもがほしいとも強く思わず、自分がそうだと感じたこともなかったのに、私は何の門戸を叩こうとしているのだろう、何に飛び込もうとしているのだろう。

しかし、佐都子もまた、いなくてもいい、とは思っても、ほしくないと思っているわけではなかった。授かる可能性がある、と思えていた日々が閉ざされる日が来るのだとひとたび知らされると急に切実になり、では今のうちに動いた方がいいのではないか、そうしなければいけないのではないかという思いに駆られる。

「はい、では、力を抜いて」

超音波による内診を受けるために乗った、クリニックの台の上で、佐都子は目を閉じて、深呼吸し、医師の言う通り、力を抜いた。深い息が、鼻から長く抜けていく。

十代からの生理不順を放置していたことを叱られるのではないかと、小娘のような気持ちで訪れたクリニックの医師は女医で、優しかった。佐都子を叱ったり、嫌みを言ったりするような人では、まったくなかった。

「これからしっかり、リズムを整えていきましょう」

基礎体温を測るように勧められ、とりあえず様子を見ていきましょう、と告げられる。ここからひょっとしたら長く治療がかかるのではないかと身構えていたが、一ヵ月ほど基礎体温をつけ、診察を受けると、医師からはあっさり「排卵している」と教えられた。

「これまでは、おそらく排卵していても、生理を起こすための指令を出すホルモンの方が正常に出ていなかったのでしょう」

ホルモン剤の服用についての話をされ、それから初めて、「少なくとも二、三ヵ月に一度は生理を起こさないと、だんだん機能というのは衰えてしまいますよ」と苦言らしきものを呈された。

三十四歳という、自分がすでに過ぎてしまっている、母に告げられたリミットの年齢について、医師は何も言わなかったし、佐都子も聞かなかった。まだ一年しか過ぎていないという気持ちも、その頃には芽生えていた。

特に異常はない。タイミングを見て、基礎体温をつけながら待ってみては、という自然なアドバイスに背中を押された帰り道、佐都子は初めて、自分が子どもを持つという道に向けて歩き出したのだということを、妙に客観的に自覚した。

病院の帰り道に、清和にメールをする。今日、病院に行ってきて、特に異常がないと言われたこと。排卵していること。これから、妊娠に一歩、積極的になってみようと思っていること。

メールを打って携帯電話をしまうと、足取りが少し軽くなった。

清和からの返事は来ない。しかし、母になることを、佐都子は考え始めていた。

（三）

妊娠のためのステップとして、まず行ったのはタイミング法と呼ばれる方法だった。基礎体温をつけ、排卵日を割り出して妊娠のためのタイミングを合わせる。佐都子の場合は、生理不順の問題があったため、クリニックへの通院も二ヵ月に一度程度、それと並行して続けていた。

ショックだったのは、クリニックで、最初に診てくれたのとは別の医師の診察を受けた時のことだ。最初の女医は何も言わなかったにもかかわらず、診察にあたった男性医師は、佐都子のつけた基礎体温の表や、前の医師から引き継いだカルテを前に、「三十五歳か、早くした方がいいね」と平然と告げた。

まだ最初のタイミング法を試したばかりで、その後生理が来てしまったことにがっかりしていたが、そこまで焦る必要はないと思っていた。まだ三十五だ、という気持ちもあった。

医師の言葉に胸の底がざわっとなる。潜在的に持っていた不安の芽があったからこそ、心の動揺も大きかったのかもしれない。

カルテに目を落としたままの男性医師が、「旦那さんは検査にいらしていないのですか」と聞き、佐都子は「はい」と頷いた。

毎朝、ベッドサイドで体温計をくわえるようになった佐都子を、清和は「お、やってるな」と楽しそうに見てはいるが、それはどこか他人事《ひとごと》のような感じだ。クリニックの待合室には、夫とともにやってきている人の姿も多く見られたが、佐都子には清和とともに受診する、という考え方がそもそもなかった。

「一度いらしてみたらいかがですか。旦那さんの意識を積極的に変えるのにも、いいかもしれませんよ」

「でも、まだタイミング法を試すようになってから一度しか経っていませんから」

佐都子が言うと、医師がカルテに向けていた目を、初めてこちらに向けた。何か言いかけたようにも見えたが、「そうですか」とすぐに引く。

先のことを、まだ考えられなかった。

子どもは、タイミング法で授かってしまうだろう、と、期待とも予感ともつかず、佐都子は楽観していた。メディアで目にする、人工授精や体外受精という言葉は、やはり特別な夫婦が進む段階だという気がしていた。仕事に追われる清和に、通院のための時間を割いてもらうのも難しいだろうし、佐都子だって、仕事をしながらの通院は大変だった。

不妊治療のステップと、その期間のおおよその目安については、初回の受診で、医師から説明を受けていた。

タイミング法や排卵誘発、人工授精、体外受精、次の段階に進む目安としては、一般的に五〜六周期でステップアップし、二年以内に結果を出すことが望ましいとされている。

これから自分たちを待ち受けるものが何かはわからないが、自分たちはどのみち、子どもがいないならいないでもいいとこれまでは思ってきた夫婦なのだから、この目安の二年で結果が出なければ、諦められるだろうという気もしていた。

「ともあれ、タイミング法を試す中で、当院としては、旦那さんにも検査を受けてもらうことをお勧めしています。お話ししてみてください」

「はあ」

医師の言葉に、佐都子はぼんやりと頷いた。

不妊治療に際し、女性に比べて、一般的に男性は通院を躊躇う傾向があるらしいということは、佐都子も知っていた。

余裕をもって臨めると思っていた、自然に近い形のタイミング法で、二度目の生理が来てすぐ、佐都子は予想に反して、自分が落ち込み、焦りを感じ始めていることに気づいた。

まだ二回目なのだから、と思うものの、ひょっとして、自分が割り出した排卵日が間違っているのではないか、無駄な一周を過ごしてしまったのではないか、と思ってしまう。

無駄な、と言葉にして考えたことで、自分が子作りをいつの間にかひどく合理的で機械的なものとしか考えなくなっていることに気づき、その事実にも自分で驚いた。

清和に検査を受けてもらうのもいいのではないか、と考え始めたのは、そんな頃だった。「念のため」「特に問題はないと思うけど」「一度、試してみたらってお医者さんに言われて」と言葉を選んで佐都子がした提案に、清和は露骨に嫌そうな顔をした。

「行かなきゃ駄目なのか。病院って、平日の昼間なんだろ。今抱えてる案件で、先月からずっと時間が取られてるのは知ってるだろ」

家庭での清和は優しく温和な夫だが、仕事に関しては厳しい人だった。「まだ始めたばかりじゃないか」とも言って、佐都子に向け、ため息を吐いてみせる。

「ちょっと大袈裟なんじゃないか。だいたい、普通にしてればできるかもしれないのに、不妊治療のクリニックに行くっていうのがそもそもちょっと引っかかるんだよな。まだそこまでの段階じゃないんじゃない？」

「だけど、子どもができるなら早い方がいいじゃない。育児は体力勝負だっていうし」

深刻にならないように話しながら、顔では笑っても、佐都子は微かに苛立ち始めていた。

自分だって仕事の合間を縫って通院しているのに、どうして夫は、これを佐都子のみの問題だと思うのだろう。子どもは夫婦の問題であるはずなのに、まるで妻の都合に付き合わされるかのように言われるのは心外だった。

夫の中に、思いがけず頑《かたく》なな古い考えがあるのを目の当たりにさせられた気がして、そのことにも、佐都子は少なからず不機嫌になっていた。

ぶつぶつと文句を洩らす夫を説得し、平日より予約の混み合う土曜日午前の受診予約をどうにか取りつける。

検査のため、個室に入った清和が出てきた後、洩らした言葉が忘れられない。

「ショックだった」と、彼は言った。

清和が案内された、検査用の精液を採取するための部屋には、成人雑誌が山と積まれ、アダルトビデオを視聴できる設備があったのだという。

「こんなきれいで上品なクリニックの一室であああいうものを見たこともショックだったし、なんか人間としての尊厳ってなんだろうって」

清和が苦笑して言い、佐都子も「そう」と頷いたが、一方で、妙に気持ちが白々と納得する。

精子を採取するのだから、そういう環境があって当然だろう。それなのに、この人はそんなことにも考えが及んでいなかったのだ。この具体的な想像力の欠如が、不妊治療における男女の意識の差のようなものをそのまま表している気がして、佐都子の方がため息を吐きたい気持ちになる。

精液検査と血液検査の結果は、一週間後に出た。

無精子症、という診断を受けた際の夫の顔を、佐都子はすぐに見られなかった。隣で肩を固めたまま、佐都子自身も驚いていた。

その日、診断してくれた医師は、佐都子がいい印象を持っていた初回の女医で、佐都子はそのことを僅《わず》かな慰めのように思ったが、横にいて動かない清和にとって、それがいいことか悪いことか、わからなかった。同じ男性から宣告される結果と、女性から宣告される結果は、内容が同じでも、それぞれの理由で彼にショックを与えただろうという気がした。

「……精子がないって、ことですか」

声は、清和の方から先に出た。

手渡された長細い紙に書かれた数値の、どこを見たらよいのかわからない。ただ、その中にはっきり、ゼロという数値が書き込まれている欄がある。

医師が言った。

「精子がない、と決まったわけではありません。無精子症は、精液の中に精子がいない、という状態のことを言うので、これから精巣の状態について検査することになります。精子が精巣で作られていても、精管が詰まっているという場合もありますし、精巣を調べて、わずかでも精子がいるのであれば、顕微授精という方法で受精を行うことが可能です」

ようやく見られた夫の顔が、一瞬前までとまったく違って見えた。

清和は、佐都子の方を見ていない。表向き、顔をしかめるでも声を大きくするわけでもないのに、はっきりと夫が隣で受けたショックが伝わってくる。顔を見ていられなくなって、そして、咄嗟に清和の手を握りしめたくなる。けれど、その手は彼の膝の上で、佐都子の手を寄せつけないほど、固く結ばれていた。

「精巣の検査ということはつまり」

男の、具体的な想像力のなさを恨めしく思ったばかりだった佐都子は、色が抜けたような夫のかすれた声を聞きながら、今度は、真逆のことを思う。彼がするであろうこれからの具体的な心配について、声の先を聞くのがあまりに忍びなくて、耳を塞いでしまいたくなる。

「――切る、ということですか。睾丸《こうがん》を」

「その必要があるかどうかを、これからまず検査することになります。睾丸にメスを入れるTESEという治療は、精巣内の精子を採取する必要があると判断された場合に行われるものです」

検査に来る夫婦は、すでに自分たちでいろいろと調べて来る場合も多いのかも知れない。医師が、丁寧に、佐都子たちがどこまで知っているのかを確認するように、説明を続ける。

無精子症には、大きく分けて、精子を運ぶ精管に問題がある閉塞性無精子症と呼ばれるものと、そうではない非閉塞性無精子症があるのだという。

閉塞性のものであれば、陰嚢《いんのう》を切開後、精子を吸引するMESAという治療法もあるという。これならば睾丸を切るよりも負担が少ないと説明されるが、しかし、その場合にも、やはり、切開という言葉が伴うことに、佐都子も清和も動揺を隠せなかった。

衝撃は強かった。局所にメスを入れる、ということの痛みと恐怖は佐都子には想像もできない。

顕微授精、という言葉は、佐都子も見聞きしたことがあった。

それは、不妊治療について調べている時に見た、二年以内に結果を出すことが望ましいとされるステップの、だいたい、最後に記されているものだった。タイミング法から排卵誘発、人工授精、体外受精、そして、顕微授精。

頭の芯が痺れたようになって、佐都子はその事実をすぐには受け止められなかった。いくつもの段階を飛び越えて、自分たちは一気に一番最後の方法に縋らなければ、もう子どもを授かることはできないのか。多くの家庭が、当たり前のように授かる子どもを。

通院や検査を嫌がる、夫の非協力的な態度に腹を立てていた朝が、今はどこまでも遠いことのように思えた。仕事の多忙さや、問題に対する当事者意識の薄さ、余裕などは、あくまでも表面的なことだった。

夫も本当は怖かったのかもしれない。まだ固まったままのその顔を見て、佐都子は思い知る。

きっと、清和だって本当は考えていた。もし、自分が原因だったら、と。その心配を杞憂《きゆう》に終わらせたくて、今日だって来たのに、なぜ。

なぜ、自分たちだけが、こんな荒涼とした気持ちに落とされなければならないのか。

「考えさせてください」

清和が言った。

努めて、冷静な声を出すようにしていると、横にいて、痛いほど感じ取れる声だった。

「わかりました」と、医師が答えた。

（四）

それからしばらくのことを、佐都子は覚えていない。

病院から帰った直後の夫に、自分がどう言葉をかけたのか。二人で何を話したのか。

その日、夫は仕事に戻ったのか。私は、どう過ごしたのか。二人で、夜、顔は合わせたのか。

子どもはいてもいなくてもいい。夫婦二人だけでもいい、と思っていたはずだった。けれど、どちらでもよかったはずの可能性は、最初から閉ざされていたのだとわかると、わかってしまったことで、佐都子たちの胸を強く締めつけた。このままでは、その未来は確実にないのだ。

清和の無精子症のことを、佐都子は実の母にも、誰にも言わなかった。実母から時折、子どもについて尋ねられることはあっても、通院しているから心配しないように、と言うだけだった。

これから治療を継続するかどうかは、夫にしか、決めることはできないと思った。あの日、「考えさせてください」と夫が精一杯出した声を聞いてしまったら、佐都子からは何も聞けなかった。

けれど、それでもなお、佐都子から「子どもを諦める」と言うこともまた、できなかった。

表向き、清和とは、何もなかったように過ごした。どちらから言い出したわけでもないが、自然とそうなった。互いに仕事に行き、多忙に過ごし、時折家で夕食を食べたり、朝帰りになったり、朝食で顔を合わせたり。

しかし、寝室で寝ていても、どちらかがセックスを誘うことはなかったし、佐都子も、朝の日課だったはずの基礎体温をもう測らなかった。夫も、そのことを何も言わなかった。

どう思っているかわからないと思っていた夫の、その両親が、しばらくして上京した。「東京に行くから会う時間は作れないか」と突然申し出てきた姑が、マンションに着くなり、「急に来ちゃってごめんなさいね」と言いながら、いそいそとお土産の菓子類や煮物の入った重箱を荷物から取り出して、佐都子に渡す。

清和は仕事で、その日も遅かった。

気が良くて真面目な姑が、佐都子の前に手をついて土下座をした時、佐都子は言葉を失い、「お義母《かあ》さん」とあわてて駆け寄った。顔を上げさせようとしたところで、姑が言ったのだ。「ごめんなさい」と。

口調から、普段の親しげな、砕けたところが消えていた。

「清和から、病気のことを聞きました。……佐都子さん、許してほしいと言って許してもらえることじゃないけど、本当にすいません。本当なら、お父さんも一緒に来るべきだったのに、体調が悪くて、申し訳ありません」

「そんな」

夫が自分の母親に話していたことに驚きながら、なおも「顔をあげてください」と呼びかけるが、姑は、顔を深く床にこすりつけたまま、動かなかった。

「あの子は、小さい頃に足を、二回、骨折していて」

顔を上げない姑の頭が、小さく震えていた。何の話が始まったのか、わからないまま佐都子が戸惑ううちに、彼女が続けた。

「そのせいで、レントゲンを、まだ小さいうちに何回も、撮りました。そのせいなのかもしれない。だとしたら、私のせいです。レントゲンはやめてくださいって言うべきだった。そうしなかった、私のせいです」

「やめてください、お義母さん。そんなことありません」

佐都子はあわてて、姑の肩に手を置く。実際、そんなことがあるはずがなかった。レントゲンと無精子症の間には、医学的な因果関係は何もない。けれど、清和の故郷の母が、乏しい知識をつなげて、居てもたってもいられずに自分に謝りに来たのかと思うと、胸が詰まって言葉が出なかった。

「ごめんなさい、佐都子さん」

ごめんなさい、申し訳ない、と泣きそうな声で小さく繰り返す義母を前に、佐都子の方が涙が出てきそうになる。

そして、悟った。佐都子の実家と同じく、口にしないだけで、親たちは結婚した自分たちが子どもを授かるのを、こんなにも当然のように思いこんできたのだと。自分たちとの考え方の違いに打ちひしがれながら、だけど、子どもについて、自分たちがどう思ってきたのかを、泣き伏す義母にもわかる言葉で説明する自信がなかった。

そして、ふと考えてしまう。

今回は夫の側に原因があったけれど、もし、これが佐都子の側が原因だった場合、この人はどう思っただろうか。それを佐都子のせいだと責める気持ちが同じように出てきたのだろうか。自分の母もまた、その時は清和に詫《わ》びたのだろうか。

やるせなかった。今の姑の姿も、そんなふうに考えてしまう自分も。

「大丈夫ですから」

答えながら、つぶれたように床にくっついた姑の体を丸く包み込むようにすると、姑が声を出して、泣き出した。

「私も、清和さんも大丈夫ですから」

自分でも何が大丈夫なのかわからないまま、佐都子は言い続けた。

切ってもいいよ、という、清和の言葉を聞いたのは、その翌週だった。

佐都子は、朝食の支度をしていた。台所に立つ自分に向け、何気なく「ねえ」とダイニングから呼びかけてきた夫が、ふいに言った。

「切ってもいいよ」

無精子症がわかってから、二ヵ月近くが経過していた。

佐都子は黙ったまま、夫の顔を見つめる。夫の顔は、検査結果をともに聞いた日の、衝撃に固まった表情から、むしろ、何かを突き抜けたような、サバサバとした感じがあった。

――この表情に至るまでの間に、一人で、どれだけの時間、どれだけの苦悩と闘ったのか。それを充分に感じさせる、疲れが滲んだ笑みを浮かべていた。

「進めるなら、顕微授精に進もう。ちょっと調べたけど、実際、それで子どもができてる夫婦もいっぱいいるみたいだね」

「いいの」

咄嗟に出てしまった言葉に、言ってから、しまった、と思った。こんな問いかけをして、清和にどう答えろというのだろう。思わず口を閉ざし、奥歯を噛んだ佐都子に向けられた清和の顔は穏やかだった。「いいよ」と。

「可能性があるなら、やってみよう。オレは仕事でも何でも、考え方が合理的なんだ」

そう、微笑んだ。

（五）

どうせ治療に臨むなら、とそこからの日々は、めまぐるしかった。

検査の結果、清和は閉塞性無精子症と診断され、精子を作る能力には問題がないということがわかった。

陰嚢にメスを入れ、精巣上体から精子を吸引するMESAという治療に進むことを決める。岡山にある病院が、男性の不妊治療における専門医を置き、実績もあるということで、二人で話し合って、転院を決めた。

体外で、卵子にピペットで精子を直接注入する顕微授精は、一般的に劇的な効果が期待できるとされる。たった一個の精子しか得られない場合でも受精が可能なのだ。

清和だけではなく、治療には、佐都子も当然ながら参加することになる。毎日排卵誘発剤の注射を打ち、卵子を体外に採取する採卵も必要となる。薬の副作用は、想像以上につらかった。体調が悪く、仕事に通うのもつらいほどになることもたびたびだったし、採卵の際に膣内に挿入される針の痛みに涙が出そうになったこともある。

こうまでしなければ、自分たちは子どもを授かることができないのか、という気持ちが、心を滅入《めい》らせることもあれば、こうまでしたのだから、子どもを授かれるはずだ、と逆に前向きになれることもあった。

岡山までは、毎回、飛行機で通った。

仕事を休んで都合を合わせるのは相変わらず大変だったし、顕微授精には費用もかかった。

清和の精巣から採取された精子の状態は、いいとは言われなかった。そこまでしたにもかかわらず、元気がない、と言われた時は、言葉にならないほどがっかりしたが、顕微授精に進める、と言われ、とりあえずほっとする。

採取された精子と、採卵した卵子を使って、医師からは、五回、という数字を示された。精子の中から、状態がいいものを選んで、五回の顕微授精が可能だと説明を受ける。

ショックと、痛み。衝撃と、動揺。そして、落ち込み。

不妊治療に臨むと決めてから、さまざまな段階に耐え、そこを抜けて、ここまで来たと思っていた。中でも、清和が無精子症だとわかった日の、あの日以上につらいことは、もうこれ以上起きないだろうと、佐都子も清和も、言葉にはしなかったが、ずっと思ってきた。だから、この先、何が起こっても、きっと揺らがないと。

しかし、そうではなかった。

一度目の顕微授精の結果を聞きに、仕事を休み、はるばる岡山まで行った時、小さな診察室で、佐都子たちは「陰性」を告げられた。

劇的な効果が期待される、と聞いたこの方法でも。そして、あれだけの痛みやつらさと闘ってきても、「結果」は出なかった。

この時、まだ一回目だから、と楽観できるような気持ちは、佐都子にも、清和にも失われていた。もう無理なのだ、とはっきり思った。自分たちはもう、子どもが持てない。

一回三十万円以上と言われる治療を続ける経済的な余裕は、幸いにしてわが家にはまだあった。しかし、陰性を告げられた一回に消えたものの大きさを思うと、気持ちは挫《くじ》ける。医師からは、二回目に進むことを勧められ、佐都子も清和も、疲れたように、それに頷いた。

無理なのだ、と思っても、けれどまだ、人間は期待をしてしまう。この日々に終わりが来るのではないかと、光など、見えないとわかっていても、前を向いてしまう。

二度目の陰性を聞いた日、佐都子も清和も、口数は少なかった。

こんなつらいことを、いつまで繰り返すのだろう。期待と絶望。出口はない、と誰かがはっきり言ってくれるなら、もう終わりにできるかもしれないのに、長いトンネルは、先がどんどん、細くはなるけど、ただそれだけで、いつまでもずっと続いていた。

三回目の顕微授精を勧められたが、佐都子たちは、即答できなかった。

一度、休むのもいいかもしれないと思い始めていた。仕事をしながらの遠方の病院での治療に、身も心も疲れていた。

最初に近所の不妊専門クリニックを訪れてから、すでに四年が経っていた。

結果を出すのが望ましいと言われる二年を通り越して、佐都子も清和も、ともに三十九歳になっていた。


三度目の顕微授精を再開することに決めた日、岡山の病院に予約の電話を入れ、佐都子と清和は、空港で飛行機を待っていた。

このまま、医師の言うとおり、五回目までは希望を持ってみようかということで、話し合って、決めてきた。

その日は、東京は二十五年ぶりと言われる大雪だった。

飛行機が飛ぶか飛ばないか、わからないけれど、タクシーで普段の何倍も時間をかけて訪れた空港は、出発が遅れる飛行機を待つ人の姿でいっぱいで、佐都子たちが着いた時には、すでに座る場所もないほどだった。

到着したタイミングと前後して、佐都子たちが乗る予定だった岡山行きの飛行機が欠便となる旨のアナウンスが流れた。一泊分の荷物を入れた、これまで東京と岡山間を何往復もさせた互いのスーツケースを見つめながら、「どうしようか」と問いかける清和の声が、まだ行く前なのにぐったりして聞こえた。

待つのを諦めた人たちが立ち上がり、二人分空いた待ち合いの椅子に並んで腰かけながら、佐都子もまた「どうしようか」と息を吐き出す。外に降る大雪のせいか、室内にいても暖房の熱がいつもより気怠《けだる》く感じる。

実績のある病院だということで、岡山の病院の予約はいつもいっぱいだった。今日を逃したら、またしばらくは仕事を休むことも含めて調整に追われるだろう。

手元のスマートフォンを操作する清和が「ダメだな」と呟いて顔を上げる。

「今調べたけど、新幹線も動いてない」

「そう」

窓の外に、雪が降りしきる中を走り去るバスと、それに乗ろうとする乗客を案内する、雪塗《まみ》れの空港職員の姿が目に入る。ロビー越しに清和と二人、その光景を見ていると、まるで音のない世界を鏡越しに見ているようだった。

どれくらい、そうしていただろうか。

帰ろう、と言い出すことすらなく、座っていた清和が、ふいに、横で、目の前のスーツケースを、じっと顔を傾けながら見つめていることに気づいた。一点を見据えながら、その目を閉じる。両手を合わせ、眉間に当てていた。

その時ふっと、今なら言えるかもしれない、と思った。

同時に、清和が口を開こうとする気配があった。それを先回りするように、佐都子は言った。

「もう、やめよう」

清和が目を見開いた。

合わせていた両手を解き、体を起こして佐都子を見た。顔が、衝撃に固まっていた。けれどそれは、悪い顔には見えなかった。その顔を見て、ああ、言えて良かった、と佐都子は思う。

「もう、やめよう。――飛行機をキャンセルしたお金で、今日は、何かおいしいものでも食べて、映画でも観て、それで、帰ろう。岡山にはもう、これからも行かなくていいよ」

話しながら、そういえば、ここ数年、自分たちは心の底から食事を楽しんだことがあったろうか、と思う。二人で映画を観ることさえ、以前は誘い合ってよくしていたのに、ずっと忘れていた気がする。

「いいのか」

清和の声がひび割れていた。

「あと、三回……」

佐都子は頷いた。

「いいよ」

清和が黙ったまま、佐都子を見ていた。だから佐都子も、できるだけ正面から、夫を見つめる。以前、手に取ることができなかった、夫の力なく投げ出した右手に触れる。乾燥した手は、思っていたよりずっとあたたかかった。その手を握り締める。

これからも、二人だけでもいい。

するとその時だった。握った手の中の夫の指が、ぎゅっと、強い力で結ばれる。佐都子と手を握ったまま、清和が俯いた。体を預けるように、妻の手を引き寄せて、自分の目と、額にあてる。

「ごめん」と声がした。

あわてて、顔を覗きこもうとする。清和が続けて言った。

「――もっと早く、やめたいって言えなくて、ごめん」

その声を聞いた途端、佐都子は大きく息を吸いこみ、そのまま止めた。目頭が熱く押され、視界が白く滲む。清和の肩と背中を、撫でる。そのままずっと、撫で続ける。

夫の声はもう完全にかすれていた。声を合図に、本格的に夫の背が丸まり、小刻みに体が震えていく。引き寄せられた手に熱い涙が触れ、嗚咽《おえつ》とともに吐き出される、夫の息が手のひらに触れた。止めようとしても抑えられない、しゃくりあげる声が、佐都子の手の中に溶けていく。

大雪の空港で手を握ったまま、互いの手にしがみつくように泣きながら、佐都子は、夫婦に戻るのだ、と考えていた。これから、また再び、どこにでもいるような平凡な夫婦に、自分たちは戻る。

二人で一緒に、生きていく。

（六）

二人だけで生きる、という、その決意を持った生活に、不満はもうなかった。

日々は穏やかで、心が過剰に揺らぐこともない。

そう、確かに思っていたし、その気持ちに嘘はなかった。だから、不妊治療をやめて、一年以上経っていたその夜も、すぐに心が動いた、というわけではなかったように思う。

その日、清和とたまたま観ていたニュース番組の特集で、特別養子縁組を仲介する民間団体の取り組みが紹介されていた。

夕食時だった。清和が座るダイニングテーブルにお味噌汁をよそって運んでいた佐都子は、黙ってその番組に視線を移す。清和も何も言わずに、二人でじっとテレビに見入った。

紹介されていた団体は、『ベビーバトン』という名前だった。

番組は、長い不妊治療の末、養子を迎える決断をした四十代の夫婦と、望まぬ妊娠により思いがけず子どもを出産せざるを得なくなった若い女性の両方に密着して取材をしていた。

親が育てられない赤ちゃんを、子どもを望む家庭に生まれてすぐ養子に出す「特別養子縁組」の存在を、佐都子たちはその番組を通じて初めて知った。

番組の中で、母親である若い女性は顔にモザイクがかかり、声が加工されていたが、それでもかなり派手な外見をしていることがわかった。金色に染めた髪の根元が黒く、爪には自分で塗った様子のマニキュア。『ベビーバトン』の担当者や取材のカメラに応える様子も、舌足らずでまだ幼いような口調だった。

年は、二十一歳。

ホステスをしていて、付き合っていた彼氏がいたが、妊娠を報告した途端、相手と連絡が取れなくなった。生理不順だったのと、痩せた体型だったため、妊娠に気がつくのが遅く、気づいてからも、なかなか周囲に言い出せなかった。

「避妊してなかったけど、これまでもそれでできなかったから、できるなんて、まさかって感じだった」と語る。

『ベビーバトン』を頼ることにしたのは、インターネットで、「妊娠」、「困る」、「中絶できない」、「赤ちゃんいらない」などの単語を打ち込んだ結果、団体のサイトがヒットしたからだという。

それまでは、毎日、流産してくれないものかと、自分のおなかを叩いていたそうだ。

「早く出産して自由になりたい」と彼女は言う。

「どんな人たちに育てられてほしい？」

出産してすぐの女性に、『ベビーバトン』の女性が聞く。若い母親は、病院の別室にいる、手放してしまうわが子の様子を何度も見にいきながら、少しの間押し黙って、それから答える。

「いい親っぽい人がいい。ベンツ乗ってる、みたいな」

それに、仲介団体の女性が、「ベンツは無理だよー」と優しく笑いかけていた。若い母親も、「じゃ、かっこいい親がいいな。鼻が高いとか」と笑い返す。ぽつりと、付け加えた。

「この子にちょっと、似てたら、もっと、いいな」

カメラに向け、「似てますか？　私と」と問いかける。産院の、子どもたちが小さなベッドで眠る別室に、他の母親は授乳のために入っていけても、彼女は赤ん坊を抱けない。仲介する団体の規則で、抱けるのは、赤ん坊と別れる最後の日に一度だけ、と決まっているそうだ。

若い母親たちは、妊娠するともらえる母子手帳を持っていない場合も多く、中には一度も病院で健診を受けていないまま、臨月になって電話をしてくるケースもあるという。

「そういう場合にも、うちと連携している病院を紹介します。ただ、その病院のある場所まで来られない、ということになると迎えに行ったり」

『ベビーバトン』の代表である女性は「うちに来るお母さんたちは、めんどくさがりで、嘘つきで、ずるくて」と苦笑する。呆れたような口調だけど、それはどこか彼女たちをいたわるような顔つきでもあった。

「正直、振り回されることもあります。けれど、それまで頼る人のいない状況だったからこそ、出産までは安心して過ごしてほしい」

『ベビーバトン』では、そうした母親たちが、出産までの期間、共同生活を送る寮のような場所の用意もある。彼女たちの出産に係る経費や、その間の生活費などの実費は、養子を受け入れる親の方で負担するのだという。

子どもを妊娠し、出産しても育てられないと途方にくれる母親がいる一方で、育てられる環境が整っていても、子どもを授かれない夫婦もいる。

出産して十日目には、子どもはもう、その子を引き取る夫婦の待つ土地へと、飛行機に乗った。

若い母親にはモザイクがかかっていたが、子どもを受け入れた四十代の夫婦の方は顔を隠していなかった。実名で取材に応え、カメラの前に立っていた。

子どもが生まれてすぐ、夫婦のもとに電話がかかってくる。

「男の子です。受け入れますか」

『ベビーバトン』に、養子を希望する親として登録して一年、〝待機〟している状態だった夫婦は、電話を受けて、「縁があってこうなったのだから、断りたくない」とその子を受け入れる準備をする。

二人で、子どもを空港まで迎えにいく。滑走路に到着した飛行機を窓越しに眺め、二人で、「あれかな。あれに乗ってるのかな?」と待ちきれないようにカメラで撮影する。『ベビーバトン』の女性に抱きかかえられ、やってきた生後十日目の赤ちゃんは、画面ごしにもその小ささが伝わってきた。

「お待たせしました、お子さんですよ」の言葉に、夫婦が赤ちゃんに、わっと近づく。子どもに名付けをするのも、この夫婦だ。

引き取った子どもを、夫婦は働きながら育てる。彼らは商店街で、時計屋を営んでいた。従業員も夫婦二人だけなので、赤ちゃんはカウンター近くにベビーベッドで寝かされたり、働く母親に常に抱っこやおんぶをされている状態だ。

やってくる出入りの業者や顔見知りのお客さん、近所の人が、赤ん坊を見て、「この子、どうしたの?」と当然尋ねてくる。夫婦二人が、それに「養子をね、もらったんです」とはっきり伝える様子に、心の底から驚いた。

しかし、「家族が増えました。これからよろしくお願いします」と朗らかに笑う奥さんに、そう言われた人たちも「そうなんだ」と普通に接している。「かわいいねえ」と赤ん坊を見ている。

——冒頭の若い母親が、望まぬ妊娠に毎日おなかを叩いていた、という話を、そこでふっと思い出した。そして、何とも言えない、不思議な感覚に陥る。この子の前には、まったく違う二つの家があったのだ、と。

番組の後半、『ベビーバトン』の代表の女性が話していた言葉が印象的だった。

「特別養子縁組は、親のために行うものではありません。子どもがほしい親が子どもを探すためのものではなく、子どもが親を探すためのものです。すべては子どもの福祉のため、その子に必要な環境を提供するために行っています」

彼女はそう断言した。

「第一に考えているのは、子どもの命を守るということです。生まれた子どもの心身の成長を願って、私たちはこの活動をしています」

番組はそこから、子どもの命を巡る現代の状況を報じていた。生まれたばかりの赤ちゃんを持て余し、公園や公衆トイレにへその緒がついたまま置き去りにした事件や、それにより赤ちゃんが死亡したケースを伝え、また虐待事件の年間件数などをグラフで伝える。

佐都子と清和は、黙ったまま、ニュースを観ていた。

観ている間、胸が詰まって涙さえ出そうになる部分が何ヵ所かあったが、夫の手前、こらえて、ただじっとテレビを観ていた。

「こういう人たちもいるんだね」

やがて、夫がぽつりと言った。

ダイニングに座ったまま、表情も動かさずに。「そうだね」と、佐都子も答えた。

そのまま、画面が次の番組に切り替わる。何事もなかったかのように食卓につき、二人で黙って箸を動かす。

そのテレビ番組を観た衝撃は、それからしばらくして、じわじわと効いてきた。

特別養子縁組を自分のこととして考えたというよりは、子どもを受け入れたあの夫婦の在り方自体に、佐都子は価値観を揺るがされ、一言で言えば、感動していた。世の中には、佐都子の思いもしなかったような家族が、ああいう形で存在している。

ある日、会社の同期による飲み会があって、世間話程度に、佐都子はこの番組の話をした。本当だったら夫と話したかったが、面と向かって話すのはまだ憚《はばか》られていた。

同期の伊藤《いとう》は、入社当時から佐都子と親しく、結婚した時期も近かった。今や、二人の子を持つ子煩悩な父親でもある彼なら、気がねなく子どもについて話せるのではないかと思った。

育てられない、という母親と、子どもを授かれない夫婦。

自分たちが不妊治療をしていたことは、会社の誰にも話していなかった。もう作らないのだろうと周囲から思われている気配も感じていた。

一人の子どもを巡り、本当だったらまったく違う環境にあった二つの家が、特別養子縁組によって結びつくことの不思議と、それを受け、子どもがやってきた夫婦が、堂々とその子を「うちの養子だ」と話す姿への感動について佐都子が話すと、伊藤が微かに顔をしかめた。

「うわぁ、まるで犬か猫だね」

口が利けなくなった。そんなふうに言われると思わなかった佐都子は、なるべく必死に聞こえないように気遣いながら、「でもね。でも、よ」と続ける。

「産みのお母さんとそのまま一緒にいたら、その子は極端な話、虐待されていたかもしれない。それが、安定した家の子として育てられるんだから、その子の人生はまったく違うものになると思うの。教育環境も違うでしょうし、きっと、価値観だって――」

「そうは言っても、血っていうのはあるからね」

伊藤の口調に躊躇いはなかった。

「育ててるうちに、そのどうしようもない母親の血っていうのは出てくると思うなぁ。そういうのはもう逃れられないからさ。オレも今、子ども育ててると思うもん。あ、こいつ、こんなとこオレに似てるな、間違いなくオレの子だなって。引き取った家がたとえどんだけ高学歴で立派な人たちだったとしても、そのうちわかってきちゃうって」

佐都子は本格的に何も言えなくなり、絶句したまま、そっと口を閉じた。

言葉を選んだつもりだったのに、産みの母親のことをあっけなく「どうしようもない母親」と言われたことにも小さなショックがあった。番組の中で、子どもと別れる時、若い母親は泣いていた。

「それにさ」と伊藤が続ける。

「その子が、その番組の子みたいにせめて彼氏との間の子ならいいよ。だけどさ、レイプとかでできた場合もあるわけじゃない? そういう場合ってどうなのよ。その子に問題ないって言える?」

「……そういう場合の子どもの命を救いたいからこその、制度なんだと思うけど」

同期としてともにこの会社に勤め、たいていのことでは気が合う人だと思っていた。伊藤は頭がいい人だし、仕事だってできる。しかし、こんなにも考え方が違うのかという事実に、佐都子は打ちひしがれていた。言葉が伝わる感じが一切しない。

彼が言った「せめて彼氏との間の子」という言い方が、すべてを如実に表しているように思えた。育てられない子どもは、彼の中ではどこまでも望まれない子という認識なのだ。

こんな考え方をする人もいるのか、と思う一方で、胸がぎゅっと引き絞られる思いがした。自分はあの夫婦ではないし、あの母親ではない。当事者ではない。しかし、不安のような息苦しい思いに心臓を鷲掴みにされる。

それは、こういう考え方をするのは、何も、目の前のこの同僚だけではないのだろう、という思いだった。

彼が今たまたまそう言っているだけで、彼のような考え方をする人はおそらく大勢いる。

そして、一番考えたくない考えに、思い至ってしまう。

清和。

一番身近にいる、自分の夫もまた、伊藤のように考えるかもしれない。番組を見て最初に洩らした「こういう人たちもいるんだね」という言葉は、自分たちとは違って、という、そういう意味ではなかったか。

結婚して十年近く経ち、互いのことをだいぶわかったように思ってきた。けれど、不妊治療を通じ、佐都子は何度も夫を見失ったような気持ちになり、そのたび、ようやく捕まえたと思って、今、二人で生きている。

けれど、同じ番組を観ながらも、清和は、佐都子と違うことを考えていたかもしれない。一度そう思ってしまうと、確認するのが怖くて、できなかった。ますます、この話についてはもう話せない、と感じた。

状況が変わったのは、それからしばらくした時、ふとしたことがきっかけだった。

先に帰って来た佐都子が、夕食の支度をする前、何気なくリビングのパソコンを立ち上げた。夫婦共有のパソコンのインターネットの画面を開き、佐都子は初めて、『ベビーバトン』のサイトを見ようとした。

すると、検索エンジンに「べ」と最初の一文字を打ち込んだ途端、検索候補の一番上の欄に「ベビーバトン」の文字が現れた。

思わず、息を呑んだ。

こうなるのは、その単語を検索した履歴が残っている時だ。佐都子が検索するのは初めてなのに。

予感があって、詳しい閲覧履歴を表示する。履歴は削除されていなかった。あの放送があった直後から、何度か『ベビーバトン』のサイトが閲覧されている。

――清和だ。

夫も、自分と同じように検索をかけていたのだ。

その日遅く帰って来た清和に、佐都子は、勇気を出して聞いた。「『ベビーバトン』のサイト、見てた？」と。

ネクタイを緩めていた夫は、驚いたように表情を止めた。しかし、それも一瞬だった。すぐに「うん」と頷く。

緊張を覚悟していた佐都子の予想に反して、清和の表情は穏やかだった。佐都子は説明する。

「私も見ようとしたの。検索して」

「そうか」

清和がネクタイを取り、ソファに座る。

二人だけでもいいと思っていた。それは本当だ。清和もおそらくはそうだったと思う。

「養子のこと、考えてるの？」

どう聞いたらいいかわからなくて、思ったことがそのまま口に出てしまう。考えていたのは佐都子の方だ。自分も同じ気持ちなのに、聞いてしまう。

すると、彼が答えた。

「――別に、どうしても子どもがほしい、諦められないっていう――どう言ったらいい
かな。すごく強い気持ちじゃないんだ。君のために、っていうのともちょっと違う」

「ええ」

「ただ、テレビで、この団体の人が言ってたことが気になって。これは、親が子どもを
探すための制度じゃなくて、子どもが親を探すための制度なんだっていう」

「うん」

清和が座ったまま、佐都子を見た。淡々とした口調に無理は感じられなかった。

「うちには幸い、父親の役割ができる人間と、母親の役割ができる人間の両方がいて、
子どもを育てるための環境がある。――この環境が役に立つなら、使ってもらうのもい
いんじゃないかと思ったんだ。そんな理由じゃダメかな」

「……いいと思うよ」

佐都子は笑った。

自分の気持ちがようやく見えた気がした。

そして、思った。

この人が自分の夫でよかった。

（七）

問題はさまざまにあった。

一番は、やはりお互いの両親のことだ。養子を迎えることにしたところで、互いの親に、すんなりと受け入れてもらえるとは思えなかった。

同僚と話して思い知ったことだが、日本は「家」や「血」という考え方が根強い国だ。欧米と比べて養子縁組というのは、なかなか理解も得られにくい面があるのだろう。佐都子と清和の両親は、これまでの印象では、そのことで人を差別したりするような人たちではなかったが、問題が自分の身内のこととなると、どう思うかはわからなかった。

佐都子と清和は、ともに今年で四十歳。

佐都子の親にも、清和の無精子症のことと、不妊治療についての経緯はもう話してあった。「いないならいないで仕方ないよ」と、母からは言われていた。「かわいそうに」と泣かれてしまい、どう答えていいかわからなかったことも、ある。

ひとまず、まずは勉強をさせてもらうような心づもりで、佐都子は『ベビーバトン』のサイトで、定期的に開催されているという説明会の予約を取った。

『養親を希望されるご夫婦へ』というページに掲げられたフォームに書き込んですぐ、返信がある。場所は四谷にある区民センターだった。

最初の説明会に行く日の朝は、佐都子も清和も緊張していた。

どれくらいの人たちが来る、どういう雰囲気の場所かわからないが、自分たちがすごく特別な場所に行くのではないかという意識が強かった。

「どんな雰囲気なのかな」

「他にもうちみたいな夫婦が来てるんだろうな」

互いの気持ちを紛らわすように口にしながら、堅い恰好《かっこう》をして出かけたビルの入り口は、——賑わっていた。

赤ちゃんを抱っこしたり、互いの子どもを遊ばせながら親しげに「まぁ、○○さん、この間は」と会話をするようなお母さん同士、ビルにベビーカーを押して入っていく家族連れもいた。まるで、これからお祭りか行楽地にでも出かけようという雰囲気だ。

今日は、佐都子たちの説明会以外にも、別のフロアで何か別の催し物があるのかもしれない。区民センターのビルは、部屋を貸して連日なにがしかのイベントをやっているものなのだろう。それか、『ベビーバトン』の取り組みへの支援者か、お手伝いのボランティアのような人もいるのかもしれない。

「なんだ。気軽な感じだね」

清和がほっとしたように言って、佐都子も思わず「本当に」と頷いた。

赤ちゃんを連れている人たちを見ても、不思議と嫌な印象はまったく受けず、ただ楽しそうだな、と思う。

日除《ひよ》けにかぶせた赤ちゃんたちの薄いピンクや水色の帽子を見て、いいな、と思う。

しかし、指定された三階のその部屋に行くと、空気は一階のロビーとまったく違ったものになった。

小さな学校の教室のような場所に、夫婦それぞれがかけられるような二人がけの席が平行に並んでいる。

佐都子たちを含め、座っている夫婦は、全部で十組ほど。

自分たちと同年代の姿が多いが、中には佐都子たちより年上に見える人たちや、或いはもっとずっと若い夫婦の姿も見えた。皆、入り口で渡された資料のパンフレットや用紙に目を落とし、夫婦で座っていても、誰も何も言わない。

来ているのが、おそらく自分たちと同じような立場の人たちだとわかってはいても、同じ立場で気持ちがわかるからこそ、佐都子も視線のやり場に困った。一番後ろの席についていて、彼らと同じように机に広げた資料を、ただ見つめる。

空気が明らかに張りつめていた。

「今から説明会を開催しますが――」

ホワイトボードを背にし、前方で団体の女性が言う。

「すいません。今日は記録用にビデオカメラによる撮影をさせてもらえたら、と思います。この取り組みをできるだけ多くの人に知ってもらうための映像ですが、もし、映り込むのがお嫌な方がいたら、挙手をお願いします」

その声に、部屋全体にざわめきが走った。

夫婦で顔を見合わせ、最初は誰も手を挙げない。やがてもう一度「お嫌な方は挙手を」と声がかかると、ようやく、ぱらぱらと手が挙がった。佐都子は清和と顔を見合わせたまま、どうしたらいいかわからなかった。

やがて、すぐ隣の席の男性から、「映りたい人なんかいないよ」という、怒ったような声が上がる。

「ここに来てる人で、映りたい人なんかいるわけないじゃない」

彼の強い声の横で、その奥さんと思われる女性が、俯いて手を挙げている。その様子を見て、佐都子と清和も躊躇いながら手を挙げた。すると、団体の代表だという女性が「わかりました」と前方で頷いた。

「皆さんのお姿は後ろからしか撮りません。後ろ姿でも抵抗がある、という方は、三列目より後ろの席に移動してもらえますか。お手数おかけしてすいません」

そう言われて三列目までに残って座り続けたのは一組だけで、残りの夫婦は互いの顔色を窺《うかが》うようにしながら、後列に移動する。

全員が席に座ったところで、代表の女性が挨拶をする。

「こんにちは。このたびはお忙しいところありがとうございます。私、『ベビーバトン』の代表を務めております、浅見《あさみ》です」

テレビに出ていた、あの女性だった。若い母親に付き添い、生まれた子どもを時計屋さんご夫婦のもとに連れてきた、あの人だ。

少しふっくらとした気の良いおばさん、といった感じの外見で、年は五十代の後半というところだろうか。

「よろしくお願いします」と彼女が頭を下げた。

「今から、当団体の説明と、特別養子縁組の手順についてのご説明をします。では、まずは百聞は一見にしかずだと思うので、こちらの映像を観ていただきましょうか。先日、ニュース番組の中で扱われたものです」

部屋の照明を切り、うっすら暗くなった会場で、正面に用意された大きなテレビに、佐都子たちが観た例の番組が映し出される。

途中で、何度か、周りから嗚咽が聞こえた。

涙を拭う気配が、あちこちから感じ取られた。やってきた赤ちゃんを夫婦が抱きしめ、「会えて良かった」という様子に、佐都子も涙をこらえ、息を詰めた。

映像が終わり、部屋が明るくなる。浅見から、番組の内容を補うように、説明がある。

「この中には、こちらのニュースをご覧になっていらした、という方も何人かいらっしゃると思います。特別養子縁組ということに関して、いらっしゃるのはうちが初めてだという方もいれば、ひょっとすると、他の団体や児童相談所を何ヵ所か回られてからいらした方もいるかもしれないですね」

特別養子縁組は、民間団体の他にも、自治体によっては児童相談所で熱心に力を入れて取り組んでいるところもあるのだという。

浅見からは、続いて、赤ちゃんを特別養子に迎えたいと思う夫婦に知っておいてほしいという心得が説明された。

「まず、よく説明会にいらっしゃるご夫婦に聞くと、こう仰る方がいるんですね。『〝普通〟の子がほしい』と。――ですが、よく考えてください。〝普通〟の子は、〝普通〟の家にいるんです。うちの団体を頼ってくるということは、何か事情があるということです。養親になる際には、実親さんの妊娠経過や家庭環境にどんな事情があっても問わない、という覚悟をしていただくよう、お願いしています」

同じく、通常の自分の子どもの出産の時と同じように、性別を問わないこと。産まれてきた赤ちゃんにたとえ重度の疾患や障がいがあった場合でも、その子の親となる覚悟をすること、などが説明される。

『真実告知』という言葉が、その時に出た。

「子どもには、真実を知る権利があります。いずれ、適切な時期が来たら、養子であることを説明してもらいます。無理に隠し通そうとすると、子ども自身は肌でわかっていることも多いので、結局は子どもが傷つくことになる。そして、それは周りに対しても同じです。特別養子を迎えるにあたっては、家庭裁判所での審判を経ることになるので、ご両親や身内など、周りに隠したまま行うのは難しいと思います」

わずかに心が重たくなる。佐都子たちがこれからきっと向き合って話し合わなければならない互いの両親は、おそらくは、理解してもらうまで相当の時間が必要だ。

「この中の何人かは、これから子どもを迎えて親になっていくと思うのですが、そうした場合にも、今の説明のことを覚えていてもらいたいと思っています」

浅見が言って、僅かに救われた思いがする。

この中の何人かは、これから確実に子どもを迎える。

そう断言されたことで、気持ちが微かに高揚する。

「ここまでで何か質問はありますか」と尋ねた浅見に向け、「あの」と佐都子のすぐ前に座っていた女性が手を挙げた。佐都子より年上に見える。横に座っている旦那さんの髪にも白いものが多い。

「どうぞ」と促され、マイクを手渡されたその女性は、ハンカチを握り締めていた。そして、質問する。

「すいません。先ほど仰られたように、特別養子縁組のことを知って、いくつかの団体や、児童相談所に参りました者です。その上で質問なんですが、――こちらの団体は、養子を迎える年齢についての上限設定は、ないと考えてもよいですか」

声が微かに上ずっていた。

「何歳でも、可能性はありますか。他の団体は、原則として四十歳まで、というところがほとんどでした。私は四十四です。無理ですか」

佐都子ははっとして息を呑む。質問者の女性は、今にも涙が出そうな様子に、肩が揺れていた。

「そういうところは、多いですね」

浅見が前で、声を受け止める。

「四十歳で迎えた子どもが成人した時、親は六十歳です。そこを一つの基準に考えて、年齢制限をしているところもあります」

「はい。他にも、母親は、絶対に専業主婦じゃなきゃダメとか」

「うちではそうした条件は特に設けておりません」

興奮して声が大きくなっていく質問者の女性を宥《なだ》めるように、やんわりとした口調で浅見が応じる。

「うちも、原則的には四十歳まで、ということを掲げてはいます。しかし、この後、希望されるご夫婦に個別面談を行います。どの程度まで不妊治療をされたのかや、なぜ特別養子縁組なのかについて、それぞれの家庭に話を伺って、個々の事情への対応を検討していきたいと思っています」

「僕も、質問、いいですか」

別の席で、今度は男性から手が挙がる。ポロシャツとジーンズ姿の男性は若々しい印象で、三十代に見えたが、違っていた。

「うちの場合も、夫婦ともに四十代です。年齢に対して、四十代と一括《くく》りにされて語られることに、ずっと、抵抗を覚えてきました。四十代後半の夫婦に迎えられた子どもが、おじいさんおばあさんに育てられていると、いじめにあったという例を出されて、諦めるよう言われたこともありますし、四十を過ぎても、ゼロ歳にこだわらなければ養子はもらえるんだから、どうして赤ちゃんから育てたいんだ、と言われたこともあります」

痩せた男性の喉仏が震える。「子育ては」とか細い声が続ける。

「ネガティブな面ばかりではなく、四十代だからこそ、いい面もたくさんあるんじゃないでしょうか。経済的な面や、経験豊富だという点でも」

彼がぐっと、唇を噛んだ。

「――僕たちは散々これまで、いろんなところで、年齢のリミットを切られてきました」

静かな部屋の中に、声が響き渡る。具体的なことを言わなくても、会場にいる多くの夫婦が、自分たちが辿ってきた道のりの何らかの場面について考えていることが伝わってくる。

長い不妊治療は、終える決意をした時点で、佐都子も四十歳になろうとしていた。

「個別面談では、どの程度配慮してもらえるんでしょうか。たとえば、四十一かせいぜい三ならいいけど、四十五じゃダメだ、というのだったら納得できません。それに、二十代、三十代の親だって、その子を残して死ぬことはありますよ」

「個別の家庭の事情に配慮して、しっかりとお話を聞くつもりです」

浅見の口調は揺るがなかった。

「長い不妊治療を終えて、これからやってくる子どもの親になるという決意をした人たちの、できるだけ力になりたいと、考えています」

その後も、説明会の空気は何度も、さらに張りつめたようになった。

たとえば、養親登録をしてからは避妊をしてほしい、という話が出た時もそうだった。同じ年や近い年の子どもが、実子と養子という形でできてしまうのを避けるためだという。

この時もまた、別の女性から「気持ちを切り替えられないのですが」と手が挙がった。

「これまでずっと、授かりたい、と努力をしてきたのに、それを急にやめろと言われても……。私は、ここに来た時点で、実子も養子も分け隔てなく育てる覚悟をしています。どうして決めつけるんですか」

「親御さんが実子の方をかわいがるだろうと、何も決めつけてそう言っているわけではないんです。ただ、育児には、とても時間と手間がかかります。一度に二人のお子さんを、間をおかずしてみるというのは大変なことです」

浅見が説明していく。

「育児は、いいことばかりではありません。確かに、これまで私たちが養子縁組を仲介してきたご家庭は皆さん、赤ちゃんが来たことで若返ったり、元気になったご家庭もたくさんあります。しかし、育児はお金も時間も、親からすべてを奪います。その上、誰が評価してくれるというものでもない」

　ご夫婦には、と浅見が続ける。

「長い人生の楽しみとして、もちろん育児を選ばれる方もいると思います。しかし、育児でなくても、人生を楽しめる方法はいくらでもある。面談でもまたお話ししますが、ご夫婦には一度、今日帰った後で、育児以外にも楽しめる今後の過ごし方についても、よく話し合っていただきたい、と思っています」

　十分間の短い休憩が取られ、席を外してよいと言われても、佐都子も清和も、互いに何も言えなかった。

　自分たちは説明会に来るのはこの『ベビーバトン』が初めてだが、問題は自分たちが思う以上に複雑で、いいことばかりではないのだということが、その前の一時間でわかり始めていた。

「トイレ、行ってくる」

　いたたまれなくなったように清和が横で立ち上がり、部屋を出て行く。佐都子は黙って頷いて、そのまま席に座り続けていた。新たな可能性に飛び込んだと思ったことで、ドキドキしていた胸の期待が微かに萎《しぼ》み、今は、吸いこむ空気がとても、薄く感じた。

　他の人の多くが席を外しても、佐都子は一人、動けなかった。そのまま、机の前で俯いていた。

「――おいくつ、なんですか」

声がして、顔を上げるとハンカチを手にした女性が立っていた。最初に年齢について質問した、佐都子のすぐ前に座っていたあの女性だ。目が赤い。

佐都子は乾いた唇を湿らすように一度閉じてから「四十、ちょうどです」と答える。答えを聞いて、彼女が「そうですか」と薄く、笑った。

「じゃあ、私よりまだ可能性があるかもしれないですね。頑張ってください」

女性は、今は感情的になってしまったことを恥じ入るように、少し、気まずそうだった。それを見て、胸がぎゅっとなる。普通の人なのだ、と思う。

普段は感情的に声を荒らげることもない、おそらくは、彼女もそういう、普通の人の一人なのだ。

ぽろぽろと、一人、二人と、席に人が戻ってくる。彼女は黙って、また自分の席に戻った。

（八）

「説明会の後半に入ります」

休憩を経て戻ってきた浅見の顔つきが、前半より、どこか柔らかく雰囲気を変えたように思った。

心なしか、会場の外がざわついて感じる。

浅見の口調が、軽くなる。

「ここまでさまざまなことをお話ししてきましたが、私の話だけでは伝わらないこともあると思うし、そろそろ〝百聞は一見にしかず〟パート2に入ろうかと思います」

ずっと緊張し通しだった部屋の空気は、一度中断されたことで、今はまるで疲れたような気配さえ漂っていた。それが、次の瞬間に一変する。

「皆さん、どうぞ」

浅見の声とともにドアが開き、会場の後ろにたくさんの家族連れが入ってくる。

あっと思う。

朝、清和とともに一階のロビーで見た、あの人たちだ。お祭りか、行楽地にでも出かける前のようにも見えた、あの家族たちだった。

ぞろぞろと入ってきた親子たちは皆、笑顔で、砕けた様子だった。ママー、と甘えた声を出す女の子、抱っこされたまま、母親の胸でぐずる赤ちゃん。旦那さんが大きな腕で抱きかかえた、まだ本当に小さなおくるみの赤ん坊。その横で、にこにこしているお母さん。家族は、全部で十組ほど。

――中に、テレビのニュース番組で見た、あの時計屋のご夫妻がいた。赤ちゃんを連れている。

では、この人たちは。

不意を衝かれた思いで顔を上げる佐都子たちに向け、浅見が言った。

「皆さん、『ベビーバトン』に登録されて赤ちゃんを迎えたご夫婦です」

言葉がなかった。どの家族も皆、血のつながりがないなんて信じられないくらい、普通の親子だ。街中でよく見かける、どこにでもいる普通の家族だ。

「『ベビーバトン』では、赤ちゃんを迎えた家族同士が定期的に集まる会を催しています。今日はその日だったので、説明会にも一緒に来てもらいました。定例会はね、それはそれはすごいんですよ。一言で言えば、親バカ大会。みんな自分の子のかわいさを自慢し合いたくて集まってる感じです」

浅見が笑う。

「一人一人、ちょっとご自分の話をしてもらいたいんですが、いいですか。じゃあまず、町田《まちだ》さんから」

「あ、はい。――ええと、照れますけど」

一組の夫婦が、ホワイトボードの前に歩み出る。皆、黙ったまま、彼女たちの方を見つめた。小さなおくるみの赤ん坊を、旦那さんの方が抱きかかえている。

「ええと、町田といいます。お話が参考になればいいのですが、よろしくお願いします」

うちの場合は、と彼女が話し出した。

「うちの場合は、子どもができなかったのは、夫が無精子症と診断されたためです。この中にも同じ方がいるかもしれないのですが、ＴＥＳＥの段階まで進みました。幸い、精子は見つかって顕微授精に進みましたが、五回やって五回とも陰性でした」

佐都子は声にならぬ声を、静かに呑み込む。

ＭＥＳＡやＴＥＳＥという単語は、その道を通ってきた佐都子たちだからこそ知っている言葉だ。それも、閉塞性無精子症だった清和はＭＥＳＡの治療だった。睾丸を切るＴＥＳＥよりは負担が少なくて済む、という説明をされていた。それだって、苦しみの連続だった。

けれど、自分たちの経験したものよりさらに負担が大きい段階に進んだことを、彼女が用語の説明もなく、あっさりと自分の夫の横で口にしたことに、強く衝撃を受けていた。詳しい説明をしなくても、ここに座る自分たちにこの話が通じると、彼女たちは信じ切っている。

私たちも、この夫婦も同じだ。

同じ道を辿ってきた人たちなのだ。

「実は、私は不妊治療の最後の方で、もう養子のことについては考え始めていたんです。でも、なかなか言い出せなかった。もう、しんどいからやめようかって話になった時、初めて、彼に言いました。――うちの場合は、夫ははじめ、まったく乗り気ではありませんでした」

彼女が自分の夫の方をちらりと見る。

赤ちゃんを大事そうに、かわいくて仕方ないように抱える旦那さんは、それを意識してか、ただ腕を揺らして赤ちゃんを構うだけで、妻の方も、着席した佐都子たちの方も見なかった。立ち姿がまっすぐで、おなかも出ていない、麻のシャツの似合った、若々しい旦那さんだった。

彼に代わるようにして、奥さんが説明する。

「血のつながりのない子を迎える自信なんてないし、第一、自分の子が残せないなら意味ないって。そんなふうに言うのを、だけど、子どもが来たらきっと楽しいよって、説明会に引っ張っていきました。ええ、半年前は、私が皆さんと同じ立場で、そっち側に座っていたので、今、とても不思議な気分です」

彼女は照れくさそうだった。

「浅見さんの説明を受けて、個別面談もしてもらって、何回も何回もこのことと向き合ううちに、彼の中でも少し気持ちが変わって、登録をさせてもらうことになりました。きっとすぐには連絡は来ないだろうから、気長に、それまでは夫婦だけでもいいし、成り行きに任せようって思ってたら、登録してすぐ、一ヵ月しないうちに電話があったので、驚きました」

旦那さんの抱える赤ちゃんを、見る。小さな赤ん坊は、三ヵ月前に彼女たちのもとにやってきたばかりだと言う。

「ひょっとしたら、準備期間が充分にあった方が逆に緊張したり、大変だったかもしれないのですが、うちの場合はそんな感じだったので、もう、巻き込まれるようにバタバタバターッと支度を。必要なものを用意して、生活リズムもまったく変わって……。でも、それがよかったのかもしれない。今では、夫は娘にメロメロです。私よりたぶん、かわいがってると思う」

その様子は、横で一言も口を利かない旦那さんが、けれど今日、ここに来ていることからもよくわかった。「男性の方には悪いですが」と彼女が言う。

「男性って、たぶん、実際に赤ちゃんが来てみないと実感がわかない人が多いんだと思うんです。ともかく、もう巻き込んでしまうこと。一度巻き込まれてしまえば、うちの場合は大丈夫でした」

彼女たちが説明する間、浅見が近くに立っていた。その浅見の方を見て、彼女が微笑んだ。

周囲にも、この子が養子であることは可能な限り話していると言う。

「近所の人には、驚かれることもそりゃありますけどね。絶句されたり。でも、大抵が『そうなんだ』っていう反応で、『まずいことを聞いてごめんなさい』という感じはあまりないです」

サバサバとした口調で話す彼女の、潔いほどの態度が印象的だった。

「それと、うちは、面接の段階では、夫が障がいのある子を受け入れる自信がない、ということも率直に浅見さんに伝えて、その上で何回も話し合いを重ねてきました。正直、そこが引っかかって、登録を断られそうになったりもしたんですが」

彼女が苦笑する。

「その点も男性の方が想像力が薄いというか――、今はもう、この子がたとえ障がいがあったとしても、夫婦ともに、この子でなければ嫌だ、本当にかわいい、という気持ちでいます。この先この子に何か起こっても、たとえそれがどんなことだったとしても、すべて受け入れたいと、そう思っています」

次に現れたのは、お母さん三人だった。

旦那さんに付き添われている人。抱っこキャリアーで赤ちゃんを抱っこしている人、もう小学生近いくらいの、大きな子の手を引いている人。いろんな人がいた。

それぞれ順番に、自分たちがどんなふうにして子どもを迎えたか、迎えてからどうだったかを話していく。「この子が周りにどう思われるか、ということも含めて彼の人生なので、うちはこの子には伝えても、周りには話していない」という人もいた。

皆、気丈に、おそらくは最初はそうはできなかっただろうに、今はあっけらかんと話をしているのだというのが、痛いほど伝わってくる。

佐都子たちの座る席と、会場の前に立つ親子たちとの間は、もうはっきりと違う場所だった。もとは同じ場所だったからこそ、その違いははっきりとした線になっていた。色まではっきり、違って感じた。

三人のうち、二番目に話し始めた小柄なお母さんは、マイクを手にして、話し始めてすぐ声が震え、小さく息を吸いこみ、泣き声になる。

「――千尋《ちひろ》に会えて、感謝、しています」

浅見が気遣うように彼女を見る。けれど、旦那さんに付き添われた彼女は、「大丈夫です、話したいです」と続ける。

「あの子を産んでくれたお母さんに感謝しているし、そのお母さんが産まれてくれたことにも感謝しています。千尋に会わせてくれた浅見さんがこの世に産まれてきてくれたことにも、感謝しています」

泣き声でそう言って、本心から出た必死の声なのだろうけど、横に立つ浅見が「え？私もですか？」と問い返す。その様子に笑いが起きた。――この会場で、こんなふうに和やかな笑い声が聞けるなんて、さっきまでは考えられないことだった。

子どもは女の子で、名前は千尋ちゃん。

緊張と感情の高ぶりの両方から、彼女の足が震えているのが見えた。大勢の前で話すのも得意ではないのかもしれない。

けれど、鼻を詰まらせて言う。

「最初、養子を迎えることに、うちの両親は大反対でした。理解してもらえなくてもいいかって、思ったこともあったし、孫に会わせなくてもいいかって、思ったこともあったけど、今おばあちゃんは」

彼女の声がひくついて、顔が、会場の後方を見る。それから言った。

「おばあちゃんは今、千尋の、一番の遊び相手です」

周囲が、彼女の声の方向を見る。振り返ると、そこに、白髪にうっすら紫色のメッシュを入れた、おしゃれな女性が立っていた。見た瞬間、佐都子の方まで鼻の奥がつんと沁《し》みて、涙が出そうになる。彼女は、三歳くらいの女の子の手を引いていた。にわかに注目を浴びたことに驚いたのか、その子が体をよじり、「ママ、なんで泣いてるの」と不思議そうに、祖母を見上げた。

おばあちゃんもまた、照れくさそうに娘に微かに手を振る。この人もまた、反対していたのに、今日は孫とこの会場に来ているのだ。

「血がつながっていないけど、家族は、一緒に暮らしていると、自然と似てくるものなのか、お散歩していて、『お母さん似ですね』とか、『お父さんと鼻がそっくり』とか、言われることもあります。そういう時、とても、とても嬉しいです」

本当だ、と佐都子も思う。

祖母に手を引かれたあの女の子は、今前に立っているお父さんお母さんと似て感じる。夫婦二人は顔立ちも背恰好もまったく違うのに、娘を含め、家族の雰囲気はとてもよく似ていた。

長く、しゃくり上げるような声の後で、彼女が言った。

「千尋と、暮らせて、幸せです」

最後に前に立ったのが、テレビで観た、あの、時計屋さんの夫婦だった。

赤ちゃんを連れ、二人で立っている。奥さんの方が、子どもを抱っこしたまま、旦那さんが前でマイクを持つ形で、話し出した。

四十代。

テレビで最初に観た時に、自分たちと同じような夫婦だと思った印象は、目の前で見ても変わらなかった。目尻に皺が寄っている。肌の艶も、三十代のものでは明らかにない。けれど、その表情は明るく、今、若々しかった。

「うちの場合は、養子を考えた時、夫に言われた一言がきっかけになりました。血のつながりのない子どもって言っても、もともと、オレと君だって血がつながっていないけど家族になれたじゃないか。きっと、大丈夫だよって」

「――赤ちゃんを連れて飛行機から降りてきた浅見さんを見た時には、浅見さんの頭の後ろから後光が差して見えました」

自分の話をされて照れたのか、旦那さんの方が、すぐに話題を転じる。ここでもまた、笑いが起きた。

康一《こういち》です、と自分の子どもを紹介する。

「説明会のどの段階かで、浅見さんに言われたんです。やってきた赤ちゃんを見ると、親はだいたい、もう恋に落ちるように、としか言いようのない感じで、その子に一目惚れするって。うちの場合もまさにそれでした」

はっきりした口調で、言い切る。

「康一に会えて、本当によかったです。今日はこのことを、皆さんに伝えたくて来ました」

――わああ、と大きな、泣き声が上がった。感極まったような長い嗚咽が、会場全体に、悲鳴のように洩れる。

前に立つ家族から、ではなかった。

それは目の前の、佐都子にさっき話しかけてくれた女性のものだった。ハンカチを強く握り締め、彼女は、顔を覆って、泣き出していた。

話す家族も、周囲に座る人たちも、びっくりして、それから一瞬後に、彼女の方を気遣うような目で見た。旦那さんが、泣き伏す妻にあわてて寄り添い、背中を撫でる。

気持ちがわかった。

この場にいる人たち全員が、おそらく、立場はそれぞれ違っても、彼女の気持ちがわかるのだろうと、そう思える沈黙が、ゆっくりと、会場を満たしていく。

（九）

初回の説明会の後、浅見との個別面談に進み、何回も彼女と会って話し、悩みをぶつけ、佐都子たち夫婦は、『ベビーバトン』の養親登録に進んだ。

互いの実家の両親は、佐都子の方はおろか、息子の無精子症のことで自分に頭を下げた清和の両親までもが、養子をもらうことには反対した。

血のつながらない子を育てる、というのは、それぐらい、母たちには受け入れがたいことのようだった。

「ただでさえ育児は大変なんだよ。それが、しかも血がつながらない子だなんて」

実母に言われ、怒鳴り返したい衝動を必死にこらえた。血がつながってさえいれば、育児は思い通りになるのか、ただそれだけで問答無用にわかり合えると考えることは、傲慢ではないのか。

「わかってる」

佐都子は辛抱強く、答えた。

「――私の育児、お母さんも大変だったんだよね。育ててくれて、感謝してる」

血のつながりに甘えたからこそ、自分たちは大事なことを言葉で話し合ってこなかった親子だった。

気まずい話題を避けるように、話し合いの電話は、大事な部分に差しかかると「じゃあね、私はともかく反対だからね。伝えたからね」と一方的に切られてしまう。――母もまた、娘にどう話せばいいのか、言葉を知らない親なのだ。

予想していた通りの反応とはいえ、気持ちが疲れ、挫けそうになったことが何度もあった。そのたび、あの日に会った千尋ちゃんのお母さんや、時計屋さんのご夫婦のことを思い出し、自分を励ました。

血のつながった実の親と喧嘩《けんか》のような話し合いをしながら、家族は、努力して築くものなのだと、思い知る。

血のつながりがあるからといって怠慢になっていては築けない関係を、自分たちが出会ったあの家族は、懸命に作ろうとしているように見えた。あれを間違っているなんて、誰にも言わせたくない。何より、清和との気持ちは一つで、ぶれなかった。もう、本当にぶれなかった。

自分たちが気持ちを強く持ってさえいれば、どんなことも怖くないのだと、その頃にははっきりわかるようになっていた。

佐都子たちのもとに子どもがやってきたのは、それから一年が経たない頃だった。

四十を過ぎての登録だったけれど、あの子は、私たちを選んでくれた。

明日来るかもしれないし、一生来ないかもしれないと思っていた子どもは、広島県の病院で生まれた。連絡があり、一も二もなく受け入れたいと返事をした佐都子に、浅見が、こう聞いてきた。

「迎えにきますか」

新幹線に乗っている間、胸が高鳴り、だけど、膝がカタカタ震えた。どういう感情でそうなっているかわからなかった。時が来てみると、動揺しているのは佐都子の方で、清和の方は、むしろ、落ち着いていた。並んだ席で、佐都子が小さく結んだ肘かけの上の拳に、夫がそっと、包むように手を添えてくれた。

案内された産院の、入院用の小さな個室に入ると、いつか、こんなことがあったと思い出した。

飛行機に乗って行った岡山県のクリニックで、自分たちは陰性の結果を聞くためだけに、部屋で待った。あの時の絶望は、今も骨身に染みて覚えている。いつまで経っても消えないし、これからもずっと、忘れることはないと思う。

個室に、赤ん坊を抱いた、浅見が現れた。

いつか、テレビで観た時のように、晴れやかな笑みを浮かべて、小さな新生児を抱えている。

「お待たせしました。お子さんですよ」

わっと、感情が、洪水のように押し寄せた。赤ん坊の顔を、覗きこむ。

目を、閉じていた。

髪が薄く、色の白い、生きているなんて信じられないくらい、小さな、赤ん坊。小さな指に、爪までもう全部ある。人間はこうして産まれてくるのだという感動とともに、すやすやと眠るこの存在を、どう形容していいか、わからなくなる。

「抱っこしてみますか」

手が震えた。横で棒立ちになった清和の、目の表面が赤くなって、緊張したように瞬きをやめている、その気配を感じる。佐都子の胸に、驚くほど軽くて柔らかい赤ん坊が、抱かれる。

髪が、ふわふわわしている。眉が薄い。色のない唇が何かを追いかけるように微かに動いた。おっぱいを探しているのかもしれない。清和の手が、その頬に触れる。

「かわいいなぁ」と彼が言った。

その瞬間、思った。

恋に落ちるように、と聞いた、あの表現とは少し違う。けれど、佐都子ははっきりと思った。

朝が来た、と。

終わりがない、長く暗い夜の底を歩いているような、光のないトンネルを抜けて。永遠に明けないと思っていた夜が、今、明けた。

この子はうちに、朝を運んできた。

（十）

その時、「この子のお母さんに会いますか」と浅見から聞かれたのは、特別なことだったのだと、後に知った。

少なくとも、佐都子たちが知り合った、自分たちと同じような境遇の養親で、聞かれた人はいなかった。驚いて、清和と二人して、腕の中の赤ちゃんから顔を上げ、浅見を見る。

「もちろん、気が進まなければ構いません」

浅見が言った。

「通常は、会わないままになることがほとんどだし、その方がいい場合もたくさんあるでしょう。だけど、今回は、こうやって栗原さんたちに病院にまで来てもらったし、お母さんも、今日退院して、近くのホテルのロビーにいます。叶うなら、育ての親になる栗原さんたちに一言挨拶をしたい、と言っています」

「会いたいです」

佐都子の口から、躊躇いなく返事が出た。

これまでなんでも夫に相談し、夫婦でいろんなことを決めてきた。けれど、この時だけは、気がつくとそう言ってしまっていた。相談することすら忘れていた。

赤ちゃんを抱いた清和もまた、そんな佐都子を止める様子はなかった。まるであらかじめそう決めていたように、佐都子と目が合うと、頷いた。

「会わせてください」と、彼も言った。

引き取ったばかりの男の赤ちゃんを、黄色いおくるみでくるんで、一緒に病院を出る。

生まれてまだ一週間にならないという、今日が退院の赤ちゃんは、ただでさえずっと眠たげに閉じていた目を、駐車場に出ると、さらに細く、まぶしそうに細めた。

この子は太陽を浴びるのが初めてなのだ。病院から、初めて外の世界に出たのだと、そんな当たり前のことに気づき、佐都子はその事実にも立ちすくむように感動する。赤ちゃんを守るように身をかがめる。用意してもらったタクシーの後部座席に、抱っこして一緒に乗り込んだ。

案内されたのは、シティーホテルのロビー近くにあるラウンジだった。

赤ちゃんを連れたまま、清和と佐都子は、まだ、この子がうちの子になるという事実を嬉しさと信じられなさの狭間《はざま》で、受け止めきれずにいた。逆にそういう状況でなければ、とても、産みの母親に会おうなどという気持ちにはならなかったかもしれない。

柔らかな赤ん坊は、ミルクを飲ませたわけでもないのに甘いミルクの匂いがする。赤ん坊の匂いが、強く、この子の存在感を示している。

この子の母親が、どこの、何という人なのか。年がいくつで、どんな事情があってこの子を手放すのかということまでは、タクシーの中でも、浅見は自分たちに一切語らなかった。ただ、会わせてくれる、というそれだけだ。

「あちらのご家族です」

ラウンジの中に入り、中庭が見える窓に面したその席に通された時の衝撃は、言葉にならなかった。

そこにいたのは、自分といくらも年が違わないと思われる四十絡みの夫婦と、まだ十代だと思われる姉妹の四人だった。

窓辺に座っていたその家族たちが、浅見と、その後ろで赤ちゃんを抱く自分たち夫婦の姿を見て、あ、と気づいた顔になる。それまで何か話していた様子なのを中断して、まず、姉妹の両親と思われる二人が立ち上がった。白髪の交じりはじめたお父さんと、髪をきっちり後ろで結んだ、眼鏡のお母さんだ。

その両親に少し遅れて席を立ち、佐都子たちの方を見て、目に、はっとした光を浮かべたのは、姉妹のうち、背の小さな妹の方だった。それで、わかった。

この小さなお母さんが、赤ちゃんの親なのだと。

家族は、まるで姉妹どちらかのお祝いごとか習い事の発表会か何かがあって、ここに来ているような雰囲気だった。

佐都子も清和も、咄嗟に言葉が出ない。

団体の取り組みを紹介するテレビ番組で観てきたような、若い、二十代のお母さんが一人で自分たちを待っているのだろうと思っていた。しかし、目の前のこの子は、どう見てもまだ十代だ。高校生だろうか——と思い、しかし、俯いた妹の肩に手を添える姉の方を見て、違う、と直感する。高校生なのは、この、お姉ちゃんの方だろうという気がした。それに比べるとまだまだ幼い印象がある妹は、おそらくは中学生くらいだ。佐都子の子どもであってもおかしくない年齢だ。

「浅見さん」

まず声を出したのは、姉妹の両親だった。浅見がそれに「お連れしました」とだけ答える。

赤ちゃんは、眠っていた。

ふにゃふにゃと口元を動かすことはあるけどそれだけで、その赤ちゃんを見て、妹の方——この子の、小さなお母さんが唇を嚙み、そして、一歩、佐都子たちの方に歩み出た。

佐都子たち夫婦は、赤ちゃんを浅見に任せる。二人で背筋を正し、少女に頭を下げた。

「ありがとう、ございます」

その声に、少女がびっくりしたように微かに身を引いた。佐都子も清和も、まずはお礼が伝えたかった。清和も言う。

「この子を産んでくれて、ありがとうございました。責任をもって、これからうちで育てていきます」

少女は、何も言わなかった。視線を俯きがちにしながら、ただ、赤ちゃんの方を見ている。そうしてから、見てはいけないと、気持ちを断ち切るようにして、顔を伏せる。

やがてした、小さな声は震えていた。

「……ありがとう、ございます」

引き絞るような、声だった。

少女が俯いたまま、ぎゅっと拳を握り、次に、思い切った様子で、佐都子の方に手を伸ばした。佐都子の手を取った。

体温の高い、若い手だった。彼女が言う。

「ごめんなさい。ありがとうございます。この子をよろしくお願いします」

これが伝えたくて、自分たちに会いたいと希望したのだろう。しかし、言葉はそれ以上増えてこない。ただただ思いだけが先走って、同じ言葉が、何度となくくり返される。

ごめんなさい、ありがとうございます、この子をよろしくお願いします。

ごめんなさい、は、佐都子たちだけに言っているわけではなさそうだった。

目の前の赤ちゃん、彼女の肩に手を置く姉、その後ろに立つ姉妹の両親。――両親の、特に母親の方が、目を赤くして無言でハンカチを握り締めている。

少女の目からも、大粒の涙が、俯いたまま、ぽたぽたと零《こぼ》れた。

「ごめんなさい。ありがとうございます。赤ちゃんをよろしくお願いします」

この少女に、家族に、どんな事情があるのかはわからなかった。どうして、この子を産むことになったのか、どんな事情があり、そこから、今日、どうしてこの子を手放し、佐都子たちの手に委ねることにしたのか。

おそらく、そこには佐都子たちが思ってもみないような事情や、葛藤があったに違いない。目の前のこの家族たちにだって、佐都子たちがなぜ、この子を引き取ることにしたのか、それまでにどんな道を通ってきたのかは同じようにわからないのだ。

少女の事情を詮索するつもりなど、佐都子たちにはなかった。けれど、この彼女に、話してしまいたくなる。自分たちが今日まで抱えてきた事情のすべてを、この子とならばわかち合えるような気がする。まったく違う境遇のこの子に、そんなふうに思うなんて、本当に不思議なことだった。

思うことを洗いざらい、言葉にしてしまいたい衝動に駆られたが、そのかわりに、清和が言った。気持ちは自分と一緒だったのだろう。目の表面が緊張したように張りつめて、揺れていた。

「朝斗と名付けます」

病室でこの子を抱いた瞬間に、朝が来たような思いがしたこと。

さっき、夫婦で話して、決めたばかりだった。名前を伝えただけで、由来については話さなかったが、清和のその声に、娘の背中をさすり始めた彼女の母親が答えた。

「いい名前ですね」

その横で、朝斗のお母さんは、別れる最後のその時まで、我が子の方を見ないかわりに、その分の力を込めるように、佐都子の手をずっと握り続けていた。

片倉ひかり、という名前は、その日にもらった、彼女から朝斗への手紙の末尾に記されていた。

朝斗にいつか、真実告知をする際に読んでほしいと託されたピンク色の手紙は、十代の、彼女の好きそうな、キャラクターもののレターセットだった。表にはただ、「お母さんより」と丸い文字で書かれている。

朝斗が四歳になった年に初めて開封して、佐都子は朝斗に読んで聞かせた。

そこに書かれていなければ、佐都子たちは永久に、あの小さなお母さんの名前を知らないままだったかもしれない。朝斗の産みの親である、うちにとっての、「広島のお母ちゃん」。

朝斗のことは絶対に忘れない、と、手紙には書かれていた。

これから先何をしていても、今、あなたが何歳で、何をしているだろうということを一生考え続けるだろうけど、どうか、幸せになってほしい、と。

ホテルのロビーで、佐都子たちは最後、少女の家族全員から、「よろしくお願いします」と頭を下げられた。全員の目が、少女が五日前に出産したばかりだという赤ん坊を――朝斗を、控えめに、ちらちらと気にしていた。

触りたいのではないか、抱っこをしたいのではないか。

そうこちらが思っていると、気まずそうに目線を逸《そ》らし、絶対にそんなことを言うまいと決めているように、顔を伏せる。一番強くそう感じたのは、やはり、産みの親である少女だ。彼女は逆に、途中からはまったく、我が子の方を頑なに見なくなった。

ずっと泣いて俯いていた彼女も、最後には気丈に前を向いて、佐都子たちに「よろしくお願いします」と、あの手紙を渡した。

彼女が朝斗を、「育てたかった」とずっと希望していたのだということは、その日、ホテルで彼女たち家族と別れてから、浅見が、ぽろりと、教えてくれた。言葉少なに、「私はいろんなお母さんを見てきていますが」と、教えてくれた。

「あの子は、妊娠中も毎日赤ちゃんに手紙を書いたり、おなかをさすったり、話しかけたり、大事そうに、赤ちゃんが産まれてくるのを待っていましたよ」と。

望まぬ妊娠をしたお母さんの中には、腹部を下にして平気で寝ころがったり、早く厄介払いしたいという意識のままの女性も少なくないのだという。朝斗の母親のように、おなかをさすったりする母親は珍しい、とも言っていた。

――彼女はやはり、中学生なのだという。

そこまでは、浅見が教えてくれた。

あのお母さんが朝斗のことを忘れることはないのだろう。けれど、それでも、あの子にも幸せになってもらいたい。

自分は経験しないままになるであろう出産だけど、彼女にはおそらくこれから、二度目の出産の機会もきっと来る。その時にはどうか幸せになってほしい。あの小さな温かい手を思い出し、願う。

もし。

もし、それでもいつか、あのお母さんが朝斗に会いたいと希望するなら。

その時は、自分たちの連絡先を伝えてもらってもいい、と、それからしばらくして、佐都子たちは浅見に申し出た。

（十二）

そして、今——。

片倉ひかりと名乗る女性が、朝斗を育てる自分たちのもとにやってきた。朝斗を引き取りたい、それが無理なら、お金を払ってほしい。

そうでなければ、養子であることを朝斗にも、周囲にも、話す、と。

真実告知がうちの弱みになると思い込んだ、顔色の悪いあの若い女性が、あの時の朝斗のお母さんだとは、佐都子たちにはどうしても思えなかった。

あのお母さんから託された、朝斗は、大事な子どもだ。

うちの子だ。

不妊治療をしていた間は、それでもまだ、子どもが生まれても仕事を続けるつもりだった。特別養子縁組の仲介団体の中には、養親となる母親が専業主婦でなければダメだという条件を据えているところもあったが、『ベビーバトン』はそうではなかったし、佐都子の会社は、幸いにして産休も育休も充実している環境だった。しかし、朝斗がうちに来ることが決まり、事情を話して総務にかけ合うと、佐都子の育休はなかなか簡単には認められなかった。前例がなかったようだから、それも当然なのかもしれない。

育休を取るためには、子どもが戸籍に入っていることが条件になっている、ということをそこで聞いた。審判を待って、特別養子縁組を結ぶ佐都子たちの家の場合、それはすぐには無理なことだ。

ただし、佐都子が相談に訪れた総務の女性は、とても親身になってくれた。それまで同じ会社内でかろうじて互いに顔を知っている程度の間柄だったが、彼女は佐都子が不妊治療と、そこから養子をもらう決断をした話を始めると、突然、泣き出した。

佐都子としては、ただ事実を事実として伝えようとしただけで、感情的に話した覚えもなかったので、驚いた。佐都子と同じく、四十代だという彼女から「応援したい」と力強い口調で言われ、その後、育休は無理でも、在宅勤務という形で朝斗を育ててはどうか、と提案を受けた。彼女がどんな境遇で、子どものことについてどんなことを思ったのか、詳しくは話さなかったが、どんなふうであれ、励ましてもらえることは嬉しかった。

在宅勤務は、ありがたい申し出だと思った。自分たちが養子をもらうことを、会社の皆が概《おおむ》ね好意的に捉えてくれたように思ったが、その時にはもう、佐都子は誰に強要されたわけでもなく、自分の意志で、仕事をやめよう、と思うようになっていた。

朝斗のために、という気持ちよりは、むしろ、自分のために、という気持ちだった。

これからは、子どもとともに生きる生活を、何より最優先に選ぶ。それは、明るく前向きな理由からばかりではなく、朝斗を迎えるまでの日々に、自分がとても疲れていたという理由も大きい。働きながら不妊治療に通い、いつ来るともわからない子どもとの日々への不安と期待に翻弄され、神経をすり減らしてきた。――朝斗が来て、そうやってずっと張りつめてきた気持ちが、初めて溶け出していた。

仕事を辞めることを、清和も認めてくれた。

『ベビーバトン』の説明会で、浅見が言っていたことを、朝斗との生活の中で、考えなかった日は一度もない。

それは、「普通の子は、普通の家にいる」という言葉だ。

「よく説明会にいらっしゃるご夫婦に聞くと、こう仰る方がいるんですね。『〝普通〟の子がほしい』と。――ですが、よく考えてください。〝普通〟の子は、〝普通〟の家にいるんです」

その普通の家に、少しでも近づければいいと思って朝斗を育て、そして、いつしかそう願うことも忘れるほどに、朝斗は佐都子と清和の子どもになった。

この家の、子どもになった。

片倉ひかりを名乗る女性は、あの、朝斗と自分の「広島のお母ちゃん」ではない。

清和と揺るぎなくそう結論を出して、一ヵ月ほどして、警察がやってきた。

平日の夕方、清和は留守で、佐都子は幼稚園から帰ってきた朝斗におやつを出して、自分は少し早い夕飯の支度をしていた。

やってきた刑事たちは、あの女性の写真を見せて、佐都子に尋ねた。この女性を知らないか。そして、言った。彼女が佐都子たちの家を訪ねていくと言ったきり、行方不明になっている――、と。

佐都子は呆然としながら、尋ね返した。

それを知りたいのは、こちらの方だ。

「確かに、この人は、うちに訪ねてきました。一ヵ月近く前です。でも……」

写真を見たまま、視線が固まる。

「教えてください。この人は一体、誰なんですか」

刑事に示された写真の中の彼女は、一ヵ月前に会った時よりは幾分口元をにこやかにして、顔つきも、まだしも明るい。履歴書などに貼る証明写真の拡大版といった様子だった。

刑事が答えた。

「片倉ひかりという女性です」と。

驚きに、声を失う。自分が目を見開く瞳の動きまでもが、ぎこちなく意識される。刑事の目が、鋭さを増した気がした。

「失礼ですが」と年配の方の刑事が言った。体を一歩、玄関先から家の中に踏み入れる。「お知り合いだったのではないですか。――ひょっとして、行方の方も、ご存じではないかと思いまして」

刑事たちが何を言いたいのか、真意はわからなかった。

佐都子は驚きでまだ口が利けないまま、あの若い女性のことを考えていた。「栗原さん？」と刑事に呼ばれる。その声が遠い。

唇をぎゅっと嚙みしめ、それから、軽い目眩《めまい》が襲ってくる。

――疑われているのかもしれない、と、刑事の鋭い目を見ながら、急に恐怖に駆られた。

この人たちがどこまで、うちと、あの女性の関係を知っているのかはわからない。脅迫、子どもを返せという要求、我が子を手放したくない親。条件だけみれば、疑われる要素はそろっているような気がする。

しかし、そんな気持ちの裏側で、その時、佐都子の胸を貫いていたのは、まったく別の感情だった。それを思うと、泣き出したくなってくる。

なんてことを、と佐都子は思っていた。

私たちは、なんてことを。

「栗原さん」

刑事がもう一度言う。

「大丈夫です」と佐都子は答える。本当は足に力が入らず、今にも床にへたりこみそうだった。しかし、首を振り、刑事の目を見つめ返す。

気になったのは、奥の部屋にいるはずの朝斗のことだった。おやつのプリンを食べ、テレビを観ている朝斗。

やってきたあの女性の中に、あの子と似たところはあったろうか。わからない。いや、でも、きっとあったのだろう。

刑事が次に、さらに驚くべきことを告げる。

「実は、片倉ひかりには、窃盗と横領の容疑がかけられています」

佐都子が無言で息を呑む。目を丸くして、刑事を見つめる。わざとかどうかはわからないが、彼らの口調は淡々としていた。

「勤務先の金庫から現金が盗まれ、それとともに彼女が姿を消したと被害届が出ています」

◆

大丈夫だから、と言ったまま、お客さんを迎えに出て行ったお母さんは、なかなか、戻って来なかった。

朝斗にプリンを食べながらテレビを観ているように言ったまま、玄関でピンポンが鳴って、お母さんは誰かと話している。最初、言いつけ通りプリンを食べていた朝斗は、だけど、その話し声が気になってたまらなかった。

相手は、知らない大人の男の人たちだ。

気になって気になって、朝斗はこっそり、立ち上がる。ゆっくりとドアに近づき、ドアをかちゃりと開けて、そっと向こうを窺う。

お母さんの、エプロンの紐が結ばれた背中が見える。前に立っているらしいお客さんの姿はよく見えないが、知らない人が家に来ることは珍しいから、朝斗もなんだかドキドキしてしまう。

息をひそめ、一度、ドアを離れて、それからまた、こっそりと玄関の方を見る。

口の中に入れたまま、呑み込んでいないプリンの香りが甘ったるかった。

知らない人がうちに来ることは、そう多くない。

だけど、ないわけではない。

あの日もそうだった。

幼稚園のバスを降りて、マンションまで帰ってきたのに、いつもは入り口で待っているお母さんが、あの日はいなかった。

一緒にバスを降りた大空くんのママが「あれ、おかしいね。どうしたのかな、朝斗ママ」と言って、一緒に家まで帰ってくれると言った。

大空くんがジャングルジムから落ちる怪我をしてから、ずっと、朝斗をまるで見えないみたいにしていた大空くんママが、大空くんと朝斗が仲直りしてから、また優しくなってくれたのが嬉しくて、朝斗は「うん」と頷いた。ずっと延長保育になっていた大空くんは、あの怪我からはお母さんが仕事を調整したとかで、朝斗と同じ時間に帰れることが多くなっていた。

「もし家にいなかったら電話してあげるね。それまでうちにいればいいじゃん。朝斗くんちくらい上等じゃないかもしれないけど、おやつでも食べてさ」

そんなふうに言われながら、うちの前まで一緒に行って、大空くんママがピンポンを鳴らしてくれる。

「栗原さぁーん」と、朝斗のお母さんを呼ぶ。

「下にお迎えきてなかったから、上まで一緒に連れてきたよー。いるー？」

大空くんと幼稚園が終わっても一緒にいられるのが嬉しくて、二人で廊下をおいかけっこのように走ると、「こら」と大空くんのママに怒られた。

はーい、という声が中から聞こえたように思ったけど、ドアはなかなか開かなかった。

大空くんママが、あれ？という顔になる。

「あれ、おかしいね。――おおい、朝斗ママー」

中に向けて呼びかけて、それでも返事がないので、朝斗を振り返る。

「どうしよう、朝斗くん、うち来て大空と遊んでる？」

「そうだよ、ママー。朝斗くんと一緒にテレビ観たいよー」

大空くんもそう言ってくれて、二人で一緒に、七階にある大空くんの家まで行った。朝斗の家にはないおもちゃや、大海くんが好きだというミニカーがたくさんあってうれしかった。

電話があったのは、それからしばらくしてだった。大空くんのママが携帯電話を耳にあて、「ああ、そうそう。うちにいるよ」と話しているのを聞いて、きっとうちのお母さんだ、と思った。

電話を切った大空くんのママが言う。

「朝斗くん。ママ、今から迎えに来るって。なんか、買い物に出てて遅くなっちゃったんだって。エントランスにお迎えに行ったらもうみんないなくなった後だったから、ひょっとして一緒にいるー？　って電話くれた」

そう言われたけれど、同じマンションの中だから、わざわざ迎えに来てもらわなくても朝斗は自分の家まで戻れる。「一人で帰れるよ」と伝えると、大空くんのママもあっさりと「それもそっか。じゃ、またね」と送り出してくれた。

大空くんにバイバイを言って、ダッシュでエレベーターまで駆ける。走っちゃダメ、と言われないで、廊下をダッシュできるのはとても気持ちいい。

うちに、鍵はかかっていなかった。

「ただいまー！」と大きな声で挨拶して、玄関を開ける。

するとと、奥から、お母さんがびっくりした顔をして、あわてて出てきた。

「朝斗。お迎えに行くって言ったのに」

「一人で帰れるもん」

そう言って、中に入る。すると、奥からさらに、普段は聞こえないはずの声がして、驚いてしまう。

「朝斗か？」

会社に行っているはずの、お父さんの声だった。びっくりして、だけど、幼稚園から帰って来てすぐにお父さんがいることが嬉しくて「えー！」と声を出すと、お父さんが、廊下の奥の、畳の部屋の方から出てきた。

「わあ、なんでいるの？」と尋ねる朝斗に、笑いながら「いや、ちょっと寄っただけだよ」と答える。朝斗を持ち上げるように抱っこしてから、「また、会社に戻るんだ」と教えてくれる。

お客さんが来ていたのかな、と思って、「誰かいるの？」と聞く。

お父さんもお母さんもすぐに「いないよ」と答えた。

「いないよ。どうして？」

そう聞かれると答えられなかった。「別に」と答えた朝斗を、お母さんが、「おやつ食べようか、手を洗って」と台所に連れて行く。――いつもは、畳の部屋に近い、洗面所で手を洗うのに、その日は、リビングの隣にある、台所で手を洗った。

おやつにババロアを出してもらって、食べている間に、いつの間にか、お父さんの気配が家から消えていた。

「お父さんは？」と聞く朝斗に、お母さんが「ああ、また会社に行ったの」と言う。朝斗はふうん、とこたえた。

いってきます、の挨拶もなしにお父さんが出かけてしまうなんて、初めてのことだった。


やってきた男の人たちが話す声が続いている。

朝斗はなんだか胸がドキドキしてくる。

「お知り合いだったのではないですか。――ひょっとして、行方の方も、ご存じではないかと思いまして」

お母さんが、なんだか困っている気配を感じる。

いじめられているような気がしてきて、おなかの底がぎゅうっと痛くなる。お父さんは帰ってこないんだろうか。

よくわからない話が続いたその後で、お母さんが「あの」と男の人たちに言った。

「ひょっとして、うちは――私たちは、何か、疑われているんですか」と。

「いいえ、そういうわけでは」

「しかし、片倉ひかりは、こちらに来れば金が工面できると周囲に洩らしていたようで――」

大人たちの話を聞きながら、朝斗は思い出していた。

あの日。

お父さんが、幼稚園から帰ってきたばかりなのにもう家にいて、その後で会社に行ってしまった、あの日。

お客さんが来ていたのかな、と思って、「誰かいるの？」と聞いた朝斗に、お父さんもお母さんもすぐに「いないよ」と答えた。

「いないよ。どうして？」

そう聞かれると答えられなくて、「別に」と答えてしまったけれど、あの日、たぶん、お客さんはこの家の中にいた。声も聞こえず、気配もほとんどしなかったけど、朝斗は見た。

玄関に、見覚えのない、踵《かかと》の高い白い靴が脱いであったのだ。

お母さんが絶対に履かないような、白い靴が。

靴はいつの間にかなくなって、そして、お父さんもいつの間にか会社に行ってしまった。

二人は「誰も来なかった」と言ったけど、朝斗は見た。

疑われているんですか、というお母さんの声が、何を意味するのかはわからない。おなかの底がぎゅっと痛くなるようなこの気持ちが、どこから来るどんなものなのかも、わからない。けれど、一つだけ、確かなことがある。

お母さんは、おそらく、何も悪いことはしていない、ということだ。

朝斗もそうだった。

大空くんをジャングルジムから落としたんじゃないか、と周りのみんなに言われた。普段は大好きな先生たちにまで言われて――疑われて、とても悲しかったけど、自分は、本当にやっていないということを知っていた。

お母さんとお父さんも、それを信じてくれた。

信じる、と言ってくれた。

だから、朝斗にもわかる。

お母さんも、お父さんも、何も、悪いことはしていない。

朝斗は、二人を信じている。

第三章　発表会の帰り道

ひかりにとって、家族の時間というのを考えた時、真っ先に思い浮かぶのが、ピアノの発表会の帰り道のことだ。

幼稚園の年中さんから習い始め、中学二年のあの年まで続けたピアノ。

三歳年上の姉とともに通った、自宅から自転車で五分ほどのところにあるピアノ教室で、姉と自分はそれぞれのレッスンが終わるまでの間、待合室で漫画を読んでいた。家ではあんなにたくさんの種類はなかったし、先生たちの子どもの頃の持ち物なのか、中には他の友達も絶対に知らないような古い漫画も多くあって、読むのが楽しかった。

年に一度、四月にあるピアノの発表会は、ひかりたちの自宅から離れた宇都宮にある市民ホールで行われていた。ひかりも、姉の美咲《みさき》も、年に一度のそのお出かけが楽しみだった。

ひかりたちは、宇都宮の隣にある鹿沼《かぬま》市というところに住んでいた。

近くて遠い県庁所在地は、こんなことでもなければまず連れて行ってもらえない。近所の大型ショッピングモールと違って充分な駐車場がなく、狭い駐車場にわざわざお金を払って駐めなければならない、と父が嫌がるからだ。だからこそ、発表会の日は特別だった。この時ばかりは、父も母もおしゃれをして、母は珊瑚《さんご》のブローチをしたり、父はスーツなんかも着て——家族四人で街に出かける。

発表会が終わると、ご飯を食べる店はいつも決まっていた。ホールと離れた場所にある、車を駐めた家電量販店の地下にあるレストラン。

「ひかりは本当にここのホットケーキが好きねぇ」

母がそう言いながら、メープルシロップとバターだらけになった口元を拭うようにと、紙ナプキンを渡してくる。

ひかりはホットケーキ、姉はスープがついてくるチャーハン、母はカニピラフ、父はカレーライスを食べることに毎回決まっていて、それぞれが別のものを食べていた記憶は、ひかりにはほとんどない。

最初にこの店を訪れた時、ひかりは姉と二人で一つのものを食べるか、母のカニピラフを小皿に分けられていて、自分だけのものを頼むことが許されなかった。同じ子どもであっても、姉はちゃんと自分のものを食べているのに、と、とても理不尽な気がして、泣いて訴えると、その年から自分でも選ぶことが許された。

「もう六歳で、一年生なんだ。いいだろう、入学記念だ」

学校、という新しい場所と、自分だけのものが頼める特別感。その年の春のことは、よく覚えている。メニューの写真で見ているだけだったホットケーキが実際に目の前にやってきた時の興奮も。

別の年、発表会で姉が特にうまく弾けた時にクリームソーダを飲ませてもらったことがあって、ご飯の時にこんな甘いものをおやつでもないのに飲ませてもらえるのか、と嬉しく、ひかりも頑張ろうと思った。しかし、その翌年の発表会では、力が入りすぎたためか、途中、暗譜していたはずのものを忘れてしまって、指が止まってしまった。悔しくて、いつまでも泣くひかりを慰めるように、その時も母がクリームソーダを注文してくれた。ピアノはうまくいかなかったけれど、結果的に、ソーダを飲むことは飲めた。

発表会の帰り道に寄った、そのレストランにはステンドグラスふうの絵がかかっていた。オレンジがかったあたたかく、そしてちょっと薄暗い店の照明に透かされて、赤や黄色の絵が描かれていたように思うが、その絵のモチーフが何だったかを、その色以外でひかりは覚えていない。

家族、と聞いて、ひかりが思い浮かべるのは、このレストランでの光景だ。ピアノの発表会の、帰り道のことだ。

（一）

中学一年生、十三歳の秋に、ひかりは麻生巧《あそうたくみ》と付き合い始めた。

ひかりは卓球部で、巧はバスケ部。

同じ体育館を使っているというだけで、卓球部とバスケ部はイメージが全然違う。一言で言うなら、バスケ部は華やかで、卓球部は地味だ。一応運動部ではあるけれど、ひかりは自分のことを、陸上部やバスケ部、バレー部の女子たちとは全然違うと思っていた。教室の中で、一番大きな声で話をしていいのはそういう子たちで、ひかりは自分はそのポジションからは少しずれていると思っていた。誰とでも話せるし、本格的に暗くて地味な文化系の子たちとは違うけど、中心人物でもない。

どうしてそんなことになってしまったかと言えば、理由は簡単で、尾野矢《おのや》女子大附属中学に落ちたからだ。姉が通う私立のあの女子校に入るつもりだったのに、落ちてしまった。

母からは「成績で落ちたわけじゃない」と言われていた。小学校時代の謝恩会の席でも、ひかりの母は、他のお母さんたちに説明していた。

「今年は、尾野矢は相当な倍率で、しかも、入試も比較的簡単だったのか、成績がみんな横並びで満点のような状態だったんですって。最終的に、公平を期すためにくじ引きをしてくれってことになっちゃって。私のくじ運がなかったばっかりに、この子が入れなくなったんですよ」

まあ、そうですか。それは残念だったね、と話す他のお母さんたちに向け、母が「ねえ。だけど、おかげでこれまでのお友達と一緒の中学に行けますから、どうぞよろしくお願いします」と挨拶していた。

事情はどうあれ、ひかりはがっかりしていた。冷暖房が完備された、新しいコンクリートの匂いがまだする、尾野矢のきれいな校舎に通うとばかり思っていたのに。尾野矢は、ピアノの発表会をする市民ホールがあるのと同じ、県庁所在地の駅にある。電車に乗り、繁華街を抜けて通学することをとても楽しみにしていたのに、今、公立の中学校に、ひかりは自転車をこいで通っている。

ひかりの両親は教員同士の夫婦だった。

母は公立小学校の教師だったが、父は、この辺りでは名が知れた私立高校の数学の教員をしていた。東大や早稲田に合格する生徒もごろごろいるというその学校は、だけど男子校なので、ひかりも姉も縁がない。母は「せっかくお父さんのことでご縁があるのにもったいない」と言っていた。「ひかりは中学受験失敗しちゃったけど、男の子だったら、最終手段にはお父さんのところって手もあったのに」と、悔しそうに。

そんな日々の中で、巧がどうして、ひかりを見つけたのかわからない。

巧はバスケ部の中でも人気がある、モテる男子だった。この近くの商業高校に通う高校生のお兄さんがいて、そのお兄さんが中学で数々の〝悪い〟伝説を作ったことで有名だった。学校をサボってゲームセンターにいたりするのは当たり前。だけど、制服をだらしなく腰ばきにしてパンツが見えたりしていてもそれが様になっていて、茶色く染めた髪も女子から人気があったという。問題児だったけど、友達からは男女問わず人気がある、かっこいい人だったそうだ。

しかし、弟の巧は、兄と違って部活にも熱心だし、髪も染めていない。先生たちが、冗談めかして「お前が入ってくるって聞いてみんな身構えてたけど、弟の方はまともでよかったよ」と言っていたと、巧と同じクラスの子たちから聞いた。

巧にとってはお兄さんを悪く言われているも同然だし、ずいぶん失礼な話だと思ったけれど、お兄さんがいるせいか、巧は大人びたところがある男子で、そんな先生たちの言葉を笑って受け流していたそうだ。お兄さんのことは嫌いではないようで、少し悪ぶった口調で「あはは一、兄がご面倒おかけしました」と言ったと聞いて、ひかりの中ではかなり評価が高かった。

そんな彼が、ある時こう言ったというのだ。

「片倉ひかりって、超かわいくね？」

それを知った時、全身にびりびりっと電気が走ったように思った。放課後の教室で、どの女子がいい、と話をしている時に、誰もひかりの名前など挙げないのに、彼がおもむろにそう言ったのだという。

姉が髪を伸ばし、どちらかというとピンク色のファンシーなものを好む傾向にあったせいか、ひかりは逆の、女らしさとは無縁のものを好む子どもだった。髪もショートカットにしていて、だから、間違ってもそんな「かわいい」と言われるようなタイプではない。それに、巧なら、彼に合うような子がたくさんいる。ギャルっぽくて、茶髪にしている子だって、クラスにはちらほらいた。

だけど、巧は黒髪でショートカットの女子が好みなのだという。体育館の隅で、古い卓球台を苦労して折り畳んで片付けている姿を見て「ぐっときた」のだと、周囲に話していた。

「嘘だよー。私、かわいいなんて言われたことないもん。嘘でしょ？　麻生くんがそんなふうに言ってるなんて」

本当だよ、こんなふうに言ってるんだよ、という言葉がもっともっとほしくて、自分からもついそんなふうにみんなに何度も聞いてしまう。嬉しかった。ものすごく、嬉しかった。

放課後、巧に頼まれたふうの卓球部の眼鏡の男子に「片倉、あのさ、部活終わったら体育館裏で待っててほしいって」と言われた時は、「あ、うん。いいけど」と答えながらも、胸がドキドキしていた。誰が、という主語のない、はっきりしない物言い。この卓球部の男子とだって、普段はほとんど会話をしない。

とうとう来た、という気持ちだった。名前は言わなかったけど、絶対に巧だ。周りの仲のいい子たちも、まるで自分のことみたいに「麻生くんでしょー？　やったね、ひかり！　おめでとう」と祝福してくれた。

体育館裏に、巧は先に来ていて、ひかりを待っていた。

夏用のジャージの半ズボンの足が、なんだかスースーする。巧は一人だった。目が細くてキツネみたい、とよくからかわれているけど、細い目は凛々《りり》しくてちょっと大人っぽく、バスケ部なのに色が黒い、とみんなに言われているようだけど、そういうところも健康的で、ひかりはいいと思っていた。それに、背も高い。

巧からは、「つきあってください」とストレートに言われた。

他人行儀な話し方がおかしかった。

普段部活の様子を遠目に見ていると、口を開けば冗談とか、ふざけたことばかり言っているのに、告白の時は敬語を使うのが礼儀だと思っているみたいだ。つい、顔が笑ってしまう。その表情を見て、巧の顔がぎゅっと引き締まる。ダメなのかな、という不安が、微かに滲む。

「ごめんごめん、嬉しくて」

ひかりがそう答えた時、堅かった巧の表情が緊張を解いた。

あ、かわいい。

告白の言葉を聞いた途端、それまで彼に気後れしていたことなんかも全部忘れて、自分の方が圧倒的に優位になれた気がした。かっこいい女になれたような気がして、堂々とした物言いができる。

「いいよ。付き合おう」と、ひかりは答えた。

防犯のために、と親から持たされた携帯電話は、巧と付き合うようになって、初めてきちんと電話として機能するようになった。

携帯を使うのはリビングだけ、と決められた部屋の中で、ひかりはソファにごろんと横になって巧にメールを打つ。部屋で何時間もネットを見ていたりしたら困る、という理由で、携帯を買ってすぐに両親から示されたルールを、姉もひかりも、かろうじて守っている。

(二)

三歳離れた姉の美咲もまた、テーブルの前に座って誰かとメールをしている。

夕食後、父はお風呂に入っていた。部屋の中心に座って新聞についてきたクロスワードパズルを解いていた母がふいに、「なんだか、嫌だな」と言い出した。

急になんだ、と姉と二人でそちらを見ると、母が長く息を吐き出す。

「こうやって同じ部屋にいても二人ともずっと携帯いじってるし、そうしてない時はすぐに部屋に行っちゃうし、これじゃ家族じゃなくて、お母さん、まるで下宿屋のおかみさんじゃない」

責めるようにそう言われても、ひかりと姉の胸には響かない。娘にどうしてほしい、というのを露骨に押しつけるように伝えてくる母は、真面目だけど、子どもに理解のない親だ。

「へえ、そう」

返事にならない返事を、気のない相づちのように返し、ひかりの目は携帯の画面を追いかけ続ける。母はむっとしたようだけど、それ以上は何も言わないで、自分もまたパズルを解く方に戻った。

視界の隅では、姉がチコチコと、両手で携帯を持ってメールしている。携帯の中身を勝手に見られないようにと、パスワードによる制限のかけ方を、ひかりに教えてくれたのは姉だ。

「うちの親って、子どもの携帯勝手に見ていいって思ってる親だから」

そう、吐き捨てるように言っていた。

携帯電話は、リビングのピアノの上に充電器があって、帰ってきたらそこにつないだまま、自分の部屋には持っていってはいけないことになっている。リビングに置かれたままの自分たちの携帯電話の中を、父も母も、そして見ていた。家族以外とメールしていないか、ネットの履歴には何が残っているか。

見た、と表立って言わないけれど、父にも母にも教えていないはずの予定を彼らが知っていたことがあって、姉は辟易《へきえき》したと言う。

ひかりにも同じようなことがあった。学校の友達と「あの子がムカツク」というクラスメートの悪口をメールしていた翌日、まじめくさった顔の母から「ひかりのクラスでも、いじめみたいなことはあるの?」と聞かれた。「もし、誰か外されるような子がいるんだとしても、ひかりはそういう子の力になれる子よね」と。

本当にたわいない、軽口みたいな悪口だったのに、それがすぐにマスコミとかで見るような〝いじめ〟と結びついてしまう真面目で教科書通りな母は、イケてない、センスの悪い人だと思った。先生みたい……と思って、あ、先生してるんだった、と気づく。ウケる、と思う。

うちは、気まずい話題は極力、会話に出さずにすませる。

姉もひかりも、両親に「携帯見た？」と聞かないし、両親もまた「見た」とは絶対認めない。リビングに携帯を置いたままにすると決める時、娘たちが渋ると、両親は「お母さんたちだって中を見たりはしないから」とあんなにも言っていた。

パスワードを設定するようになった姉が、うんざりしたように教えてくれた。

「あの人たち、私の携帯、誕生日の数字とかでパスワード試したみたい。三回間違えて、より強力なロックかかって、開けないようになってた」

「お母さんたち、それ、謝ってきた？」

「謝るわけないよ。『三回間違えました』の警告文が出てまずいと思ったのか、何もなかったように携帯をいつもの充電器のところに戻して終わり。たぶん、今頃見ようとしたことバレたんじゃないかってびくびくしてると思う。ウケる、あの人たち」

ひかりの問いかけに、姉がげんなりと首を振る。

その頃もう巧と付き合い始めていたひかりは、姉に倣ってパスワードを設定した。するとある日、涼しい顔をした父から、「お姉ちゃんはパスワード設定してるみたいだけど、お前もしてるのか?」と精一杯平静を装った声で聞かれ、「してるよ」と答えると「なんで」と聞かれた。

「なんで。別にそんなことしなくても、誰も見ないじゃないか」という説得は、あまりにも矛盾していてぞっとした。これで中学生の娘に本当に通用すると思っているのだろうか。

とはいえ、巧と付き合う前のひかりのメール履歴は、学校の友達とたまに先生やクラスメートの悪口などをやり取りするくらいだったし、回数も少なかったから、両親が見て特に気にするようなものもなかったのかもしれない。それ以上しつこくパスワードを聞かれたりするということもなかった。

ソファにごろんと寝転んだまま、ひかりは巧にメールを打つ。

『この間は、急にお兄ちゃんが帰ってきてびっくりしたね。途中で見られて、もう死んじゃいそうに思うくらい、恥ずかしかった』

巧からの返信も、すぐにある。

『兄貴、かわいい子だって言ってたよ』

その文面を見て、耳の先にぽっと火がともったようになる。巧の文面はいつも短いけど、その一文一文が全部嬉しい。何度も見てしまう。

巧から、二回続けてメールが来る。

『明日も部活の帰り、寄る？』

思い出すと、体の内側が、じん、と熱くなる。巧の手。巧の唇。最初くすぐったかったのに、だんだんと気持ちよくなってきて、巧にもっと触ってほしいと思った。触りたい、と思ってもらえることが嬉しかった。


共働きで帰りが遅い、という巧の家に初めて遊びに行ったのは、付き合って半年が経った頃だった。中一から付き合い始めて、二年になってもまだ付き合い続けているような長いカップルは自分たちだけで、とても誇らしかった。同じクラスになれたらいいと思っていたけどなれなくて、巧と会うのは、もっぱら放課後の部活の後になった。

お兄さんがいる巧の家は、まったく同じ外観の家が十数軒並んだ川沿いの住宅地の一画で、女の子しかいないひかりの家とは何もかもが違っていた。

入ってすぐに思ったのが、むっとするような匂いだ。汗のようなその匂いが、はじめ、何なのかよくわからなかった。だけど、巧の部屋に行ってその匂いがより強くなったので、きっと、男子の匂いなのだろうと思った。最初はあまりいい匂いだとは思わなかったけど、巧の部屋で嗅ぐと、身近ないい匂いに感じられるようになった。――何回も部屋に行った後は、もう、懐かしいような気すらする。あの匂いは、巧の家のベッドの匂いだ。

散らかったリビング、サッカー選手の破れたポスター、ひかりの家とは違う料理が作られていそうな、うちとは違う匂いのする台所。

学校では見られない巧の生活が見られるのは嬉しかった。

巧の部屋で、最初はしばらく、話すだけだった。

部活仲間とかクラスメートとか、他の誰の邪魔も入らずに二人だけでいられるのは楽しかった。だけど、巧がキスをしてきたのは、遊びに行った、最初の日だった。

ドラマとか、漫画の世界では「していい？」とか聞いているキスは、案外何の前触れもなくて、だけど、触れた巧の唇が、すごく気持ちよくて驚いた。すごいすごいすごい、私、キスをしている、と思う。

みんながしてないことを、先に、してしまった。そう考えると、誇らしい気持ちが湧いてくる。

最初の日は、キスをして、それから、舌を入れられて、口の中を巧にめちゃめちゃにかき回された。初めてのことで、ひかりは戸惑いながらも、されるがままになっていた。本当は、自分もすぐに巧の口の中に舌を入れたりしてみたかったけれど、すぐにそうしていいのかわからなくて、されるがままになっている、ふりをした。

声を出すと、巧が喜ぶことに気づいた。キスをしながら、泣きそうな声を出してみる。あ、あ、あ。巧がひかりの肩を抱く。細いと思っていたけど、男子の肩は女子とはまるで違っていて、硬く、広かった。「大丈夫だから」と、巧が言う声が、普段の学校より何倍も何倍も優しくて、その声にもとろけそうになる。

キスだけで、何時間でもしていられた。

キスがしたくて、それからも何回も、巧の家に行った。時には、誰も人が来ないであろう帰り道の路地や、駐車場の隅のようなところでも、キスした。

キスだけで終わらなくなるまでもあっという間で、巧がそうしたい、と思ってくれることが嬉しかったし、ひかりもそうしたかった。触られたかったし、抱きしめられたかったし、求められることが嬉しかった。

〝最後〟までしない期間が、一ヵ月くらい。

部活帰りのジャージの上をまくり上げられて、巧が躊躇いなくひかりの乳房を舐《な》める。ずっと、そうやってひかりの体を触っている間、ひかりのおなかの上に硬いものが突き上げられるようにあてられる感触を感じて、驚愕《きょうがく》した。話として知ってはいたけど、男の子って、こんなに、まるで棒みたいに硬くなるのか。

お互い初めてだったけど、巧はどうしたらいいというのも全部わかっているようで、ひかりの下腹部のその部分に、服越しのまま押し当てられるようなことが何回もあった。だけど、そこから先に進まない。ひかりには、もどかしい期間だった。

――ひょっとして、コンドームがないせいかもしれない、と思った。だけど、そう思ってコンビニに寄った時にさりげなく見たコンドームは安いものでも千円近くして、とても自分たちのお小遣いですぐ買えるものではなかった。でも、巧は兄がいる。ふざけ調子に「ゴムは兄貴がたぶん、くれるんだよね」と言っていたこともあったし、ひかりは、ならばそうしてほしい、と思っていた。

ある日、何のきっかけだったか、巧が、それまではずっと、指を入れるだけだったひかりのパンツを、最後まで下ろした。

恥ずかしさに、ひかりは巧の目が見られなくなる。凝視されるのが怖くて、ごまかすように巧の首に手を回すと、それが合図になった。キスと同じだ。「いい？」と聞かれるような瞬間がないまま、巧がひかりの太ももの間に、性器を押しつけようとする。初めて自分もブリーフを脱いだ。

痛くて、こんなの、本当にもう無理、入らない、と途中、何度も思ったけど、みんなできるはずのことなんだから、とひかりは自分に言い聞かせて、天井を見ていた。巧のことが大好きだったから、肩に手をかけ、最初は、いつもの感じている声を出していた。——本当に気持ちいいから出てるのか、巧に聞かせたいから出しているのか、もうわからなくなった声は、だけど、出すのが本当に楽しくて好きだった。

その声が、巧が自分の中に入ろうとするたびに、引きちぎれそうな、悲鳴のような声に変わる。

巧と付き合うことに決めた時から。

キスをされた時から、決めていたことだった。

私の処女は、巧にもらってもらう。

ひかりのうちでは、親と恋愛や、ましてエッチの話をすることはない。前に、学校から「テレビに関する意識調査」というアンケートをもらってきた時、中に、こんな問いかけがあった。

「家庭でテレビを見ていて、ラブシーンなどが映った際にはどうしていますか。」

プリントをもらった日、ひかりは自分の親がそこに何と書くのか、楽しみにしていた。それまでそんな話題は絶対にしてはいけない家だったけど、学校に聞かれたんじゃ、親だって答えざるをえない。

母が書いた答えはこうだった。

「あんまり見ないので、？」

それを見て、ひかりは母に幻滅した。他の「どんな番組を観ますか」とかには、結構長く文章が書いてあるのに、「？」ってなんだ。文章じゃないし。

嘘つき。

テレビを見ていて、そういうシーンが映ること、あるじゃないか。気まずそうに目を伏せて、咳払いしたり、バカみたいに、私やお姉ちゃんに「ねえ、宿題はいいの」とテレビの前から追い払おうとしたり。さりとて、露骨にテレビを消す勇気もない。

別の子の家はどう書いたのか、見ることはできなかったけど、ある日、巧に聞いた。巧はそんな調査があったこと自体忘れているようだったけど、「うちの場合は、『おおっ』とか言いながら親とそのまま見るよ」と言って、驚いた。

巧の家では、女の子の話題はおろか、お兄ちゃんが彼女を連れてきて、両親とご飯を食べたことすらあるらしい。

受験とか、いじめとか、そういう真面目な話しかできない両親は、ひかりや姉がお化粧とか、遠くの街にまで買い物に行くこととか、そういう子どもだけでやる〝進んだ遊び〟の話をすると露骨に不機嫌になる。友達と仲良く遊びなさいと言いながら、休日は親と過ごしていてほしいと思っている空気がありありと滲む家だった。

中学のうちから、誰か男の子と付き合うなんてことも、テレビの中ではあることでも、自分の娘のこととしては考えていないようで、ひかりはそのことにものすごく苛立っていた。

あなたたちから産まれたからって、私まで、あなたたちみたいな真面目で、狭い世界しか知らない人だと無条件に信じられてるのは、心外だった。

両親が思う、立派そうだけど、おもしろみのない世界で生きるのなんてごめんだった。親たちの知らない、楽しくて明るい場所で起こることの仲間入りを、自分もずっとしたかった。

ひかりの中で、誰とも付き合えないこと、一生処女でいるかもしれないことは、その筆頭の恐怖だ。

セックスまではしなかったかもしれないけど、小学校の頃からクラスの中の飛び切りのかわいい子は、光るような魅力に溢れた同じ年の男子に選ばれて付き合っていた。ひかりは、そうできない他の女子の多くと顔をくっつけ合いながら、それを「いいなぁ」と見ていた。いつか、そういう子たちの仲間入りがしたい。いずれはみんな男の子と付き合ったりしていくのかもしれないけど、仲間入りできない最後の一人になるのは嫌だったし、早く、抜け出したかった。

だから、巧のような子に選ばれて、自分がどれだけ安堵したか。

私はこれで、「一生誰とも付き合えない」人間じゃない。巧はかっこいいし、人気があるし、大人っぽいから、できたらキスも、セックスもしてもらいたい。そうしたら、もう後の人生は自分が処女であることを後ろめたく思わなくていい人生なのだ。

セックスや恋愛に関して、杓子《しゃくし》定規な考え方しかしない両親を、見返すような気持ちだった。あなたたちの世界の外で、私はあなたたちの知らない明るくて軽やかな、魅力あるものたちに求められ、必要とされる存在なんだ、と、ざまあみろ、みたいな気持ちで思っていた。

息が止まる、と本気で思った挿入の瞬間があって、「痛い？」と巧に聞かれる。「痛い」とひかりも答えた。痛い。痛いけど、頭の中は巧を喜ばせなければならないということでいっぱいだった。

巧とエッチなキスをして、触り合うようになってから、ネットや本でいろんなことを調べた。少し大人向けの少女漫画を古本屋で立ち読みしたり、ネットも、本格的にエロいサイトは携帯も学校のパソコンでも閲覧制限がかかってしまうけれど、逆に、うちの両親たちが好ましく思うような、「女の子の性とからだ」みたいなページは、中学生にはむしろバカみたいに推奨されていた。

男子がどんなことを怖く思ったり、コンプレックスを持ったり、悩んでいるのか、というようなことが、ちっとも色気のない学習漫画の絵で描かれていて、それより進んだことをしているひかりは失笑してしまう。だけど、参考になることもたくさんあった。

初めてセックスをする男子は、ナーバスになってできないこともある。そして、ひかりは、男の子ができない状態になってしまうとしたら、それは自分に魅力がないせいだろう、という気がした。だから、巧ができたこと、してもらえたことに、ひとまず感謝を覚える。

「感じる?」と聞かれて、本当は痛くて、これを気持ちいいと思えている女の人たちというもの全部を尊敬したい気持ちになるけど、ひかりはうん、うん、とただ頷いていた。本音を言えば、早く終わらないかなぁという気持ちでいっぱいだった。

やがて、巧が短い声を洩らしてひかりの上に、体を全部倒してくる。ごく短い間身を預け、それからすぐ上半身を起こす。「抜くわ」と言った。

セックスは、射精までして初めて〝全部〟なのだということは、ひかりの中にも知識としてあった。なのに、途中で抜いてしまう。ああ、とひかりは悲しく思う。巧は自分で、最後までできなかったのだ。

天井を見上げて、そのまま寝ているひかりを置いて、巧が「ティッシュ、ティッシュ」と取りに行く。最後までできなくて、そのことで巧と気まずくなったり、嫌われたらどうしようと思ったけど、戻ってきた巧の顔は明るかった。

「動くなよ。オレが全部やってやるから」と、ひかりの体も拭いてくれる。

余計なことを言わない方がいいんだろうな、と思った。

最後までできなかったとしても、これで自分は処女を失ったことになるんだろうか。巧と自分は「やった」ことになるのだろうか。

わからなくて、戸惑うひかりの横で、巧が細いけど引き締まった体に、脱いだブリーフだけを元通り穿く。

お兄ちゃんの影響なのか、巧はたまに煙草を吸っていた。ひかりの前では滅多に吸わなかったけど、空き缶を灰皿がわりに、その日の巧は煙草を吸った。

「お前さ、生理っていつ？」と聞いてくる。

煙草を吸うのは、ひょっとして、ひかりの前で今日はかっこつけたいからかもしれない。虚勢を張るように。だけど、たとえそうだとしてもかっこわるいとは思わなかった。むしろ、ひかりの前で良い格好をしたいと思ってくれているんだとしたら嬉しかった。

ひかりもまた、脱がされた下着を身につけながら、ちょっと強がるような口調で応える。

「それがさ、まだなんだよね」

早い子は小学校中学年くらいから来るという初潮が、ひかりはまだ来ていなかった。

それはつまり、まだ妊娠できる準備が体の中にないということだ。ひかりが答えると、巧が「マジで？」と目を瞬く。

「でも、すっごくいいよ、お前の体」と言われて、嬉しかったけど、誰かと比べているんだろうか、と途端に不安になってくる。

「巧、初めてじゃないの」と聞くと、巧はあわてたように煙草をもみ消し、「え？」とわざとらしくこっちを見る。

「ま、いろいろとね。兄ちゃんの昔の彼女とか」と言われた時には、あまりの怒りに頭の真ん中がふーっと煮え立ちそうになった。口が利けないまま巧を睨むひかりに、けれど巧が「過去だよ、過去」と話しかけてきた。

巧の匂いがした。

「今はお前一筋だよ。――愛してる」

負けている、と思う。

自分が初めてじゃなかったとしても、この人の今の一番が自分だというなら、それだけで誇らしくて、涙が出てきそうになる。

「私の方が好きだもん」とひかりが言うと、巧が柔らかく笑った。「おいで」とひかりの肩を引き寄せてキスをする。

「お前、いっつもそう言うけど、絶対オレがお前のこと好きな気持ちの方が強いよ」

「ねえ」

キスを返しながら、ひかりが聞く。

「こんなことしてるのって、私たちだけかな」

巧の口からは煙草の匂いがした。禁煙するまでのお父さんからしていた時は、あまり好きではなかった匂いが、この人のものなら、こんなにも好きな自分に驚いていた。巧が言った。

「いや、してんだろ。みんなも」

——後に、巧とそんなふうにセックスをするのが当たり前になって。

巧は相変わらず、コンドームをつけなかった。ひかりが初潮がまだだと聞いて安心したのかもしれない。自分もそんなに経験がないのに、いきがって「あー。こんなにエロくて名器なのに、避妊しなくていいなんてオレってラッキー」というのがかわいかった。ただ、そんな巧もさすがに中で出すようなことはしない。果てる瞬間に性器を抜いて、外だしする。こんな方法がセックスにあるんだということを、ひかりは巧に教わった。

しばらくして、何かの会話の途中で、ひかりが「だって、私、最初、巧を最後までイカせてあげられなかったから」と言った時のことだ。

自分の彼女にそう言われた巧が、「え⁉」と戸惑ったように声を上げて、その頃にはずいぶん明け透けに彼とセックスの話もできるようになっていたひかりは、驚いて「え、だってそうでしょ？」と問いかけた。

巧が気まずそうに「いやー、あれは……」と笑って、その表情で、ひかりは気づいた。

「ひょっとして、最後まで、中でしたの？」

責めるつもりではなく、ひかりは聞いた。

ひかりの表情が、怒っていないことに気づいたのだろう。巧が照れたように顔を背け、

「うん」と頷いた。それからおずおず、ひかりの目を覗きこむ。

「ひかりも気づいてんのかと思ってた。――怒った？」

「ううん」

本心だった。

「怒ってない」

そう答えると、巧の表情が和らいだ。そのまま続ける。

「むしろ、なんか、安心した。巧、私じゃできなかったのかと思ってたから」

「そんなわけないだろー」

巧がひかりの腰に、しがみつく。ふざけ調子におなかにキスをしてくる。「なんてかわいいこと言うんだよ」と言う。

「……こんな好きになった女、他にいないよ」

本気だから、だからつけなかったんだ、と巧が言う。

他の女とお前は違うよ、と、髪を撫でられる。

リビングの隅で、チコチコ、姉がメールをしている相手は、女子校の友達――女の子だ。

一番仲の良い親友で、姉とその子が二人でいるところにひかりも呼ばれたことがある。眼鏡の、感じのいい優しそうな人だった。ひかりと三人でご飯を食べている時、だけど、その子と姉が、二人だけにわかる親密さで目配せし合ったり、微笑み合ったりしているのに、ひかりは気づいていた。

姉から、後に重大な秘密を打ち明けるように「付き合ってるんだ」と言われた時も、別に「へー、そう」という感じで驚きはしなかった。

だけど、姉は姉でひかりにそのことを自慢できるのが楽しくて仕方ないらしく、「あの子は他の子と違うんだよね」とか、喧嘩をした日には、この世の終わりのような顔をして、何時間もひかりの部屋で結論が出ないことをもちゃもちゃと話していったりした。

女子校って大変だな、とその時に思った。ウブだな、と思う。

お姉ちゃんが本当に女の子を好きなのかどうかは知らない。勉強の出来る子たちの集まった尾野矢女子の生活の中では、他に男の子がいないから、勘違いでそうなっている場合だってあるだろうに。

姉のそんな話を聞いても、ひかりは、むしろ強大な優越感から、巧のことを言う気はなかった。いつか、姉たちが外を歩いている時、かっこいい巧と自分の姿を見かけて、それで、自分がしていた自慢話が、本当に恥ずかしいことだったんだと思い知ればいいのに、と思っていた。

「お姉ちゃんもひかりも、もうメールやめなさい」

母が顔をしかめて言う。その声に「はあい」と答えながらも、姉もひかりも携帯から目線を上げない。

真面目な両親にも、ウブな姉にも、復讐《ふくしゅう》するような気持ちでメールの画面を見つめながら、ひかりは思う。

私は、あなたたちのようにはならない。

（三）

ひかりの中学では、付き合っている者同士は県庁所在地によく遊びに行った。

巧と遊びに行ったある時、ひかりは、ピアノの発表会の帰りに家族で寄る、あのレストランの前を通った。その日は「友達と映画を観に行く」と母から映画代をもらっていた。上映時間を間違えていたせいで、映画が観られないまま、ちょうどお昼の時間になっていた。

「巧、ここでごはん食べようよ」

普段は遊びに来ても、マックかロッテリアでしかご飯は食べられなかった。だけど、もう五百円出せば、このレストランでも食べられる。親としか来たことがないレストランに彼氏と来るなんて新鮮で、その日はどうしてもそうしたいと思った。映画を観る気はもう二人ともなくなっていた。

「いいよ」

映画代をあてて、巧はカレーピラフを、ひかりはいつも両親と来た時に食べるホットケーキを注文する。頼むものが決まり切った自分の家族と違って、巧がここで初めて見るカレーピラフを頼んだこともなんだか嬉しかった。

「私、ここよく家族と来るんだ」

親と来ている場所に彼氏と来る、というのは、自分の堅い両親には想像もできないことだろう。ホットケーキも、いつもとは少し違って感じた。特別においしく感じる、というわけではなくてむしろ逆で、あんなにおいしくて楽しみに感じていたけど、それがいざ、親に買ってもらわなくても自分で食べられてしまうと、こんなもんだったっけ、というような味気ない気持ちがした。一枚一枚がぱさついていて、半分を食べたところでおなかがいっぱいになる。

「ちょっと、トイレ」

レストラン、と書かれてはいても、喫茶店に近い雰囲気の店だ。

子どもだけで入るのには抵抗もあったけど、中には高校生だけで来ている人たちの姿もあった。店員もただ事務的に席を案内するだけだ。

店の入り口の脇にあるトイレに入ろうとすると、どうやら使用中らしく、ドアの表示が赤くなっている。空くのを待っていると、中で、人が動く気配があった。

複数の男子が、笑い合うような、嫌な気配がした。

ここのトイレは男女兼用で、一つしかない。そういえば、ひかりたちが入ってきた時には奥の席に座っていた、高校生たちの一団がいつの間にかいなくなっていた。

巧のところに戻ろうか——と考えたその瞬間、トイレのドアが唐突に開いた。狭い個室に入っていたのは、高校生の男子三人。ドアの前に立っていたひかりと目が合って、彼らが一瞬だけ驚いた顔をした後で、すぐににやにや、互いに目配せをし合う。そのまま行ってしまったが、すれ違いざま、一人から「バイバーイ」とふざけ調子に声をかけられた。

鼻に、煙草の匂いがぶわっとかすめた。

彼らが出て行った後の個室の、和式の便器の中に、短くなった煙草の吸い殻が一本、落ちている。どうして最後まで流さないのかわからないけど、彼らはわざとそうした気がした。

吸い殻の残る個室に入る気がせず、ひかりはそのまま、逃げるように巧の待つ席に戻った。あの高校生たちが残っていて、自分のことを嫌な目で見たらどうしようと思ったが、彼らはすでにいなくなった後だった。

両親と来ている時に、あんな人たちに出くわしたことはこれまで一度だってなかった。ここはもっと、ちゃんとした場所だと思っていたのに、ああいう人たちも、きっと普段から来ているのだ。

「どうした?」

戻ってきたひかりが黙っているのを見て、巧が聞いた。ひかりは気持ちの整理がつかないまま、「トイレで高校生が煙草吸ってた。バカみたい」と答える。

巧が部屋で吸う煙草は好きだけど、今の人たちはあんな狭い個室に三人も入って吸ってバカみたいだ。巧より年上のくせに、吸い殻の始末だってしなくて、まるで大人にわざと見つかりたいみたいだ。

かっこわるい、と思って言ったのに、巧の顔が「え? マジで?」と嬉しそうになる。不機嫌そうなひかりに向けて、「許してやれって」と言った。

「お前にはわかんないかもしれないけど、男には吸いたい時ってのがあるんだよ」

悪い遊びをする者は全部自分の味方だとでも言うように、かばう口調になる。「だけど、そっか。トイレでね」と、自分より年上の彼らを笑う。

ひかりは気分が悪かった。

店の奥にかかったオレンジがかったステンドグラスふうの絵に、咄嗟に目をやる。両親と来ていた時は高級そうに見えたその絵は、よく見ればプラスチックの板のようなものに描かれていて、端には大きなひびが入っていた。

会計を済ませ、レストランを出る時、巧から、「ひかり、ちょっと」と呼ばれた。レジを打っていた店員が行ってしまってから、巧に、トイレに引き込まれる。煙草の匂いが、まだ強く残っていた。吸い殻も落ちたままだ。

「触っていい？」

小声で聞かれて、ひかりが応えるより先に、狭い個室の壁に身体を押しつけられる。

「人が来るよ」と言っても、巧はやめなかった。シャツの下から、爪の伸びた巧の手がブラジャーに入ってくる。

駅やデパートのトイレでこういうことをされるのは、珍しいことじゃなかった。けれど、その日、ひかりはもう一押し、「やめてってば」と巧の身体を強く押し返した。巧が驚いたように自分を見た。

おなかなのか、胸なのか、どこかわからないけど、なんだか気持ちが悪い。ムカムカする。

個室に充満した煙草の匂いが、自分が吸ったわけでもないのに、喉にこみ上げてきて、吐きそうになる。

「ちょっとごめん」と短く断って、身体を曲げ、便器の前で一度おえっとなった。黒い灰が水に混ざり合って溶けた様子が視界に入ると、さらに吐き気が増して、喉の奥がげえっと音を出す。それなのに吐けない。喉の入り口が、酸っぱくて熱い。

「大丈夫、ひかり？」

巧がおろおろと言う。

ひかりは、咄嗟に「大丈夫」と答えたが、まだ気分が悪かった。煙草の匂いから早く逃げ出したかった。

個室を開け、巧と二人で外に出ると、そこに男が立っていた。真面目で険しい顔をした大人が、出てきたひかりと巧を睨みつけている。この店の店長か誰かなのだろうと、一目でわかった。

「あ」

巧が気まずそうな声を出す。いつからここにいたのだろう。声が聞こえていたかもしれないし、何しろ、二人で個室から出てきたのは明らかに不自然だ。ひかりは、まだ気持ち悪さに視界が回るような思いがしながら、怒られるのが嫌で、ただ「すいませんでした」と小声で言った。顔を伏せたまま、そこから逃げ出す。大急ぎで店から離れた。

外に出ると、ようやく新鮮な空気が吸えたが、それでも急いで走ったのと、胸がまだドキドキと鳴っているせいで、呼吸が浅く、ますます気持ち悪くなる。

巧が、「やばい。俺らがどこ中かバレたかな」と、泣きそうな声で気にしている。

「ひかりが具合悪くなったから、だから入ってただけだって言えばよかったかな。あと、煙草、俺が吸ったわけじゃないって、きちんとわかるかな。俺らが吸ってたって思われたら」

「もういいよ、行こう」

ひかりもひかりで、どうしよう、と思っていた。あの店は自分の家族の行きつけだ。常連というほどではないし、両親も店員と気さくに話したりするようなことはなかったけど、次に自分が行った時に、彼らが顔を覚えていないとも限らない。もう二度とあそこには行けないかもしれない。

ひかりの反応に苛立ったように、巧が「ああ？」と睨んでくる。

「だって、吸ってないのにそう思われたら損だろ」と、いつまでも、気にしている。

胸のムカつきも、煙草の匂いも、味気なく感じたホットケーキも、目眩も、吐き気も。

今考えると、あれは、兆候だったのだと思う。

しかし、その時は、それが妊娠のせいだなんて、ひかりはまったく考えていなかった。

後からわかったことだが、この時、ひかりはもう妊娠していた。三ヵ月目に入っていた。

――大人たちの隠すエロ本と呼ばれるような本と違って、図書館でもバカみたいに推奨されている、うちの両親たちが好ましく思うような、「女の子の性とからだ」みたいな本やサイトを、その時期、巧と付き合うようになったひかりは、貪るように読んでいた。

自分がしていることと似たような体験が出てきたりすると、楽しかったし、あるいは、それらより進んだことをしている場合には、頬がかーっとなった。自分に引き寄せて読めることが、おもしろかった。

読んでいた漫画の中に、こんなのがあった。

避妊をしないでセックスをした高校生の主人公に、妊娠が発覚する。「そんな。たった一回だけなのに？」と医師に言い、医師が「たった一回だけでも妊娠することはある」と答える。その主人公と彼氏は会わせてもらえなくなり、理由を告げられないまま、彼氏は雨の中、主人公を学校まで迎えに来たりする。

感激した主人公は、ようやく会えた彼に妊娠のことを伝える。「産むつもりだ」と話す彼女に、それまで、「愛してる。会いたかった」と言い続けていた彼が、途端に表情を変えるのだ。それは困る、と狼狽《ろうばい》し、頭を抱えて「まだ縛られたくないよ」と泣き出す。

主人公は彼のその態度にショックを受け、結局、中絶をすることになる。

その漫画は一例で、探してみると、似たようなパターンのものが、あちこちにたくさんあった。

どの話も、ストーリーを通じて「避妊をすること」を勧め、そうしなかった場合には、彼氏が逃げ出して中絶することになるのだ、という結論になる。

ひかりは、それらの話をとても現実感薄く、読んでいた。

自分はこんなことにならないのに、過剰に脅す読み物は、大人たちが頭で考えたストーリーだという気がした。

必ず「中絶」の道を辿るストーリーの主人公たちは、たいていの場合すぐに妊娠に気づき、周囲の大人たちを巻き込んで揺れる。そこには、ひかりが必要とする情報は出ていなかったのだ。

妊娠しても、すぐにはおなかが大きくならないこと。

最初の生理が来る前に、もう妊娠してしまうことがあること。

中絶が不可能になる六ヵ月を過ぎても本人が気づかない可能性があることなどは、どこにも出ていなかった。

ひかりの妊娠が発覚したのは、貧血で、近所の内科に行ったことがきっかけだった。

ちょうど冬休みが終わったばかりのことで、休み明けの学校で気分が悪くなることが続いた。

最近、熱も高い気がする。吐き気もする。

学校で保健室に行ったら「貧血かもしれない」と休ませてもらえた。「貧血」という病名は、儚《はかな》くて、かっこいいイメージがあった。言われたことが嬉しくすらあった。

「貧血かもしれないって言われた」と母に言うと、母は「ええっ、なんで」と驚いていた。

「なんで貧血なんか」

「わかんない。そう言われたんだもん」

昔から両親も姉も健康で、自分の身内に病人が出ることを考えたこともなさそうだった。ひかりはそれにもイライラしていた。同じ家族かもしれないけど、あなたたちが縁のなかった病気に、私はかかる可能性だってあるのに。

どうしてもつらくて学校に行けない、という日も何日か出て、学校の先生たちから病院に行くように勧められた。もう中学生だったし、普段は風邪の時も一人で病院に行くようになっていたが、この時は母がついてきた。ひかりが心配だったというよりは、おそらく、仮病を疑っていたからだろう。自分の子が病気なんかのはずがない、ずる休みをするための嘘ではないかと思われていた。

その証拠に、勤め先の学校に電話を入れ、遅刻することを伝える母は苛立っていた。「お母さんだって忙しいのに」、と露骨に声に出した。

医者に、風邪の時にするように下腹部を押された時、微かな違和感を感じた。喉を見せて、胸を見せて、聴診器を当て、背中を見て——という通り一遍の診察の途中で、医師が、普段は止めない手を、止めた。

確かめるように、もう一度、ひかりのおなかを押す。

「痛いですか」と一言聞いて、ひかりが「わかりません」と答えると、それ以上は押さずに手を引いた。

服を着るように言われ、「一応、他の検査もしてみましょう」と彼が言った時はまだ、貧血の検査なのだと、信じていた。

尿を取り、採血し、待合室で再び「片倉さん」と名前が呼ばれた。

医師のいる診察室のドアが開き、中から顔を出した看護師が、立ち上がりかけたひかりたち親子に言う。

「片倉さん。お母さんだけお入りください」

待たされたひかりは、この時も待合室にある漫画を読んでいた。ひょっとして重大な病気だったら、病気は嫌だけど、入院して、学校を休めるのだろうか。だとしたら、期末テストも、苦手なバレーの球技会も、出なくて済むかもしれない。そんな淡い期待を抱いてすらいた。けれどきっと、そんなことは起こらない。学校は休めないのだろう、と心のどこかが楽観的に諦めてもいる。

ずいぶん長く、呼ばれるのを待っていた気がした。

「片倉さん」

再び診察室のドアが開き、さっきと同じ看護師が姿を見せる。出てくると思った母は、まだ診察室にいるようで、姿がなかった。看護師がもう一度、今度はひかりを呼んだ。

「片倉ひかりさん、中へどうぞ」

診察室の中に入ると、母は、――ものすごい顔でひかりを見ていた。

その目を見て、ひかりは戸惑う。

母が、怒っている。真っ白い、さっきまでとまったく違う、強張った顔でこっちを見ている。睨まれているようにも感じたが、それよりはもっと、こっちを怖がるような、観察するような、どこか他人行儀な目に感じた。初めてされる表情だった。

面食らい、驚きながら、ひかりは思う。どうして、この人からこんな目で見られなければならないのか。

「ひかりさん」

口を開いたのは、母ではなく、医師だった。

向かいの席に座ったひかりに、こう尋ねた。

「男性経験がありますか？」

ひかりは言葉も出ずに、医師を見た。男性経験、という日本語は生まれて初めて聞く言葉だった。咄嗟のことで、だけどそれがセックスを意味するのだろうと気づいた瞬間、深く考えずに、ひかりは「あります」と答えてしまった。

おそらく、復讐したかったからだ。

知らしめたかったからだ。

自分の、真面目でつまらない感覚の外で生きられない母に、──自分の娘には何も派手なことは起こらないだろうと信じきっている母に、教えてやりたかった。自分がモテて、華やかなものなのだということを。

頷いた途端、母が動いた。

「誰と！」

悲鳴のような声を上げて、ひかりの喉元を摑む。強い力だった。看護師があわてて母に駆け寄るが、母は止まらなかった。

「誰にされたの！」

そう聞かれて、初めて、しまった、と思った。されたわけじゃなくて、したのだ。巧と私は、きちんと付き合っているのに、母から見れば、それはされたことになってしまう。巧が悪者にされてしまう。

そのことを、きちんと説明しなければ、と思ったその瞬間、先に、母の方が言った。

「あんた、妊娠してるんだってよ。どうして言わなかったの。子どもがいるんだってよ！」

高い金切り声が、そう告げた。

「お母さん」と呼びかける医師と看護師が、周りで何か言っている。

その声を聞きながら、ひかりは目を見開き、——ぽかんと、する。

信じられない気持ちで、呆然と、その声を聞く。水の中に潜って、水面でしている声を聞く時のように、その場にいるみんなの声を、遠くに感じた。

紹介状を書かれた近所の産婦人科に向かう途中、車の中で母は無言だった。

車に乗り込んですぐ、職場に「今日は一日休ませてほしい」と携帯電話で連絡したきり、ひかりには何も言わない。

妊娠の相手が、巧であること。

彼氏であること。

むりやりされたわけではないことを、診察室で、ひかりは伝えた。

これまでひかりが読んできた漫画では、主人公が彼氏をかばって名前を頑なに言わないようなパターンのものもたくさんあったけれど、現実になってみると、ひかりの口からは躊躇いなく名前が出た。

巧のような子と付き合っているのだということを、こんなことになっても、まだ、母には知ってほしかった。

母は何も言わなかった。

ひかりには何も言わないのに、独り言を、よく言った。

信号で車が停まるたびに「本当はもっと遠くの病院がいいのに」とか、「ああ、学校にどう言おう」、「携帯電話なんか、お父さんが買うから」と、ひかりに聞かせるためというわけでもなさそうに、ぶつぶつと呟き続けている。その様子が怖くて、ひかりもますます、何も言えなくなった。

産婦人科の駐車場で降りる時になって、ようやく、母が「ひかり」と名前を呼んで、そして聞いた。

「いつ、したの。妊娠したのは、どれくらい前なの」

「わかんない」

ひかりの答えに、母の顔がまた、さらに強張った。怖い目で、ひかりを見る。

けれど、わかるはずがなかった。したのは一回だけじゃない。何回も、何百回も、した。この人には、そんなこともわからないのか。

母は「もういい」と答えた。

その反応を見て、ひかりはがっかりする。セックスはおろか、好きな男子の話すらできる雰囲気がなかったこの母との間で、巧のことはひかりが最後の切り札のように大事に守ってきた秘密だった。

しかし、ひとたび公にされた途端、ひかりにはもう秘密が何もない。母に突きつけるための武器が、もう、何もない。

巧のことを明かしても、母は、自分の母親であることをやめようとはしないのだ。ひかりの全部を理解できるとまだ信じているようで、ひかりにはそれがとても傲慢な考え方に思えた。

妊娠を聞いても、自分が、産みたい、と思っているかどうかわからなかった。

産みたいのか、産みたくないのか、どうして、ドラマや漫画の主人公たちはすぐに自分の気持ちがわかったのだろう。ひかりには自分の意志がわからない。中絶しなさい、と親からはきっと言われるのだろう。もう予想がつく。

妊娠した、と言われたけれど、まだ生理も来ていなかったんだし、自然と流産したりするんじゃないか、とも、頭の一部分ではまだ考えていた。巧と自分は、こんなことがあっても、これからも付き合っていけるだろうか。私が気にしなくても、巧の方で気にして、別れることになったらどうしよう、とそれが一番不安になる。

――心配の大半は、よく整理して考えれば、妊娠をなかったことにできる、という方向に傾いていた。中絶は、費用がかかったとしても可能なことで、ひかりの意志がどうであれ、産んで育てるということは両親が許してくれないだろう。

巧の家はどうなんだろう。自由な様子のお兄さんと巧を育てた彼らの母は、会ったことがなくても、ひょっとしたら、ひかりの母よりも妊娠に理解があるかもしれない。妊娠のことを、早く巧に言いたかった。

困るかもしれない、自由でいたいと言うかもしれない。だけど、報告してみたかった。案外、「ひかりとなら育てたい」と言うかもしれない。

「尾野矢にやればよかった」

母が呟くのが聞こえた。

今度は完全な独り言ではなく、明らかに、ひかりに向けられた声だった。姉が通い、ひかりが受けてくじ引きで落ちたあの学校の名前が、なぜ今出るのかわからなくて、ひかりが母を見ると、彼女の目の奥に、怒りが燃えていた。

「――あんたが、成績は足りてたのにくじ引きで落ちたって言った、あれは、嘘」

ひかりは黙ったままでいた。母が首を振った。

「あんたが傷つかないように、お母さん周りにそう言ったけど、あんたはくじ引きまでいかないで成績で落ちたの。どうしたって行けなかったの」

言ったきり、母はぷつりと黙った。

なぜ今、こんなことを言われなければいけないのか。成績が足りなかったなら、どの道、「尾野矢にやればよかった」というのはおかしいのではないか。

思ったけれど、声が出て来なかった。

おそらく、これは母にとっての切り札だったのだろうと、わかってしまったからだ。ひかりが巧のことを秘密に思っていたのと同じくらい、母にとって、それは、いつかひかりに言おうとしまっておいた、とっておきの秘密だったのだろう。

それらを見せ合ってしまった自分たちは、後はもう、互いに言うこともなくなって、黙ったまま、病院に入った。


産婦人科で、今度は、別々にではなく、母と一緒に説明を聞く。

さっきの内科から連絡がいったのか、対応してくれた女医さんは中学生のひかりを見ても、驚いた様子は表向き一切見せなかった。事務的な口調で、「内診というのをやりますからね」と教えてくれる。

内診、という言葉に聞き覚えがあった。

前に、姉が生理不順で婦人科に行く、というのを母と話していた時、母が言っていた。

「先生に、内診はしないでくださいって頼みなさいね」と。

「お母さん、昔、そう言わないでいきなり診察されて、とても嫌だったことがあったから」

内診は、膣内を検査することなのだと、察しがついた。母の言葉に「わかった」と頷く姉を見ながら、ひかりは、バカみたいだと思っていた。巧とすでに付き合っていたから、そんなことぐらいが怖いのか、と、昔処女だった母と、今も現役で処女である姉の両方が、かっこわるく思えた。

しかし、今、「内診」という言葉が出ても、母は何も言わない。ひかりを心配することはなく、ただ「よろしくお願いします」というだけだ。そのことで、自分が母から突き放されたと感じた。母と姉のいた、潔癖な世界が懐かしかった。

検査の台に乗る時、足が竦んだ。怖かった。

「はい、では、力を抜いて」

言われてもなかなか力は抜けず、台の上で、ひかりはぎゅっと目を閉じていた。医師が何かを調べているたび、何かを書き込む気配がするたび、どうか、妊娠が間違いでありますように、と祈る。

しかし、妊娠は、間違いではなかった。

検査の台を降り、再び通された診察室で、ひかりは母と説明を受けた。

「二十二週を過ぎています。――現在、二十三週目に入ったところです」

医師が自分たちに、取り分け、母の方に向き直る。ひかりの話をしているのに、あくまでも、彼女の顔は、保護者であるひかりの母を見ていた。

「中絶が可能な時期を、過ぎています」

母が息を呑んだ。ひかりも、びっくりして目を見開く。

母体保護法というのがあるのだと、医師が説明する。それによると、中絶が可能なのは妊娠二十一週と六日まで。

――ひかりの場合は、それを一週間、過ぎている。

「もっとちゃんと調べてくださいませんか」

母が言った。声が取り乱していた。

「一週間、間違えているってことはありませんか？　じゃあ、先週診察にくればよかったってことなんですか」

先週は何をしていただろうか、とひかりは考える。まだ冬休みだったけど、部活に行って、帰りにピアノ教室にも行った。暇つぶしに姉とリビングでテレビを見た。あのどこか一日に病院に行っていたら、よかったのか。

おそらく、母も同じことを考えていたに違いなかった。

（四）

決める権利は、ひかりにはなかった。

産みたいか、産みたくないか。

育てたいか、育てたくないか。

漫画で見たようなことも、起こらなかった。

巧に話して、巧が困ったり、「まだ縛られたくないよ」と言うようなことも、起こらなかった。

それらは全部、ひかりの知らないところで行われてしまったからだ。

妊娠がわかってからも、ひかりは学校に通うように言われた。

ただし、巧には会ってはいけない、と言われた。携帯電話も取り上げられ、ただ、家と学校の往復をする。「貧血がひどいから」という理由で、部活も、休むように言われた。

ひかり自身は巧との連絡が取れないのに、うちの両親は、巧の家と連絡を取ったらしかった。

直接、会ったかどうかは知らない。

「なんて人たちだ」と、父と母が話しているのを聞いた。

巧の両親は、「今からでも中絶できる病院を探せないのか」とうちの親に持ちかけたのだそうだ。

「中絶費用は負担しても構わないから、とにかく、どうにかして中絶してほしい」

巧の意志がそこにあるのかどうかは、わからなかった。

学校で、ひかりは巧と話そうとしたが、部活にも出ないままでは、クラスの違う巧とはなかなか会えなかった。

これから、自分がどうなるのかわからなかった。

ここに子どもがいるのだ、と言われてしまうと、つい、これまでは気にしなかったおなかに手をやることも増えていた。こんなことになって、巧にも会えなくなったが、そんな日々だからこそ、自分が拠《よ》り所にできるのが、このおなかだけのような気もしていた。

父も姉も、ひかりを面と向かって叱ることはなかった。

特に父にいたっては、気まずさから逃げるように、ひかりにこれまで通り「ひかりちゃん」と甘く呼びかけて接することをやめず、それが、今の自分にはとても気持ち悪く思えた。

「ひかりちゃんは悪くないよ」と言われても、もともと、悪いことをしたとは思っていない。家族以上に大切な相手ができたことを、父から「悪いこと」だとやはり思われるのかと思うと、気持ちは複雑だった。

姉もまた、ひかりを責めなかった。黙って部屋にやってきて、「ひかり、大変だったね」とぽろぽろと涙をこぼす。そうされると、いろんなものがこみ上げてきてひかりも泣いたが、そうやって手を取られていても、姉もまたひかりの本当の気持ちなどわからないのに、と悔しくなった。自分より遥かに狭い潔癖な世界で生きる姉は、妹のこともまた、清潔な考えの中で処理してしまうのだろう。その気楽さに自分が巻き込まれることが耐えがたかった。

――家族に対して、そんな、嫌悪に近いものを感じてはいても、それでもひかりは、彼らを頼る。

おなかの子の行く末を、彼らが決めてくれるのだという、ほとんど無条件な一抹の安堵を、感じている。その矛盾に、気持ちが何度も引きちぎれそうになる。絶対にばれたくなかったのに、今は、親にそれが知られているのだということにほっとしている自分がいる。

妊娠がわかってから、一度だけ、巧と話せた。

クラスの休み時間にやってきた巧は、たった数週間会っていなかっただけなのに、背と髪が伸びて、少し大人っぽくなったように見えた。

巧の姿を学校で見かけて、他の生徒と何か話していたりすると、ひょっとして巧は自分のことなんか忘れてしまったんじゃないかと思っていた。そう思って、ずっと不安だった。だから訪ねてきてくれて、信じられないほど嬉しかった。

学校の先生たちも、ひかりの妊娠のことは知っているようだった。誰も、何も言わなかったけど、ひかりの母が話したようだった。みんなに充分に気遣われながらも、誰にも何も言われない状況は、毎日、とても居心地が悪かった。

「次の授業、ちょっといい？」と言われて、ひかりの胸が躍った。

「うん」と答えて、二人して授業をサボり、人気のない非常階段で話した。

巧からは「ごめん」と言われた。

彼の目が潤んで、涙があふれる。その涙が、ひかりにも伝染していく。二人で泣いた。

そして、キスをした。

キスの後で、巧がまだ何か言いかける気配があって、ひかりも話したいことがいっぱいあったのに、その時、「こらっ！」と声がした。自分たちの学年の担任ではない教師が、ひかりたちを見つけてやってくる。二人はあわてて離れ、追い立てられるように、それぞれのクラスに戻された。

それきり、巧には会えなかった。会っていたことが連絡されたのか、ひかりも家でこっぴどく怒られた。

「何を考えているの」と、母から呆れたように言われた。

しかし、何を考えているのかわからないのは、母の方だった。

中絶できない子どもは、望まれなくても、もう、産まれてくる。まだ到底想像がつかないけれど、確かに産まれてくるのだろう。

そうなれば、巧と自分とは、まだ結婚できなくても、いつか、結婚することになるんじゃないのか。こうやって自分たちを今は会わせないことに何の意味があるのか。そう、問いかけたかった。

それとも、ひかりは何かの方法で今から流産させられたりするのだろうか。ドラマで、階段か何かから突き落とされた妊婦が流産するような描写を見たことがある。考えるとぞっとした。

母たちが何を考えていたのか知ったのは、それからしばらくしてからだ。

両親と姉がそろったリビングで、ひかりは父と母から、改まった口調で「話がある」と告げられた。

「明日から、学校を休みなさい。みんなには、病気で、しばらく遠くに入院するって伝えるから」

妊娠八ヵ月目を迎え、ひかりのおなかは大きくなり始めていた。ひかりの学校の制服は、締めつけのないゆったりとしたブラウスだったが、それでもそろそろ、きっと目立ちはじめる。早く春休みになってくれないだろうかと思っていた、そういう時期だった。

「──その間に、赤ちゃんを産むってこと？」

「そう」

そして、この後。

両親から、特別養子縁組という制度についての説明が始まった。

それは、ひかりの母が探してきたという、ひかりのおなかにいる子どもの、行く末についての話だった。子どもがほしい家に、子どもを産んでも育てられない母親の赤ちゃんが引き取られ、その家の子どもとして育てられるという、制度。

ひかりはこれから、その制度を取り持つ人たちが運営する寮に入り、出産までの準備をすることになるのだと、教えられた。

ひかりの手が、震えていた。

おなかに載せた手が強張って、説明を聞いていられなくなる。

「嫌」という言葉は、深く考える間もなく口から出てきた。

「嫌だよ。そんなの、なんで勝手に決めるの」

「だって、育てられないでしょう?」

父も母も、姉ですらも、ひかりの反応に驚いていた。母は露骨に「お母さん、そんなふうに言われると思わなかった」と不機嫌そうな顔になる。

「まだ、中学生なんだぞ」

父が言った。

「お父さんだって、これが大学生か、大人になってからだったら反対しない。まだ結婚もできないのに、産まれた子はどうするんだ」

「でも嫌だよ」

何が嫌なのか、自分でもはっきりわからなかった。でもここで曲げてはいけないと思っていた。

虫のいい話だとわかっていても、生まれてくる子どもを、この家で育ててはいけないのか。巧の両親がどんな人たちでどう言っているかわからないけれど、もう、私のおなかにいるのだったら、その子の面倒を、私の面倒を見るように、自分の両親に見てもらうことはできないのだろうか。

それに、父の言葉には、大きな嘘がある。

これが大学生でのことだって、大人になっていたって、うちの親は、自分たちが決めた以外のことを、娘たちがするのを、絶対に認めない親だ。年のことだけ言うのはズルい。

「ひかり、落ち着いて。もう、誰かに引き取ってもらうしかないでしょう。その方が、その子だって幸せだよ」

姉が言う。

「今からだったら、産んで戻ってくれば、高校受験にも間に合うよ」

気が遠くなりそうだった。

姉も両親も、考え方がとても合理的で、正しすぎる。そこにはひかりや巧の気持ちが介入する余地なんてない気がした。

「人生がダメになるんだぞ。まだ、十四歳なのに」

「今ならまだ取り戻せるのよ」

「軌道修正するなら――」

父と母の声に、耳を塞ぎ、おなかをかばいたくなる。

中絶できないなら、出産した後でどこかに渡せばいい、それでなかったことにできる、という考え方は、間違っていると確かに思えるのに、今は、それを言うひかりの方がおかしいという空気しか、ここにはない。

しかし、一方で、「嫌だ」と答えるひかり自身、本当は迷っていた。

出産し、ここで育てたら、ひかりはどうなるのか。年を取るのを待って、巧と結婚して、それできっと幸せだと思うけれど、周りの、他のクラスメートや友達からはどう見られるのだろう。

高校受験をしなくていい、期末テストにも頭を悩ませなくて済む生活は、一瞬、ものすごく甘美に心を揺さぶるけれど、その後、ずっと家にいる生活になるのか。

誰も、教えてくれない。

これまでだったら、受験のことも、部活のことも、家族や先輩や、誰かに聞けば経験者が教えてくれたし、みんなが通ってきたことなんだからと思えば大丈夫だったのに、今、ひかりは誰も悩んだことのないほどの大きな悩みに、自分ひとりだけが足を踏み入れてしまった。答えがわからない。どこにもない。

「巧くんもそうしてほしいって言ってるの」

母が言った。

気持ちが悪く、わけがわからない混乱と悩みに、その声が一際鋭く差し込んで、ひかりの胸が強く引き絞られたようになる。

嘘だ、と思った。

口には出さなかったけれど、確信できた。

きっと、親か先生か、誰かに言わされたに決まっている。学校の非常階段で、涙を流してキスをした、あの顔の方が正しいに決まっている。

ひかりは、わかった、とは言わなかった。

けれど、迷った。揺れた。

巧にも、ひかりと同じで決める権利がないのだ。自分の唯一の味方のように感じる彼でさえ、ひかりと同じで、当事者なのに無力だ。

味方は、いない。

「本当は、おなかの子どもがいなくなればどれだけいいか」

罵り、泣き疲れた様子の母が、やがて言った。

ひかりにとって決め手になったのは、巧の意志ではなくて、母の、この言葉の方だった。

その日までも、何度も、ひかりはこの母にどこかから突き落とされる夢を見た。流産する夢を見た。

殺されてしまう、夢を見た。

おなかの子を憎んでいる、この人たちと同じ家にいたくない。

教員という仕事をしている父も母も、狭い県内の私立高校に通う姉も、噂になるのが、怖いのだ。

中学生なのに、子どもを育てる自分を家に置いておくのが、嫌なのだ。

ひかりの居場所は、もう、ここになかった。

（五）

待ち合わせた広島駅の改札前に、ひかりは一人で降り立った。

必要最低限の着替えと、身の回りの生活用品を入れたリュックを背負い、立っていると、その人が現れた。

「片倉ひかりちゃん？」

声をかけられて、びくっとなる。

優しそうな、丸顔のおばさんだった。ひかりはどぎまぎしながら、無言で頷いた。本当はもう少しきちんと挨拶したかったけれど、いざとなると緊張して、声が喉で止まってしまった。

「ああ、こんにちは。お母さんがついてこられるならついてくるって言っていたみたいだけど、こられなかったのね。一人でここまで来たの？」

「……お母さん、仕事、だから」

途切れ途切れに、説明する。ひかりは一人で行くようにと新幹線の切符を渡されただけだった。母にそんな気があったなんて、今、この人に言われるまで知らなかった。

丸顔のおばさんが「ああ、そう。偉いねえ」と笑う。そして自己紹介をする。

「私、『ベビーバトン』の代表の浅見です。電話では何回か話したけど、今日からよろしくお願いします」

「……はい」

「じゃあ、行こうか」

親しみやすい雰囲気の人だった。ひかりにも、敬語とそうじゃない言葉とを半々に使ってくれるのがちょうどいい。あまり構えた様子の人だったら、もう逃げ出したくなっていたかもしれない。

育てられない子どもを妊娠した母親の寮は、『ベビーバトン』の事務所とともに広島にある。

広島は、ひかりにはこれまで一度も来たことのない場所だった。こんな長時間電車に乗ったのも生まれて初めての経験だ。

「広島、来たことある？」

浅見が案内したのは、路面電車の乗り場だった。線路で分けられたわけではなく、車も走るのと同じ、道路の真ん中からやってくる電車の姿が物珍しかった。

浅見に案内されるまま乗った路面電車の席に座り、ひかりは「広島、初めてです」と答える。

向かい合った車窓に、知らない町の景色が流れていく。名所を示す看板も、その下に書かれた地名も、停車した横に見える電信柱に入った電話番号の市外局番も、ひかりには馴染みがないものばかりで、見れば見るほど、おなかの底が痛くなる。心細くなる。

路面電車がしばらく進んだ時、ふいに、海が見えてきた。

太陽がキラキラと海面を照らして光っている。「海」と口に出してしまうと、浅見が笑った。

「うん、海だ」

海に面した小高い丘に、そのアパートがあった。

寮、という言い方で聞いていたけれど、それは、さびれた団地という印象だった。ひかりはずっと両親とともに一戸建てに住んでいるけれど、クラスの中には、こういう家に住んでいる子もいた。遊びに行くと、いつも、これだけの間取りにみんなで住んでいるの、と申し訳ないけれど、びっくりしたものだった。

『ベビーバトン』の寮は、団地というほど大きくないのかもしれない。だけど、古くてところどころひび割れたコンクリートの壁は、ひかりの知っている地元の団地とよく似ていた。

ひかりが着いた時、いくつかの窓に洗濯物がかかっているのが見えた。女物の大人っぽい赤いレースの下着が下がっていて、ドキッとするけれど、キャラクターもののTシャツなども多くあった。

ちょうど、おなかの大きな、だるんとしたワンピースを着た女の人が出てきた。茶色い髪を束ねている。サングラスをかけていた。

「マホちゃん、健診？」

浅見さんが尋ねる。彼女がこっちを向いた。

妊娠しているのは明らかだった。白と黒のボーダーのワンピースはおしゃれで、シャネルのマークが入った黒いカバンを持っている。サングラスをしたまま、浅見さんと、そしてひかりの方を見た。

「うん」と、その人が頷いた。

「歩いた方がいいから、徒歩でいく」

「そう。気をつけてね」

「はあい」

ひかりの方を見たけれど、何も言わなかった。そのまま歩いて行ってしまう。興味がないだけかもしれないけれど、無視をされたみたいで、息苦しい気持ちになる。

中学生で、しかも背が低いひかりは、おそらく、高校生にも見えないだろう。その自分のおなかが今大きくなっていることは、制服ではなく私服になるとさらに目立つ。どちらにしろ、家にあれ以上いたら、誰かに気づかれてしまったはずだ。

ひかりが、その人を見ているのに気づいたのか、浅見が「マホちゃん、おしゃれだよね」と微笑んだ。ひかりはぎくしゃくと「はい」と頷いた。

不思議な気持ちになる。あの人は、大人に見えるのに、それでも子どもを育てられないのか。どういう理由があって、妊娠してしまったのだろう。

「寮は、二人で一部屋を使ってもらいます。ひかりちゃんの部屋はこっち。二〇三号室。今もう一人使ってるから、その子と一緒に仲良くしてね」

「――はい」

今日からいきなり知らない人と一緒に住むのか。どうしても顔が硬くなるひかりに、浅見が「大丈夫大丈夫」と呼びかける。

「明るい子だから、すぐに仲良くなれるよ」

二〇三号室は階段を上がってすぐ左手にあった。

「エレベーターがないから、毎日階段を上ってね。安産のためには、さっきのマホちゃんもそうだけど、毎日よく歩いたり、階段の上り下りも大切。頑張ってね」

ひかりは驚いていた。

栃木にいた時には、家族の中で、ひかりの妊娠のことは話題になることはほとんどなく、まして、「安産のため」などという言葉は出なかった。浅見があっさりと触れてくれることが、気持ちよかった。

「コノミちゃん、入るよー」

浅見が言って、部屋のドアを開ける。ひかりはドキドキしながら、中を覗く。細い廊下と、それに面して、キッチンがある。それと向かい合った扉は、トイレかお風呂場だろうか。

その奥から、「はあい」と声がした。てっきり出迎えに出てくるだろうと思ったのに、中からは誰も出て来ない。浅見の顔が「仕方ないなぁ」と言うように笑い、「入ろう」とひかりを促す。

中に入ると、女の人が寝そべって、漫画を読んでいた。

その姿を見て、絶句する。彼女は、大きなおなかを下にして、寝転んでいた。まるでボール状のクッションに寄りかかるようにしている。

彼女が浅見と、ひかりを見た。

「その子が新入り？」

「そう。ひかりちゃん。——コノミちゃん、おなか、苦しそうだよ。ちゃんと座って」

「ええ、だってぇ」

甘えたように言って、コノミがようやく身体を起こした。ひかりをたじろがせたのが、どこまでわざとかわからない。こっちを見て、にやにやしながら「よろしく」と言う。

さっきすれ違った女の人よりは、年が上に見えた。

綺麗な人だ、というのが第一印象だった。茶色い髪は、パーマをかけていて、束ねていてもゆるやかに巻かれている。薄い頬と小さな丸いおでこの形がいい。鼻も高くて、つん、としている。普段はお化粧をしているのか、眉毛が剃られて、ほぼなかった。派手な女の人だ、という気がして、周りにそういう人があまりいなかったひかりは戸惑ってしまう。

ひかりが、中学生だということは、すでに浅見から聞いているのかもしれない。驚いた様子はなかった。

「よろしく、ひかり」

人なつこく呼び捨てで、そう挨拶してきた。身体を起こすと、彼女のおなかはもう、ひかりよりずっと大きくて、はち切れそうだった。


寮の食事は、自分たちで作る。

掃除も洗濯も自分たちでやる。

ここでかかる食費や光熱費は、その後、自分たちの産んだ子どもを育てる、養親のもとに請求されるのだそうだ。

「ひかり、料理得意?」

コノミに聞かれて、ひかりは首を振った。恥ずかしいが、姉もひかりも料理はほとんど母まかせで、野菜の皮むきとか洗い物の手伝いくらいしかやったことがない。すると、コノミが、「ま、ひかりくらいの年だとフツーやんないか」と笑った。

コノミもまた、料理はうまいというほどではなかった。だけど、ひかりに「これ塩振って」とか、いろいろ手伝いを命じながら、どうにか作ってくれる。チャーハンとか、野菜炒めとか、回鍋肉《ホイコーロー》とか。炒めるものが多かったけど、自分から台所に立って、ひかりにいろいろ作ってくれた。

　コノミの年は、二十三歳。

　もともとは東京の風俗店で働いていたという。おなかの子どもについては、ひかりが来たその日のうちに教えてくれた。

「店の客の子。ひかり、風俗の種類なんかわかんないよね？」

「……うん」

「まあ、いいや。私のいたとこはかなりキワどいこと要求される店でね、断れば指名は減るし、そんな中で出来たの。父親は誰か、だからわからない」

　衝撃的な言葉を聞いて、ひかりは言葉を失う。

　コノミが続けた。「最悪だよね」と。

「そういう客の相手をしないで済む生活がしたいって、その一心で働いて、で、結果、そんな相手の子どもができてりゃ世話ないよね。すっげぇムカついたけど、相手もわかんないし、怒りのやり場もない」

　今、この寮には、妊婦は十五人。

　その中には、コノミのように風俗で働き、そして妊娠したという女性が他にもいるそうだ。

　コノミは、けれど、出産を終えたら、また同じ店に戻るつもりなのだと言う。

「だから、なるべく早く陣痛来てほしいんだよね。あたしの身体から、とっとと出てってほしいっていうか。店も早く戻ってこいって言ってくれてるし」

サバサバとした口調で語るのを聞いて、ひかりは気後れしてしまう。

自分が来るはずじゃないところに来てしまったんじゃないかという思いで、寮に来た最初の日、ひかりは眠れず、隣に眠るコノミを起こさないように気を遣いながら、泣いた。

涙がいつまでも出てきて、自分の家と、巧のことを思い出していた。

胎動は、もう感じられるようになっていた。おなかの子が動く気配を感じると、縋るようにその動きに沿って、手を置いた。

コノミと違って、ひかりには、おなかの子どもに出て行ってほしい、という考え方はなかった。ひかりがここで頼りにできるのは、自分の子どもだけのような気さえした。

寮に来た翌日から、ひかりは、おなかの子に、手紙を書くようになった。

寮での生活は、子どもを生むことにだけ専念すればいいと言われた。『ベビーバトン』と提携する近所の産科に健診で通う他は、散歩をしたり、各自が自由に過ごす。

中学生の外見をした若すぎる自分の妊婦姿がどう見られるのか怖くて、ひかりの場合は、頻繁に散歩に出ることは抵抗があった。

『ベビーバトン』の活動は、テレビや新聞で報じられることもあるようで、ある時、妊婦たちの顔にモザイクをかけることを条件に、取材のカメラが入っていることがあった。

ひかりと同じ部屋のコノミは、頼まれて個別に話をしていたが、浅見はひかりのことをたとえモザイクがかかった状態だとしてもカメラに写り込まないよう気遣って、彼らが来ている間は別の部屋に移してくれた。

浅見によると、『ベビーバトン』の協力で出産する中学生や高校生の妊婦は、ここに来ることもあるし、あるいは、自分の家で、出産の時までほとんど外に出ずにじっと隠れるように過ごしたりしていることも多いそうだ。

それに比べれば、家と離れた環境で少しは自由もあるひかりは、恵まれている方なのかもしれない。

隠したり、かばってもらっていることに感謝はするが、だけど、ふいにたまらない衝動に襲われる。

おなかの子に書いている手紙には、時折、誰に書いているのかわからない、自分の本音が混じった。

『隠さないで』
『ここにいるのに』
『なかったことに、しないで』

昨日書いたはずの言葉は、翌日に見返すともう、なんでこんなことを書いたのか、気持ちがわからなくなっている。では、いざ自分が取材されたり、人の目に触れたら、それでもいいのか。それは、断じて違う。

だけど、矛盾を覚悟で、泣きながら、思ったまま、書いてしまう。


『赤ちゃん、一緒に暮らしたいよ』


ひかりの出産の予定日は、五月十日だった。

そして、ひかりの誕生日は五月十四日。

少しずれたら、この子と私は同じ誕生日になる。そう思うと、運命を感じた。こんな不思議なことがあるのか、と思う。そんな運命の子なのだから、自分といつまでも絆が途切れず、一緒にいられるような気がしてくる。同じ日になりますように、と、祈る。

胎動が、しっかりと、確認できる。

おなかの皮を押すように、肘や、膝の骨がわかるほど強く、赤ちゃんがひかりの身体を押している。

「ひかりはすごいよね」

ある時、ひかりが熱心に手紙を書く様子を見て、自分よりずっと年上で人生経験も豊富そうなコノミが言ってきた。

それは嫌みではなさそうだった。コノミはとても不思議そうな、透明な、澄んだ目をしていた。

「手紙、どんなこと書いてるの。毎日でしょ？」

「いろいろ。……ごめんとかも、書いてる」

内容は日によってまちまちで、自分だけにわかる独りよがりなことも多かった。自分でも、それはわかった。

巧とのことは、一応、コノミには説明してあった。本当に好きな彼氏との子どもなのだとだけした説明は、コノミにはバカにされたりするかもしれないと思ったけど、意外にも、コノミは「ふうん」と言っただけだった。

それはそれで味気ない、薄い反応だったから、不満がないわけではなかったけれど、少なくとも、笑ったりはされなかった。

ひかりの両親からは、一日置きに浅見のもとに電話がかかってきていた。ひかりとも、そのたびに替わる。

しかし、コノミは持っている携帯電話でよくメールをしている様子はあるものの、誰かから電話がかかってきている様子はなかった。妊娠のことは、彼女の親も知らないという。

出産したら、ひかりは戻ってすぐに期末テストがある。そのための勉強をするように、と親からは電話で言われていた。高校受験だってあるんだから、というのは、家にいた頃と少しも変わらないテンションで言われていた。

コノミは日中、ひかりが勉強する横で、ずっとスマホを使ってゲームをしている。

「頭が空っぽになって集中できる」と言っていた。

コノミの塩辛い、こしょうの効き過ぎた野菜炒めが、ひかりは気に入り始めていた。

十歳近く年が離れたコノミは、浅見が言う通り明るくて、ひかりがタメ口になっても怒らない。作ってくれた料理に「まず!」、「辛っ!」と言ってウケて、一緒になって笑うようなことが増えていた。

味の濃い、炒め物多めのご飯に、さっぱりしたものが食べたくなって、家でいつも母がやっているように、豆腐を買ってくる。冷や奴に、チューブの生姜《しょうが》を搾り、おかかと醬油をかけただけのものを、自分が食べたいから、という理由で作ると、そんなものは料理と呼べたものですらないのに、コノミから「何これ、うまっ!」と絶賛された。

「豆腐って普通、生姜かける? うまくね? これ」

「こんなの当たり前だよー」

「ええ、知らないよ。こんなの」

コノミの両親は離婚していて、お母さんはその後、コノミが小学生の時に再婚した。義父との間にできた妹に気兼ねして、コノミは中学に入った頃から、あまり家でご飯を食べなくなったという。部活で帰りが遅くなるから、という理由で、コンビニに寄るお金だけを毎日もらった。

コノミが教えてくれる話は、この人が自分くらいの年に経験したことなのだと思うと、不思議だった。けれど、両親が煩《わずら》わしくてたまらないひかりには、それは、羨ましい話だった。家でご飯を食べなくていいなんて。そして、ひかりはコンビニのパンもおにぎりも結構好きだ。

素直にそう思ったことを伝えると、コノミも「だよね」と笑った。

「家がヤだから帰りたくなかったの、私も一緒」と答える。その後で、ふっとため息を吐く。

「でも、そっからは、今考えるともっとヤだったな。風俗の仕事は完全に夜型だから。——今、不思議だよ。ひかりと一緒に午前中には起きて、洗濯して、自分で料理して。本当に不思議」

コノミのおなかはますます大きくなって、そろそろ出産が近づいていた。

ひかりとコノミは、よく、散歩をするようになった。

一人でなく、誰かと一緒なら、大きいおなかも怖くない気がした。実際、道行く人にそこまで注目されることはなかった。

寮がある小高い丘の横に、濃い色をした海が広がっているせいかもしれなかった。この色に目を奪われるせいで、横を歩く自分たちになど誰も目を留めない。それくらい、太陽に照らされる海は、圧倒的な存在感を持っていた。

ひかりが、寮で過ごしたのは、出産までの二ヵ月ほどだ。

そして、おなかが目立つと問題があるからという理由で早めにここに入った自分と違い、多くの女性は、臨月のギリギリになってから、ここにやってくる。

寮にいるのは、一ヵ月程度だ。

そんな中、ひかりが最初にここに来た日、すれ違ったマホの誕生会があった。

「マホちゃんの誕生会するから、みんな集合して」

浅見の号令のもと、その時入っていた妊婦のほとんどが、マホの暮らす部屋に集まる。

用意されたホールのケーキには、上に「お誕生日おめでとう」のプレートが乗っていて、ひかりは小学校時代の自分の誕生日会を思い出す。

サングラスを取ったマホの右目には、痣《あざ》があった。

最近ついたものではないそうだが、ずっと前のものが、跡になって消えないのだという。

マホのことは、おしゃれで、怖い人かもしれないと思っていたけれど、寮にもだいぶ慣れていたひかりは思い切って、彼女に声をかけた。

「誕生日、同じ日にならなかったね」

マホがきょとんとした顔で、こっちを見た。

日焼けしたノースリーブの肩は、肌の一部にただれたような跡があった。肌が弱いのかもしれない。

「赤ちゃんと」と、ひかりは付け加える。

臨月のマホのおなかは、もういつ陣痛が来てもおかしくなさそうな状態だ。マホは、ひかりの言う意味が、はじめ、本当にわかっていなかったらしく、「あ」と呟いて、自分のおなかに目を落とした。

そうしてから、ようやく、ひかりに向けて「うん」と頷いた。

マホがどういう経緯でここに来ることになったかは、ひかりは知らなかった。コノミと同じように、風俗で働いていたということまでは聞いたけれど、おなかの子の父親については知らない。

「私、こういうケーキ、初めて」とマホが言った。

マホは、十九歳。

背の高いロウソク一本を中心に、短いロウソクが九本並んだケーキを見つめる。オレンジ色の炎が、揺らめいていた。

マホが笑う。

「すごいな。私、誰かに祝ってもらうなんて初めてだよ。こういうケーキって、世の中にホントにあるんだ、都市伝説じゃなかったんだって、今、感動してる」

大袈裟なことではなく、それはどうやら、本心からの言葉らしかった。マホの目に涙が浮かび、いつまでも彼女がロウソクを吹き消さないせいで、溶けたロウが、ケーキのクリームにぽたぽたと落ちる。

「消して消して」

浅見が言った。

「みんな、歌って」

ハッピーバースデイの歌を、マホの名前を呼んで、みんなで歌う。

その歌を聞きながら、マホはまだ顔を上げなかった。

祝ってもらったことがない、ホールのケーキを見たことがないマホは、どんな家に育ってきたのだろう、とひかりは考える。

自分のおなかの子も——と、考える。

自分のおなかの子も、マホのおなかの子も。

ここにいる子どもは全部、これから、誕生日を祝ってもらえる家に行けたらいい、とそして、思った。

（六）

同室だったコノミは、ひかりが来て一ヵ月経たないうちに、入院し、そして、寮を出て行った。

出産のための入院は五日間だけで、その後、産後の経過が順調なら、退院してすぐ、子どもを養子縁組する手続きをして、ここを出て行く。

そう聞いていたひかりは、自分の健診の帰りに、出産したコノミのお見舞いに行った。

本当は、あまりしてはいけないことだと言われていたけど、どうしてもコノミの赤ちゃんが見たかった。

同時期に出産した他のお母さんたちは、赤ちゃんを自由に自分の病室まで連れて行けるが、コノミの場合は、そうではない。新生児室で寝ている赤ちゃんを、遠目に見るだけ。特別養子縁組をする子どもを抱けるのは、『ベビーバトン』では、別れる最後の日に一度だけ、と決まっているからだ。

ピンク色のガウンを着たコノミは、出産という大仕事を終えて、疲れていても、すっきりした顔をして見えた。

「ひかり、来てくれてうれしいよ」

ひかりと一緒に、新生児室にいる赤ちゃんをガラス越しに見に行く。

「出産、痛かった？」と聞くと、「痛い痛い。たぶん、ひかり、耐えられないよ。どうすんの？」とおどけるように言った。

コノミの赤ちゃんは、信じられないくらい、小さくて、かわいかった。あんなに小さいのに、もう、自分で息をしているのか、と思うだけで、胸がいっぱいになる。

やってきた助産師さんが、コノミの赤ちゃんを抱え、ほ乳瓶でミルクを飲ませている。

「胸、張る？　母乳出たりする？」

「まだ。だから大丈夫だけど、東京に戻ってから出たりしたら切ないことになるかもね」

コノミが薄く笑う。

「赤ちゃん。コノミちゃんに似てるね」

「え？　本当？　やだ。どうしよ、美人になっちゃう」

女の子だという自分の子どもを、そう、笑って見つめる。

その後、寮に戻ってきたコノミは、これまで寮では一度も見せたことがないくらい完璧にメイクをして、服もよそ行きになっていた。

親権を放棄する書類にサインをし、最後に赤ちゃんを抱くために、別の部屋にいく。

コノミの子どもを引き取るのは、大阪に住む夫婦だという。

コノミの見送りのために、ひかりは外に出た。

寮の前で、赤ちゃんと別れた後のコノミの目が真っ赤になっていた。ひかりの顔を見ても、取り繕うところなく、そのままの顔でいた。

「もう行くね」と、コノミが言った。

浅見とひかりに向けて、「もう、ここに戻ってこないで済むようにする」と告げる。

ついでのように、もう一言、追加する。

「仕事探して、がんばってみる」

それが、元の仕事に戻らない、ということを意味しているのかどうか、わからなかった。浅見の話だと、コノミは最後、赤ちゃんに「いつか、会えるように頑張るね」と言っていたそうだ。

「会えなくても、堂々と会えるようにしたいと思うから」と、赤ちゃんに抱きついていた。自分が抱くんじゃなくて、赤ちゃんに抱かれるような、抱きつき方だったという。ひかりが書く、赤ちゃんへの手紙の文章と、それはよく似た気持ちのような、気がした。会えなくても、堂々と会えるように、というのは矛盾しているけど、どちらもきっと本心だ。

コノミのいなくなった翌週も、その翌週も、——結局、ひかりが出産するまでの間は、寮の同室に、新しい妊婦は来ないままだった。誰か他の妊婦に移ってもらおうか、と浅見に聞かれたけど、ひかりは「大丈夫です」と答えた。

コノミに教えてもらったチャーハンや野菜炒めを自分で作りながら、ゆっくりと自分の赤ちゃんが来るのを待つ。自分の年での出産は、自然分娩と帝王切開と、どちらがいいのかというのを、病院で浅見も含めて話し合い、結局、自然分娩を待つことになった。予定日の五月十日と、ひかりの十五歳になる誕生日の十四日は近い。

ひかりはまだ、同じ日になればいい、と思っていた。何かの願掛けのように、そうなれば、いろんなことがうまくいくような気持ちになっていた。

マホや、他に仲良くなった寮のメンバーは、ひかりが部屋に一人になったのを気にして、おかずを分けてくれたり、ご飯になると部屋に呼んでくれるようになっていた。炒め物やカレーだけではなく、煮物や漬け物まで並んだメニューを見て、やっぱりコノミは取り分け不器用な人だったのかもしれない、と思う。だけど、懐かしかった。

入院が近づいた、ある日の健診の帰り、海の上に浮かんだ太陽と、それを隠す雲とが、びっくりするほど、強い光でくっきりと光と影に分かれていた。

「もうすぐだよ。頑張ろう」とおなかに手を置き、声をかけて、寮までの道を歩いていたひかりは、空を見上げて、立ちすくんだ。

美しかった。

まるで、ポスターか何かのような完璧な光景だった。動く雲の向こうに、輝きを放つ太陽があることを、そこに立つだけで全身で感じる。ただ照らされるだけではなく、遮るものがあるからこそ、その存在をこんなに感じられるなんて、すごいことだ。

「きれいだねえ、ちびたん」

気づくと、声が出ていた。

ちびたん、というのは、手紙に書いた、おなかの子の名前だった。名付けないままになる自分の子どもに、今、密《ひそ》かにつけている名前だ。

これまで、一度も口にしなかったし、これからも、口にしないと思っていた。その名前が、ついうっかり、口から出てしまった。

出てしまったら、もっと呼びたくなった。

「ねえ、きれいねえ、ちびたん」

ねえ、なんていう、大人の女の人が言うような言葉遣いをするのは初めてだった。してみたら、なんだか自分が〝母親〟のようだった。〝お母さん〟のようだった。

ひかりは、唇を噛みしめる。

入院の日が迫っている。逃げてしまおうか、と思う。

この子と一緒に、逃げてしまったら、どうなるだろう。

涙が出てくる。それを拭う代わりに思った。

覚えていよう、と。

逃げることも、育てることも、この子の誕生日を祝うこともない代わりに、覚えていよう。この子と今日、一緒に、すごくきれいな空を見たことを。

一緒に見られた、二人で一人の、誰にも邪魔されずにいられた、この時間のことを。

その日に決意できたせいか、実際の出産から別れの日は、想像していた以上には、つらくなかった。

出産の日には、両親も姉も、全員が栃木から広島までやってきた。

二十時間近くに及ぶ陣痛の末、生まれた子どもは、信じられないくらい、かわいかった。

予定日通りの五月十日生まれ。ひかりと同じ誕生日には、ならなかった。

男の子だ。

自分に似ているか、巧に似ているか、わからなかった。だけど、鼻の形が巧に似ている気もする。目が二重なところは、自分と似ている気もする。

出産した瞬間に、すぐにおぎゃあ、と声をあげるかと思ったけれど、ひかりの子は、そうではなかった。出てきて、取り出されても静かでいるのを見て、「大丈夫ですか、大丈夫ですか」と、朦朧《もうろう》としながら何度も言う。長く続く痛みのせいで、痛いともつらいとも思えなくなり、出産し、終わったのだと言われても、すぐには実感がわかない。身体中探して、もうあの、身体を絞られるような痛みがないことにようやく気づき、ああ、産まれたのだと思う。

産声は少し遅れて、ちゃんと聞こえてきた。

やってきた両親も、姉も、しばらく会っていなかったせいか、落ち着いて感じた。かわいいと声に出して言うことこそなかったが、赤ん坊を新生児室のガラス越しに見つめ、「他の子より大きいね」と、両親が言い合うことすらあったのが不思議だった。

両親も姉も、そのまま、広島に滞在するという。ひかりが退院するのを待って、一緒に栃木に帰る。

ひかりの誕生日は入院中になってしまって、マホのように寮でお祝いしてもらうこともなかった。ただ、やってきた母たちから、ぶっきらぼうに「あんたも誕生日だったでしょう？」と聞かれた。

あんたも、と言えるほど、母たちにとって、ひかりの子はようやく見える存在になったのだろうか。おなかにいた頃には、まるで、見えないもののようにしてきたのに、生まれたら、やっと見えるようになったのか。

何も答えないでいると、母たちもまた、それ以上はひかりに誕生日のことは言わなかった。おめでとうとも、言われなかった。


ひかりの産んだ男の子は、神奈川県の夫婦が育てることになるという。養子縁組の書類を、ひかりは未成年なので、ひかりと、両親とで一つ一つ確認しながら何枚もサインする。


親権放棄書、と書かれた書類にサインをするときだけ、手が、止まった。

手を止めても、どうにもならないこともわかっていた。

すぐにぎゅっと拳を握り、他の書類同様に、サインを書き込む。

ひかりの子どもを引き取ることになる夫婦は、広島まで赤ん坊を迎えに来るそうだ。

浅見が教えてくれた。

「よかったね。いいご両親だよ。普通は産まれてすぐは迎えに来られない場合がほとんどなんだけど、来てくださるみたいだから」

退院する日、ひかりは、寮には戻らず、広島を去ることになっていた。両親が寮の荷物の片付けを、ひかりに代わって終えていたためだ。

子どもとの別れは、だから、病院でになった。

ひかりの子を引き取る夫婦は、すでにもう病院の別室に来ているという。

最後に会うために部屋に連れてこられた、ガラス越しに見るのではない赤ん坊の姿に、胸が詰まった。

黄色いおくるみをまとい、目を細めた、ふにゃふにゃの、柔らかい赤ちゃん。浅見がベッドから赤ちゃんを抱き上げ、「はい」とひかりの手に渡してくれた。

柔らかく、小さいのに、赤ちゃんは、手にしてみると、重かった。持てば持つほど、だんだんと、その重さに耐えられなくなるような、ゆるやかに苦しい、重さだった。

赤ん坊を抱く自分を、背後で、両親と姉が見つめている。

誰も何も言わなかった。

謝ろうと、思っていた。

新生児室で、他の子はみんなお母さんに連れていかれて母乳をもらえるのに、この子はそうではなかった。寂しかっただろうから、謝ろうと、思っていた。

けれど、ガラス越しに、何度も何度も、この五日間、謝り続けた。腕に抱いた今、もう、伝えたい言葉は他に出て来なかった。

「もう、いいかな」

どれくらい時間が経ったのか。

浅見が言った。

ひかりの腕から赤ん坊を受け取る。身体から離れると、腕が改めて重だるくなっていて、それでだいぶ時間が経っていたことを思い知る。

浅見が赤ん坊を連れて行く。別の部屋で、今から、あの子を受け取る夫婦がいるのだ。

気持ちはまだ複雑だった。

私の子なのに、と思う。

それなのに、図々しい、とすら思う。

だけど、その夫婦は、あの子を迎えに来てくれた。神奈川から、広島まで。そんな家なら、ホールのケーキを用意して、あの子の誕生日を、これから毎年祝ってくれるだろうか。

「お父さん、お母さん」

子どもが部屋からいなくなって、初めて、ひかりの口から声が出た。

「浅見さんに、もう一つ、お願いがあるんだけど……」

子どもを引き取る夫婦と会いたい、という希望を、浅見に伝えた。

「それは先方のご夫婦が希望しない場合もありますよ」と言われたが、それでもいいから、と伝えるだけ、伝えてもらえるように頼む。

両親と姉が泊まっていたホテルのラウンジで、ひかりたちは食事をしながら、彼らを待つことにした。

病院と、ひかりの暮らした寮の近くにあるホテルはやはり海沿いで、大きい窓に面した席からは、深く青い色の海が見えた。

来てくれるかどうかわからないと思っていた夫婦は、ひかりの気持ちに応えるように、きちんと来てくれた。

ひかりの子どもを、しっかりとその手に抱いて、二人が、浅見に連れられてくる。

会ってまず、その人たちの年齢が、自分より相当上だということに驚いた。

子どもを引き取って育てるくらいの人たちだから、それも当然なのだろうけど、ひかりよりも、どちらかといえばひかりの両親たちの方に近い。これまで、寮でも二十代くらいの妊婦たちしか見てきていなかったひかりには、衝撃が強かった。

けれど、立派そうな人たちだ。

派手さはないけど、真面目そうで、お母さんの方も優しそうだ。

そのお母さんの腕の中で、ひかりの子どもは、眠っていた。ふにゃふにゃと口元を動かしているが、目を開く様子はない。

なんてことだろう、と思う。

この子は確かにひかりの子なのに、こうやって抱かれていると、もうこの二人が、紛れもなく、この子のお父さんとお母さんに見える。

夫婦が赤ちゃんを浅見に任せ、二人して自分に頭を下げた。

「ありがとう、ございます」

大人から、面と向かってこんなに丁寧に挨拶された経験はなかった。びっくりして身を引くひかりに、夫婦の――お父さんの方が、言う。

「この子を産んでくれて、ありがとうございました。責任をもって、これからうちで育てていきます」

ひかりには、すぐには応えられなかった。目が、夫婦を見たいのに、どうしても赤ん坊を追いかけてしまう。浅見の手の方を、見てしまう。

その気持ちをぐいっと断ち切って、二人に向けて、小さく、頭を下げた。

お礼を言わなければいけないのは、自分の方だ。

「……ありがとう、ございます」

喉が、震える。

思い切って、夫婦のお母さんの方に手を伸ばす。その手を握る。乾燥してすべすべした手は、うちの母の手と似ている。これは、お母さんの手だ。

その手を精一杯摑まなければ、とても言葉が出て来なかった。

「ごめんなさい。ありがとうございます。この子をよろしくお願いします」

もっとたくさん言いたいことがあるのに、これしか言葉が出て来ない。本当は聞いてほしかった。この子と自分が、どうやってここまで来たか。

目から、大粒の涙が、ぼたぼた、落ちる。

「ごめんなさい。ありがとうございます。赤ちゃんをよろしくお願いします」

ひかりのその思いに応えるように、夫婦は同じ言葉を続けるだけのひかりを、辛抱強く黙って、ただ見ていた。言葉が途切れる頃まで、待っていてくれた。

やがて、お父さんの方が、力強い声で言った。

「朝斗と名付けます」

この日渡した手紙は、もともと、直接渡せなくても、浅見に預けようと思っていたものだった。

だから、それを渡したくて、二人を呼んだわけではない。

会いたかったのは、本当は、夫婦にではなくて、二人が連れてくるかもしれない、子どもに、だった。

病室で、最後に一度抱き、別れたあの子の顔を、もっとよく見ておくべきだったんじゃないか、と、浅見が出て行った瞬間に、後悔が生まれた。

手を離した瞬間に、もう、二度と思い出せなくなる気がして、だから、もう一度、会えるように頼んだ。

もう一度やってくれれば、うちの両親も、考え直してくれるんじゃないかとすら、本当は思っていた。

だって、あんなにかわいいんだから。

やっぱり連れて帰ろう、これはうちの子だと言ってくれるんじゃないか。

けれど、朝斗と名付けられたあの子は、そのまま、ホテルのラウンジを、あの、夫婦と一緒に出て行く。

わかっていたことだった。

こうなるのが一番いいと、両親と一緒に、ひかりも自分で決めたことだ。

今はもう――、少なくとも、今現在のこの瞬間、ひかりに後悔はない。

ホテルのラウンジの外には、美しい、海が広がっている。おなかから出てきたあの子と、この海の色の横に、一度は立てた。

広島の、この空の色を、一緒に、また見られたのだ。

（七）

栃木に戻ると、ひかりには日常が戻ってきた。

――戻ってきた、ようだった。

ようだった、というのは、ひかりがそれを、自分のことのようにはまったく思えなかったからだ。広島に行く前に自分がそこに置いてきた生活。栃木での、自分の現実。日常。

それは、確かにひかりのものだったはずなのに、そこはもう、「戻る」ための日常ではなかった。

子どもさえ生まれたら、元通りになれる。

何も、なかったことになる。

――広島の、浅見の寮に行くのを嫌がる自分を説得した母たちの言葉は、その通りには、ならなかった。

ひかりには、もう、とっくに「元通り」など、失われていたのだ。

「ひかり、長くずっと留守にしてたから懐かしいでしょう」

家に帰り、母がひかりの荷物を玄関におろしながら言う。家族みんなで留守にしていた家の空気はひんやりと冷たくて、どこか他人行儀に思えた。

「うん」

「学校は、来月から行けるように連絡しておいたからね。今月はゆっくり、家で休んでもいいから」

出産後の体の痛みは、まだ続いていた。歩くとまだズキズキするし、子どもがもういないといってもおなかにはまだ微かなふくらみが残っている。出産したからといって急におなかがぺたんこになるわけではないのだ。徐々に回復していくはずだから、と向こうの病院で医師からも言われていた。

学校、という言葉が、まったくの異世界のように聞こえた。

この家を出たのが、たった二ヵ月前だなんて信じられない。自分がその前には学校に毎日行くような生活をしていたことの実感が乏しかった。まるでそうしていたのが自分ではないみたいだ。

ひかりが答えないことに気づいたのか、少し遅れて玄関に入ってきた父が「ひかりちゃん、無理することないぞ」と話しかけてくる。

「来月からすぐじゃなくても、もうこの学期は全部お休みってことにしても、お父さんは構わないと思ってる。無理しなくても」

「ああ、もうお父さん、余計なこと言わないで」

母がぴしゃりとした口調で言った。語気が少しイライラしていた。

「まだ五月なのに、学期まるごと休むなんて、そんなバカなこと……。そしたら、今度は留年しなきゃいけないって話にだってなるでしょう。休み休みになってもいいから、こういうのは早めに戻った方がいいのよ。幸い、まだ受験の年の五月なんだし」

母の言葉に父が黙り込む。そんな二人と、何も答えないひかりの方を姉がおろおろした様子で気遣わしげに見ている。

ひかりは黙って、自分の部屋に向かった。

二階に行こうと階段を上る途中で、母から「あ、ひかり」と呼び止められた。謝るのだろうか、と振り返ると、眉根を寄せた母から「肺炎だからね」と言われた。

「春休みから肺炎をこじらせて、それで入院してたって言うのよ。近所の人たちにも何か聞かれたらそう答えるのよ」

振り向いたことを後悔した。黙ったまま母から顔をそむけると、彼女からダメ押しのように「いいわね！」と叫ばれた。

「返事して。いいわね、ひかり。お母さんに返事して」

ひかりは答えない。黙ったまま部屋に戻るひかりの耳に、「ひかり！」と鋭い声が飛ぶ。

むきになった母が、そのまま部屋にやってくる。鍵のない部屋のドアを問答無用に開け、頭を強く、叩かれた。

「お母さんたちが、どんな気持ちでいたと思うの！」

そう言われても、ひかりには答えられない。答えないひかりを、母が睨みつける。

この人は――と思う。

この人は、ひかりのために何か言っている、わけではない。

ただ、気持ちを落ち着けるために、自分を頷かせたいだけだ。自分の望む、元通りの状態になったかどうかを、頷かせて、確認したいだけなのだ。

翌月から学校に戻ったのは、自分の意志だったかどうか、と聞かれるとうまく答えられない。

それは、「せっかくだから」とでもいうような気持ちだった気がする。

せっかく出産して、子どもがいなくなって、〝元通りになれる〟状況になったのにそうしないのはもったいないから。わざわざそうしたのに、戻らないなんて損だから。

ひかりは中学生で、子どもで、まだ義務教育を受けていて、そうするよりほかに生きていく方法なんてないのだとも思っていた。

とはいえ、最初に戻る日は緊張した。前日の夜から、ひょっとしたらみんな気づいているんじゃないか、噂になったりしていて、ひかりのことを奇異なものを見るように見たり、変に気を遣ってきたりするんじゃないかと、怖かった。

しかし、教室に戻ると、クラスメートたちは本当にひかりの妊娠には気づいていなかったようだった。

一番仲が良かったクラスメートにすら、ひかりは何も話していなかった。

「肺炎ってこじらせると本当に大変なんだね。うちのお母さんも心配してたよー」

ひさしぶりに登校してきた自分にそんな言葉をかけてくる友達に、つい、本当は何があったのかを洗いざらい話してしまいたい気持ちになる。「うん」と頷きながらも、何も知らないこの子たちのことが、疎ましかった。

それは以前から姉に感じていた気持ちと近い。

私立の女子校で、男子の話に疎い姉を、何にも知らないくせにと思っていた気持ちを、今、ひかりはクラスの子たちにも思うようになっていた。

長く学校を休んでいた、ということの特別感と違和感、ぎこちなさや物珍しさは、一週間もすると、あっけないほど消えてなくなった。

ひかりの目は、学校の中で巧の姿だけを探していた。

すべてを知っているのは巧だけで、ひょっとすると、巧は自分の友達にひかりに何があったのかを話しているかもしれない。だから、彼と同じバスケ部の子たちにそんなそぶりがないかどうかを、まるで、何かを期待するように、気にしてしまう。

母からは、巧のことは何も言われなかった。付き合うな、とも言われなかったし、話すな、とも言われなかった。許しているというわけではなくて、ただ、気まずいからそうしている気がした。ひかりが妊娠と出産を経験してさえ、再び、男の子との話題をタブーにするような、ひかりが毛嫌いしていたあの感じが、うちにまた戻り始めている。理解できないけれど、あの、真面目で潔癖な家に逆戻りしているのだ。

学校に戻るにあたって、ひかりが一番怖かったのは、巧がすでにこの学校からいなくなっていることだった。

ひかりのことを気にしたり、あるいは噂になることを恐れた彼の両親が巧を転校させたりしているかもしれないと、広島にいる間、ずっと胸がつぶれそうなほど不安だった。

しかし、巧は転校したりもせず、変わらず学校に来続けている。

ひかりが戻ってきても、教室を訪ねてきたりはしなかった。友達からは、「ところで、長く休んでたけど巧くんとはまだ続いてるの？」と尋ねられたが、どう答えていいかわからなかった。「続いてるよ」と答えるしかなかった。

違うクラスの巧の姿を、全校集会で見かけて、胸が痛んだ。

携帯電話を取り上げられてしまった今、巧と話すのには直接話しかけるより他ない。遠目に見る巧は、前髪の作り方、制服の着崩し方が前と少し変わっていた。彼の持ち物ならすべてを知っていると思っていたのに、学ランの下に知らないオレンジ色のシャツを着ているのを見て、喉が締めあげられたように苦しくなった。

広島で自分が見たもの、聞いたもの、――私たちの子どもがどんなだったか、あの子がどこにいったのかということを、聞いてほしかったし、巧には聞く権利があると思った。

今、こんなことになって、うちの両親と巧の両親は険悪な関係になってしまっているけれど、ひかりは、この時もまだ、自分は将来、巧と結婚するのだろうと信じて疑っていなかった。気持ちが離れたわけではないし、むしろ、こんな経験を共有してしまった以上、自分には巧以外の誰のことも今後の人生でもう考えられないという気がした。

ひかりが十六歳になって、結婚できるようになってからも、同じ年の巧が十八歳になるにはまだそこから二年かかる。もどかしい気持ちで、早く、年月が過ぎればいいのに、とすら思っていた。

いずれ、時間をかけて互いの両親にわかってもらうか、それか、駆け落ちみたいにしてこの町を逃げ出すか。――すぐじゃなくても、もっと大人になってから、朝斗と名付けられた私たちの子どもに二人で会いに行くのもいいかもしれない。その頃には、結婚した私と巧の間にも子どもがまたできていて、ほら、お兄ちゃんだよって、その子に会わせて……。

夜眠る時、退屈な授業の最中、登校中に自転車をこいでいる時。そんなことをふと夢想するだけでひかりの目には涙が滲んだ。悲しい、とはっきり思っているわけではないのに、理由のわからない涙が出た。

そんな想像が砕かれたのは、学校に戻って一ヵ月ほどした頃だった。

巧はきっと、ひかりに話しかけたくても話しかけられないのだと思っていた。親や先生から何か言われているのかもしれないし、だけど、本心ではひかりのことが気になってたまらないはずだと思っていた。

昔、巧に告白された時のように、今度はひかりが巧を体育館裏に呼び出した。同じバスケ部の女子に頼んで、そうしてもらった。

巧に会いたくてたまらなかったし、抱きしめて、髪を撫でてほしかった。頑張ったな、と褒めてほしかった。

優しく、ひかりとまた話したくてたまらなかった、と言うであろう彼のことを、今か今かと待ちわびる。

しかし、体育館裏に現れた巧の顔には、ひかりが期待したような表情は浮かんでいなかった。それは、無表情な――何も、特別でない、顔をしていた。たとえて言うなら、それは、ひかりの大好きなただ一人の彼氏の顔ではなく、クラスにたくさんいる、ただの男子の顔だった。

「何、片倉」

と、巧は言った。

どうしてそうしたのかわからないけれど、ひかりの名前ではなくて、「片倉」という苗字で呼んだ。

まるで、もう、ひかりは巧の彼女ではないように。

何、と言われたことに、ひかりは言い様のないショックを受けていた。何、どころではない。むしろ巧の方からひかりに言いたいこと、聞きたいことがいっぱいあるはずではないのか。

愕然《がくぜん》としながらそう思うのに、巧の態度がふてぶてしいほど堂々としているので、ひかりの方がただ焦ってしまう。口調がしどろもどろになってしまう。

「別に。元気かなって思って」

本当に言いたいことはもっと違うことなのに、ひかりの口からも、そんな、思ってもない言葉が出てしまう。

その言葉に、巧が微かに笑った。「なんだそれ」と。

ひかさしぶりに近くで見る巧は、遠目に見た時ほど変わってはいなかった。彼が笑顔を見せたことにとりあえずほっとして、「うん」と頷く。

自分は何も悪くないのに、言いたいことがきちんと言えない。むしろ、巧の機嫌を取るようなそぶりをしてしまうことが、悔しかった。

巧が初めてひかりをまともに見た。

「よかった。片倉、元気そうで」

「いろいろ大変だったんだよ。――私たちの赤ちゃんはね」

「うん」

ひかりが最後まで言い終えないうちに、巧がさっさと頷いた。「無事にすんでよかったよ」と続ける。

その言い方のそっけなさに、ひかりは言葉を失う。

黙ったまま巧を見ると、巧が「あれ？」と言うような顔をして、ひかりを見ていた。

「遠くの病院で、生まれないですむようにしたって、聞いたよ。ごめんな、俺、結局、ひかりを傷つけた。守れなかった」

瞬きを、忘れた。

見開いた目の表面が一瞬で乾いた。ひかりは巧を、無言で見つめる。

巧が続ける。

「兄ちゃんからも言われたけど、中絶って、女の方が体の痛みはあるかもしんないけど、それがない分、精神的な苦痛は男の方がもっとだよな。オレ、何度も自分のこと人間失格だって思った。お前のそばにいる資格ないよ」

すごく好きだけど、と巧が言った。

目をそらす。横顔の頬が赤く染まり、目に、涙が浮かんでいた。

「片倉のこと、傷つけて、本当につらかった。お前のこと大好きだけど……」

「……別れたいってこと？」

ひかりの喉から、自分でもびっくりするほど冷たい声が出た。

さっきまでドキドキしながら巧を待っていたのと同じ自分が出した声だとは、とても思えなかった。

巧が、驚いたようにひかりを見る。ひかりが無表情で、涙も浮かべていないのを見て、巧の目からも涙が引っ込んだようだった。「別れたいっていうか」と急いで続ける。

「そんなこと、俺には決める資格ないよ。だけど、片倉にはオレよりもっといいヤツがいると思うし……」

「そう」

答えながら、心臓がすり減るように、ぎりぎりと胸が痛む。

――これは、本当に巧だろうか、とひかりは思っていた。

この人が、自分が広島であんなにも会いたいと願っていた、巧だろうか。

驚くほど、子どもっぽい。

ひかりが別れたいかどうかを聞くような段階の、話ではないのだ。資格がない、のはひかりの方なのだ。ひかりだけが、この人よりもずっとずっと遠い場所に行ってしまった。巧の日常は、この狭い体育館裏や学校の中で止まったまま、相変わらずここにあるのだ。

巧の中では、すでにひかりは別れたも同然な、終わった彼女なのだ。

巧の親と自分の親が、どんなことをどう話し合ったのか、知らない。ひょっとしたら、うちの両親はあの子を養子に出すことすら巧の親に言わなかったのかもしれない。

言ったとしても、少なくとも巧の親は、巧に伝えなかったのだ。ひかりのおなかにできた子は、無事にどうにかできた、くらいのことしか、おそらくは伝えなかった。巧もそれでほっとしたのだろう。だから、それ以上は聞かなかったに違いない。中絶可能な期間を過ぎた子を、どうにかするとしたら、それはふつうではないことだと想像できるはずなのに、この人はおそらく、考えるのをそこでやめたのだ。

自分の子どもがどこかで生まれて存在していることが、巧にとっては「傷つく」ことだから。だから、巧の親も、息子に教えないことにしたのかもしれない。

教えてやればいい、と心の中で、ひかりの一部が悲鳴のような声で叫ぶ。

けれど、その一方で、ひかりの心の大部分は、死んでもそうしてやるものか、と思っていた。この人に――こんな子どもっぽい価値観しかない人に、あの子のことを何も、教えてやりたくない。

広島で見た、海と空の色。路面電車の走るあの道路。浅見やコノミのような大人に囲まれて過ごした時間。生まれてきた、あの子の小ささやあったかさ。頰ずりしたくて、だけどできなかったこと。

この人には、知る資格なんか、ない。

「もういいよ」

ひかりは言った。

躊躇いなく声が出てきた。

ひかりがもっと取り乱したり、泣いたり、怒ったりすると思ったのかもしれない。冷たくされることに慣れていない巧が、驚いたように「悪かったと、思ってて」と続ける声をひかりは遮った。

「だから、もういいって」

言い訳を、もう聞きたくない。この人の中で、ひかりを妊娠させたことは誰かに対する武勇伝か何かみたいにされてしまう気がした。こんなことがあった、といずれ、誰か、新しい彼女にでも聞かせる思い出。自分が、そんな存在にされてしまうなんて、思ってもみなかった。〝新しい彼女〟と考えたことで、心がまだ、ひかりの意思とはうらはらに、バラバラに千切れてしまいそうだった。

だけど、ひかりにとっては、これは何も、思い出じゃない。

もう戻れない、あのことこそが日常だ。

ひかりのことを「片倉」なんて呼んだくせに、ひかりが行ってしまおうとすると「ごめん、ひかり」と引き留めるように呼びかけてくる。優しい言葉をかけてもらえるのは、自分の方だと彼が真剣に信じていることが、その甘えた声から伝わってくる。

その後しばらくして、巧には新しい彼女ができた。

彼が、その子にひかりのことを話したかどうかは知らない。

（八）

両親とは、特に母とは、それからもたびたび、衝突をした。

一番大きかったのは、おばあちゃんの家に行った時のことだ。お正月に母方の祖父母の家に集まることは毎年の恒例で、そこには母の兄弟であるおじさんやおばさんたちも、いとこも、みんな来る。

ひかりも姉も、いとこたちとそう仲がいいというわけではなかった。年が近いけれど、県内の別の学校にそれぞれ通う彼らと普段から顔を合わせることはめったにない。

毎年、義務みたいに集まるその集まりで、ひかりは大人たちが世間話などをしている間、ただ「早く終わらないかな」と一人で窓辺に座り、外を眺めて過ごしていた。

いとこたちは、仲良く話している子同士もいたけど、ひかりは一人でそうしていた。近くに姉がいて、携帯をいじっていた。

トイレに立った、母の弟である叔父が、そんな自分たち姉妹に目を止めた。ひかりがぼんやり窓の外を見ているのを見て、そして――声をかけてきた。

「ひかり、大変だったな」

それは、たわいなくかけられた声だった。周囲の大人たちに悟られないように、という最低限の気遣いだけはされた、囁くようなその声に、しかし――ひかりの背筋が凍った。

全身に、ぞわっと鳥肌が立った。

驚きとともに顔を上げると、叔父は――笑っていた。

大人ぶった、とってつけたような優しそうな表情だった。近くにいた姉もまた、その声が聞こえたようで、ひかりと同じく目を見開いて、叔父を見ていた。

彼が言った。

「バカを見たな」

普段はそんなことしたこともないのに、ひかりの肩に手を置いた。

その瞬間、周囲から音が消えた。

ひかりは立ち上がり、叔父の手を振り払う。彼の顔を、叩いていた。

叔父がびっくりしたように表情を固め、体のバランスを崩す。ひかりの非力な力ではそこまでが精一杯だった。叔父が後ろに体を引いたせいで畳を足が擦る音がして、「なんだ！」と叔父が怒鳴った。

それに「ひかり！」と叫ぶ、母の声が重なる。自分たちの方に、他の大人たちがやってくる。

嫌いな叔父だった。

昔から、ただ大人だというだけで親戚の子どもたち全員に向けて、偉そうな口調で話す人だった。姉の私立受験のことでナーバスになる母を「下手にできがいいと親も欲が出て大変だな」と馬鹿にするように笑い、さりとて、公立に通う自分の子どもたちのことは、部活やテストの成績のことを出して、何かというと自慢気に話す人だった。

がさつに笑う、ところも嫌いだった。

以前、母の日の近くに会った時、姉と二人で母に贈り物をしようと内緒で計画していたのに、その数日前に会ったこの人に、母の目の前で「母の日には何かしてやらないのか。ふつうは催促されなくても自分たちで親には感謝するもんだぞ」と無神経に話されて、台なしにされた。

この叔父は、そういう人なのだ。

叔父と引き離され、廊下に連れ出されても、ひかりはまだ手を闇雲に突き出していた。叔父を殴りたかった。許せなかった。

「ひかり、やめなさい。ちょっと、落ち着いてよ」

金切り声をあげる母に腕を摑まれながら、そうだ、と気づく。

私は、この人のことも、殴りたいんだ。

しかし、母に向けて振り上げた手は父に「ひかり！」と押さえられる。今度は反対に、逆上した様子の母から「このっ……」と頭を叩かれた。まだ携帯を手にしたままの姉が泣きそうな顔で「ひかりは悪くないよ！」と叫んでいる。

「今の、叔父さんの方が悪いよ」と必死に母の腕にしがみついている。

殴れなくなったかわりに叫んだ。

「おじさんに言ったの⁉」

妊娠のことを、母は、叔父に話していたのか。

大嫌いな、このおしゃべりな叔父は、それを自分の子であるいとこたちにも話しただろう。妻である叔母にも話しただろう。——彼らの家で自分がどんなふうに話題にのぼり、どんな言葉で語られたのかを想像すると、耐えられなかった。一言として、自分のことを話してほしくなかった。

別の部屋にいるいとこたちも、みんな知っていたのか。

他の叔父叔母は？　おじいちゃんと、おばあちゃんは？

視界の隅で、こっちを、心配そうに顔をゆがめておばあちゃんが見ている。それを見て、ああ、と思った。

いつか、わからない。

だけど、母は話したのだ。

「親戚なんだから当然でしょう！」

母が言う。ひかりには理解できない。髪をふり乱した母が、感情的になった声で続ける。

「怒ることじゃないでしょう。自分が悪いんだから」

集まった親戚一同が、みんな、こっちを見ている。心配そうな顔を、誰もみんなしているけど、本当にそうなわけでないことはすぐわかる。

ひかりだったら、いとこの誰が自分の立場だったとしても、心配なんかしない自信がある。

「いったいなんだ、心配してやったのに」

息を荒らげ、憤慨した様子の叔父が言う。

さっきの、いい人ぶった声のかけ方を思い出すだけで虫唾《むしず》が走る。何も、何も知らないくせに。

ひかりのことなど、何も、わからないくせに。

「嘘だよ！　心配なんかしてないくせに！」

ひかりの胸にある大きな違和感と、許せないという気持ちを、もっとうまく言えたらいいのに、どうしてこんな言葉にしかならないのか。悔しくて、もどかしかった。

広島の寮では、大事だからこそ口にしないでよかったことがたくさんあった。それでいい、と周りも思ってくれている空気が、あそこにはあった。

なのに、なんでここでは、こんなにも明け透けになんでも言い合わなきゃ、ならないのか。

大人だから、姪《めい》だからというだけで、なぜあんなことを言われなくてはならないのか。

別の部屋から出てきた叔父の娘たち――ひかりのいとこが、感情のない声で「どうしたの？」と叔父に尋ねる。その顔に、呆れたような表情が浮かんでいたのはひかりの被害妄想ではないと思う。

このいとこたちのことも、ひかりは大嫌いだ。

前にうちに来たときに、うちのリビングにあるパソコンを見て、ふうん、と鼻で笑い、「Ｍａｃじゃないんだ？」と妹と姉で顔を見合わせていた。

仲良くないいとこたちとは、それなのに、母からいつも、「仲良くしなさい」「遊んでいなさい」と言われる。気が合わないよ、と話しても、母たちは年が近いというだけで、親戚だというだけで、一つの場所に集めておけばいつの間にか仲良くなると信じ切っているようだった。

そんないとこたちが、ひかりのことを聞いている。知っている。

きっと、嘲《あざけ》ったに違いない。今叔父が言ったとおりに、ひかりのことを「バカを見た」と思っている。そう思われたのが、たった数分の出来事だったとしてもひかりには耐えられない。

うちの親は、学校にも近所にも、あんなにもひた隠しにしようとしていたのに、なぜ、親戚だからというだけで叔父たちには話すのか。

「心配してくれたのに、なによ！」

母が言う。あんな叔父であっても、母にとっては弟だ。

それを実感した途端、また背筋を寒気が襲った。

家族って、なんだ。

打ちひしがれるように、思っていた。

家族って、親戚って、なんだ。

私はいつになったら、この人たちの家族や親戚をやめられるのか。いつまでこの母の娘でいればいいのか。

心配している、というただそれだけの言葉で、すべてが許されてしまうのか。

胸を突く、その衝動は強かった。

疲れ果てて暴れるのをやめたひかりの腕を、ようやく両親が離す。強く摑まれた場所が、うっすらと痣のような跡をつけていた。

のちに、いとこが、「意外」と話していたことを、姉を通じて知った。

大嫌いな、叔父のところの娘たちが、ひかりの妊娠のことを聞いた時に言っていたらしい。

「意外。ひかりちゃんって、普通の子だと思ってたのに」

普通の子、という言葉を、どう受け止めるのが正しいのかわからなかった。

しかし、不思議とその言葉自体に怒りはそこまで湧いてこなかった。自分はもう「普通」じゃないのか、と打ちひしがれるわけではまるでなく、この時、ひかりは「そうだよ」と一人、心の中で密かにこの言葉を肯定した。

叔父や母の思う「普通」の世界を、自分もずっと生きると思われていたなんて、そっちの方がよほどぞっとする。ひかりは、そんなものからは自由だ。

中学三年生の九月に、修学旅行があった。

秋にある修学旅行を、母は「受験も近いのに、あんたの学校、何も秋にやることないのに。春先のところだって多いのにね」とぶつぶつ言っていた。——春先は、娘が出産のために広島に行っていた頃で、もし修学旅行が春先なのだったら、ひかりは行けなくなったろう。それなのに、平然とそう口にできる母のことが、相変わらずわからなかった。

行先は、京都と奈良。

各班ごとでする京都での自由行動の際に、川沿いの繁華街を一本奥に入ると、ピンクやイエローの蛍光色がまぶしい場所に出た。まだ昼間で、ネオンは点灯していなかったけれど、それでも目に痛いほどの派手さだった。

けばけばしく、そして少し古い感じがする看板には、エロティックな文字がたくさん書かれていて、足を踏み入れた瞬間に、ここが風俗街と呼ばれる場所なのだとわかった。

学校でもらった京都の町歩き用の地図には、寺院や土産もの屋の場所は書かれていても、この通りには何の表示もなかった。事前の授業でも、先生たちは「他校の生徒とトラブルにならないようにしましょう。怪しい通りには近づかないようにしましょう」と説明をしただけで、あまり触れなかった。

観光客の歩く場所をちょっと離れただけで、もうこんなところが広がっているんだなぁと不思議な気持ちになる。

きれいな顔をした女の人の写真がたくさん貼ってある看板を眺めた時、思いがけず、ひかりの胸がぎゅうっと締めつけられた。

顔が似ている、というわけではないけれど、お化粧の仕方が、雰囲気が、あの一時期をともに暮らしたコノミや、マホに似ていた。

「あ、道間違えちゃった」

班長を務める女子が言って、男子や、自分たちを「行こう」と促す。精一杯、平然とした口調を作っていたけど、気まずさと焦りをごまかそうとしているのがバレバレだ。男子たちも、気にはなるのだろうけど「ああ」とか「おう」とか言うだけで、すぐにその通りから離れる。

化粧もしない制服姿の女子たちと、無口な男子たちの背中を追いかけながら、ひかりはいったい自分は何をしているのだろう、と思っていた。

この子たちと一緒に、こんなことをしていて、何に、なるのだろう。

同じ年の彼らのことを馬鹿にしたり、見下すわけではなく、ごく平坦な気持ちで思った。ただの違和感だ。彼女たちと自分とが、同じ場所に今いるということに対する、抑えようのない違和感が、ただあるだけだった。

（九）

ひかりが再び広島を訪れたのは、十七歳の時だった。

家出をしたのだ。

両親と学校に勧められるままにした高校受験で、ひかりは家の近所にある公立高校に進学した。ひかりに不満はなかったが、母にとっては、それはまたも「失敗した」ことだったようだ。

母が受けるように勧めた、姉と同じ尾野矢の編入試験にも、他に受けた私立の高校にもひかりは受からなかった。受かるわけない、と自分でも思っていた。

ひかりが中学受験で、くじ引きではなく成績で落ちたのだと言ったのは、当の母ではないか。落胆した様子の母は、高校受験の時もやはり「やっぱりね」という言葉を使った。

わかっていたなら落胆などしなければいいのに、「やっぱりね。お母さん、落ちるんじゃないかって思ってた」とひかりを責めた。

姉は地元の尾野矢女子大ではなく大阪の大学に進学することになり、ひかりが高校一年生になった年に家を出ていた。家とは頻繁に電話をするし、母も一人暮らしになった姉を心配していろいろ気遣っていたようだったが、姉が向こうの生活に慣れるにつれて、両親とひかりだけの家の中は、どんどん、気づまりになった。

「お姉ちゃんが大学で彼氏なんか作らないといいけど」

母が食卓で言うことがあって、ひかりはまた辟易する。年頃になってそんなこともない人生ではつまらないと思うのに、平然とまだそう言うのは、ひかりのことが苦い過去のように記憶に残っているからなのか。それに父が「大丈夫だろ、お姉ちゃんはそんなタイプじゃないし」というのも、その神経がわからなかった。

この人たちは、人生の中味というものを、どう考えているのか。

母たちの望むとおり、品行方正な穢《けが》れのない青春時代を送った先に、自分たちが望む幸せな人生が問答無用に開くと考えているのか。恋愛にも無縁なつまらない青春を送ることの方は、「失敗」ではないのか。

その頃、母たちは、ひかりの後ろに、別のひかりを見ていた。

それは、「失敗しなかった」ひかりだ。

中学時代に、妊娠と出産がなければこうあったであろう、という「失敗しない」ひかり。男の子と付き合うこともなく、両親の望むとおりにすくすくと育ち、高校では今度こそ尾野矢に入ったに違いない、彼らの望むひかりは、存在しないにもかかわらず、両親の中で生きていた。

失われた可能性であるからこそ、そのひかりは、彼らの中では、何の期待も裏切らないいい子だ。死んだ子の年を数えるような具合に、彼らは現実のひかりを通り越して、その可能性に夢中だった。あの子だったら今頃は、という想像の方を、現実のひかりより遥かに愛していた。

高校に入ってすぐ、ひかりにはまた、彼氏ができた。

告白されて、なんとなく付き合い始めた彼は、巧と違って、もう運命の人だとは思えなかった。

セックスもした。

避妊もしていたが、ある日、彼と付き合っていることが何のきっかけだったか、親にバレた。

露骨に反対するようなことは、何も言われなかった。

ただ、この時も母からは、「お母さん、信じてるからね」といい親ぶったことを言われた。避妊云々《うんぬん》のことではなくて、セックスすることもきっと母の中ではありえないことなのだろう。

髪を染めたことで、「不良になった」「どうしちゃったの」と、派手に非行に走ったように母から罵られ、喫煙するようになってタバコの匂いをさせて帰ったら「情けない」と首を締め上げられた。

「もうやめるって言いなさい。お父さんとお母さんの前で、きちんと誓って」

母は、ひかりのためにそうしているわけでは、相変わらずない。

ただ、ひかりに起こることの責任を取りたくないのだ。自分の望むとおりにならなかった娘が、自分の育て方のせいでそうなったと思いたくないから、なかったことにしたいだけなのだ。

付き合っていた彼とは、ひかりが広島に行く少し前に別れた。

触れられると気持ちよかったし、巧だけが男だったわけではないのだと思えたことは嬉しかったが、付き合ってすぐに相手にすべてを捧げてかまわないように思える純粋さは、ひかりの中にももう残っていなかった。

「ひかりって、なんか、一緒にいてもどっか上の空な気がして、俺のことが本当に好きだったのかわからない」

女の子のように泣かれた彼から、最後に言われた。

学校の成績もそうよくなかったし、祖父母の家で叔父と衝突してからは、親戚の集まりにもひかりは行かなくなっていた。両親も、それで仕方ないと思っているようだった。

家出は、だから、親と喧嘩したり、何かがあって衝動的にそうした、というものではなくて、ひかりの中ではとても冷静にあたためられてきた計画だった。

いつかまた、広島に行ってみたい。

最初は、もう一度あそこに行ってみよう、あの場所を見てみようというだけの、ささやかに懐かしむような気持ちだった。

住んでいる町のファーストフード店でバイトしてお金を貯め、あとは、父や母の財布から、時折、お金を抜いた。

たくさん入っている時を見計らって、気づかれない程度に少しずつ、少しずつ、そうやって、資金を貯めた。バレていないだろう、と思っていたけれど、ある日、父や母が急に二人とも鞄や財布を、居間などひかりのいる場所に置かなくなった。おそらくバレた、と思ったことがきっかけになって、ひかりは、その日、親に黙って家を出た。

以前、一人きりで、心細くて、寂しくてたまらなかった広島への道のりを、今度はようやく、逃げ出すような気持ちで再び、辿る。

新幹線から降りた広島駅で路面電車に乗り換える。道路を行く電車の姿が、愛おしかった。

晴れた日の、輝く海の色が見えてきた瞬間、涙が出そうになった。あれからもう、二年が経っていた。

たった二年だけど、自分はもう中学生ではない。

義務教育が終わっているし、同じ年の子の中には学校に行かない子たちだっている。染めた髪のせいで、大人っぽくなったと言われるようになった今では、平日の昼間に電車に乗ることも怖くはなかった。

おびえるようにびくびくと、浅見と一緒にこの電車に座っていた、あの当時の自分が、同じ車両のすぐ近くにいるような気がした。

あの子にもし、会えるなら、声をかけてあげたい。

怖がらなくていいんだよ、と教えてあげたい。誰もそんなにあなたのことを気にしてはいないから、と、そう教えてあげたい。

事前に何の連絡もしないでいったせいで、ひかりが着いた時、浅見は不在だった。

しかし、自分が暮らしていた団地のような寮は、変わらずそこにあった。『ベビーバトン』の事務局になっている浅見の部屋もそのままだ。

おなかの大きな妊婦たちが、「浅見さんなら、夕方には戻るけど」と怪訝《けげん》そうにひかりを見る。

彼女たちの暮らす窓辺に、洗濯物が揺れていた。ゆったりとしたワンピースや、キャラクターもののTシャツ。枕カバー。

醤油を焦がしたような匂いがしていた。

ひかりは「そうですか」と答えて、夕方まで近くを散歩しながら浅見の帰りを待つことにした。

小高い丘の上にある寮は、よく見ればあの頃よりさらに壁にひび割れが増えたり、窓のガラスの色がくすんだように見える。けれど、それが年月のせいなのか、それとも、ひかりが二年経ってそう感じるようになっただけなのか、どちらかはわからなかった。

当たり前の話だが、ひかりがいた頃にいた妊婦は誰もういない。ここはもうひかりのための場所ではなかった。ここを必要とする、誰か別の人たちのための家だ。知らない妊婦に怪訝そうな顔で見られれば、もちろん気まずいし、肩身が狭い。

しかし、それでもひかりは、懐かしくてたまらない。

夕方になり、戻ってきた浅見は、訪ねてきたひかりを見てひどく驚いていた。

たくさんの妊婦の世話をしてきたはずなのに、すぐにひかりのことをわかってくれた。

名前を憶えられていなくても傷つかないようにしようと覚悟してきたけれど、彼女が自分の顔を見て、すぐに「ひかりちゃん」と呼んでくれるのを聞いて、目の端にきゅっと、涙が滲んだ。

「ここで働かせてください」

ひかりは言った。

浅見の顔を見るまでは、ただ、一度この場所に戻りたいと思っていただけで、すぐにまた栃木に戻ろうと思っていた。

それなのに、顔を見たらダメだった。

「なんでもします。掃除でも、お洗濯でも、料理でも、本当に、なんでも。教えてもらったら、ぜんぶ、覚えます。お願いします。ここで、働かせてください」

浅見が絶句する。

「お願いします」

ひかりは頭を下げ、繰り返した。閉じた目の縁が痛い。おでこに汗が滲んだ。

戻りたくなかった。

あの両親のところにも、学校にも。

「ひかりちゃん」

浅見が言う。ひかりの手に、彼女の、冷たくて皺々の手が触れる。乾燥して、荒れた手だ。

「どうしたの、ひかりちゃん。そんなことを言われても、うちにもそんなに仕事はないよ。申し訳ないけど、あなた一人雇ってあげられるような余裕もない」

「だったら、お金はいらないから」

言ってしまう。

わかっている。ここに入っているみんなは、自分のことはみんな自分たちでやる。ひかりに手伝えるようなことはないかもしれない。

それでもここに置いてほしかった。

「ひかりちゃん」

顔をあげないひかりの頭を、浅見の手が撫でた。ため息をつくように、そして言う。

「――あなたのことは、ずっと気にしていたの」

その言葉に、歯を食いしばる。涙が出てきそうなのを、懸命にこらえた。

ひかりの話を聞いた浅見は、まず、家に連絡をするように、と言った。

きっと心配しているし、何日も家に戻らなければ、警察にだって届けられてしまう。無断でここに置けば、浅見だってひかりを誘拐したように思われてしまう。

家に連絡するのは気が進まなかったが、浅見が「私が代わりにしようか」と言ってくれた。

ひかりも、働くのは無理でも、せめて数日だけでいいからここに置いてほしいと頼む。どちらにしろ、すぐには帰りたくなかった。

家には、浅見が電話をしてくれた。話している間、ひかりは俯いて、すぐ近くに座っていた。浅見との電話の後で、きっと母は「娘に替わってほしい」と言うに決まっている。ひかりに替わり、そして戻ってくるように説き伏せられるのだろうとわかっていた。そうなっても絶対に譲らない、という気持ちでいると、意外にも、浅見と母との電話は、特にどちらも声を荒らげる様子がないまま、あっけなく、終わった。

浅見が受話器を置いた瞬間、信じられない気持ちで彼女を見ると、浅見が「お母さん、わかってくださったよ」と言った。

「連絡だけはするようにって。私にも、よろしくお願いしますって言ってくれた」

「……そうですか」

うちの両親には、ありえないことだ。

しかし、そうか、と納得する。

ひかりはあの家からはじき出されたのだ。父も母も、もう自分のことでは疲れ果てたのかもしれない。

中学生だった二年前だったら到底受け入れてもらえなかっただろう考え方を、ゆるやかに、少しずつ、両親は、「諦める」という形で、ひかりに許したのだ。

正式に雇われる、という形ではなかったけれど、それからしばらく、ひかりは置いてもらう代わりに寮の仕事を手伝った。

今いる妊婦の中で、体調を崩している子がいるから、とまずはその人のための家事を手伝った。浅見はひかりを、「知り合いのところの子」と説明した。戻ってきた、かつての妊婦だとは説明しなかった。そういう人が他にも出ると困るからかもしれない。ひかりがここに戻ってきたのは、おそらく本当に特別なことなのだ。

二年前、同じ部屋にいたコノミは、最後にここを出ていく時、「もう、ここに戻ってこないで済むようにする」と言っていた。

ひかり自身、こんな形で自分がここに戻ることになるとは思っていなかった。

寮を手伝う最中、浅見から「今後のことを、きちんと考えないとね」と言われた。

「いつまでも、ここに置いておけるわけじゃないからね。家に戻るにしろ、独立して働くにしろ、きちんと考えて決めないと」

「……うん」

本当はいつまでもここにいたいけど、無理なのか。浅見の使った「独立」という言葉に身が竦む。浅見から「実はね」と教えてもらった。

「実を言うと、『ベビーバトン』はもう来年で終わりになるの」

驚きに目を見開く。浅見が寂しそうに続ける。

「このアパートが、老朽化で取り壊されることが決まったの。これまで格安で大家さんから借りてたんだけど、それがもうできなくなる。……同じような場所を探すのは難しいし、私ももう年だし、親を介護しなきゃいけなくて、事業自体を、他の団体に引き継ごうと思ってるの」

残念でたまらないというように、浅見の口調は重かった。浅見にとっても、それが苦しい決断なのだということが、嫌というほど伝わる。

「本当に残念だけど、仕方ない。だから、ひかりちゃんのことも、ずっとはここに置いてあげられないの」

「わかりました」

答えたけれど、まだ、胸の中がかき乱されていた。

この場所がなくなるなんて絶対に嫌だと思ったけれど、それは自分より浅見の方がもっとそうだろう。

これからどうしようか——と考えながら、けれど、今いる妊婦たちともだんだんと打ち解け、彼女たちから頼まれる細々とした雑用をするのは楽しかった。「浅見さんには怒られちゃうけど、駅前でケーキ買ってきてもらっていい?」と、医師から体重制限をされているというぽっちゃりした妊婦から千円札をつかまされ、笑いながら、その悪事に加担したこともある。

彼女の部屋でこっそり食べるチョコレートケーキのおいしかったこと。途中で胎動があったらしい。「触ってみる?」と示されたおなかを、ひかりは「いいや」と断った。

かつて、自分も妊婦だったから、わかる。

誰かに触ってほしいし、でも、無暗《むやみ》に触りたがられるのも嫌、という気持ち。よく、覚えている。

寮でのことだけではなく、子どもを引き取る親のところや、病院や、いろんな場所を飛び回る浅見は忙しそうで、寮を何日も空けることがよくあった。彼女にただ気遣われているだけの妊婦だった時と違う立場から見た時の方が、わかる大変さもたくさんあった。

ある日、不在にした浅見の部屋に宅配便の荷物が届き、隣の部屋で寝泊まりしていたひかりは、それを代わりに受け取った。宅配便の業者も、このアパートすべてがひとつの大きな家だということを理解しているようだった。

浅見の部屋は、鍵がかかっていなかった。

妊婦のみんなが、自分の部屋の足りない調味料や洗剤などを彼女の部屋から勝手に借りたりしていた。

ひかりが荷物を運び込んだ時、浅見の部屋は普段とは少し違っていた。

新しい段ボールの箱が開きっぱなしの状態でいくつもいくつも置かれ、中に、ファイルや書類、本のようなものがたくさん入れられていた。そのわきに、束ねられた他の書類がたくさんある。

『ベビーバトン』がおしまいになる、というのは本当なのだ。

他の団体に引き継ぐ、と言っていたけれど、そのための整理がもう始まっているのだ。それを見て、微かに胸が圧迫されたようになる。

――その時に、書類の棚の方に足を一歩、踏み出してしまったのは、ひかりの中で、魔が差したとしか、言いようがない。

ほんの出来心で、深い意味などなかった。

ひかりは、もしあるならば、自分に関する書類が見たいと思った。

自分がここに置いてきた時間。それがもうすぐ、この場所ごと本当に消えてなくなってしまうなら、その名残を見られるうちに見ておきたいと思った。その程度の気持ちだった。

何かが知りたい、というわけではなくて、ただ、自分がここにいた痕跡を見つけたかっただけだ。書類のところに、自分の名前がただ「片倉ひかり」と書いてあるのを見られるなら、それだけでいい。

ひかりがここに来た年の数字が書かれたファイルは、すぐに見つかった。

段ボールの奥の方に、しまい込まれていた。

ドキドキしながら、そのファイルを開く。自分の名前を探すより先に、その名前が飛び込んできた。

栗原　朝斗。

聞き覚えがあった。

目で、名前の字を確認した途端、全身をずくん、と心臓の鼓動の音が貫いた。

横に、ひかりの名前がある。

知らない夫婦の――名前がある。

栗原清和・佐都子。

神奈川県川崎市、中原区。

カルチャーパークス武蔵小杉３４１１。

住所と、電話番号が出ていた。

３４１１、というそれが、部屋番号だろうということはすぐにわかったけれど、その数字に目がくらみそうになる。

３４１１。それは、おそらく高層階にある部屋だということを意味している。おそらくは三十四階。ひかりには、想像ができない高さだ。

この部屋に、あの子がいる。

深い意味も、悪意もなかった。なかったはずだ。けれど、ひかりの頭は、その数字を暗記してしまう。武蔵小杉の番地、マンションの名前、３４１１という数字。電話番号。

忘れないように懸命にそらんじて、自分の部屋に戻って紙にメモする。

何に使うわけでもない。知ったってどうにもならない、と思いながら、けれど、書いたメモを手に、再び浅見の部屋に取って返し、メモの数字に間違いがないか確認する。注意深く、ファイルを元通りの場所に戻し、逃げるように部屋に戻った。

胸がドキドキしていた。

頭の真ん中が、じんじん、痺れている。

手の中の、汗で湿ったメモを広げる。広げて、見つめる。

この場所に、あの子がいる。

朝斗くんが、いる。

（十）

ひかりが『ベビーバトン』の寮を出たのは、団体が活動を終える少し前だった。

寮で寝泊まりするようになって、十ヵ月ほどが過ぎていた。

ひかりが来た頃には、まだ、やってくる妊婦たちの顔ぶれにはきちんと入れ替わりがあったのに、新しい人が入ってくることがなくなり、出産を終えた妊婦たちが一人、二人、と寮を去って、数が減るばかりになっていく。浅見は、新しく問い合わせがある妊婦たちを、すべて別の団体に紹介している様子だった。

それでもせめて、自分が世話を手伝ってきた妊婦たちのすべてがいなくなるまでは見守りたい。思ったけれど、それは許されなかった。

「ひかりちゃんは、家に戻る？　それとも、独立する？」

浅見から尋ねられた時、彼女は一緒にひかりへの仕事を持ってきていた。

それは、広島市にある新聞店の配達員の仕事だった。浅見の知り合いがやっているお店だそうで、「ここなら今月からすぐに来てほしいって」と言われた。

「他にももっと仕事を探してあげられたらよかったんだけど、住み込みでできる仕事っていうことになると、なかなか見つからなくて」

浅見は、言葉通り、本当にひかりのことを心配して自分の知り合いをあたったり、仕事を探してくれたのだろう。その中でようやく見つけた一つが、この新聞配達の仕事なのだ。

――本当は、『ベビーバトン』の事務を引き継ぐと言っていた別の団体かどこかに紹介してもらえないだろうか、とほんの少し、期待していた。知らない土地で、浅見や『ベビーバトン』とまったく関係のない仕事をするのかと思うと急に心細くなる。

私がきちんと高校を卒業してないから、紹介してもらえる仕事が少ないんですか――という声が、喉元まで出かかった。しかし、何も浅見が悪いわけじゃない。自分で選んでここに来たはずで、それなのにいろいろやってくれている彼女を恨むのは筋違いだ。

わかってはいても、今度は浅見にも見放されるような気がして、心が痛んだ。

「どうする、ひかりちゃん。――私は、一度、おうちに戻ったらどうかと思う。ご両親と一緒に、これからどうするか、どうしたいか、きちんと考えてごらん」

浅見が言う。心配そうにそう口にしても、建物がなくなるギリギリまではこの寮に住んでもいい、というような甘いことは絶対に言わない。線引きのしっかりした彼女に、つい、意地を張るような声が出た。

「――働きます。広島に残って」

両親のところに戻る気など起きなかった。

「これからどうするか、どうしたいか」、ひかりにもわからない。けれど、あの人たちに会ったら、言われたことにはとりあえず闇雲に反抗してしまいそうだった。言いなりになることと、言われたこと全部に反抗してその道を取らないことは、どちらも彼らの影響を受けるという点では変わらない。

離れた場所で暮らすからこそ、今冷静にそう考えることもできるが、栃木に戻って親と暮らせば、そんな気持ちすら失うほどにまた激しくあの人たちを憎み、衝突するであろうことは、容易に想像できた。

ひかりがそう答えるとは思わなかったらしい。一瞬だけ黙った浅見が、しかし、それからすぐに「わかった」と頷いた。

「だけど、それにしたってご両親には絶対に連絡するんだよ。自分の口で、きちんと話すこと。必要なら、私も一緒に電話するから、とにかく、それだけは約束して。いいね？」

「はい」

躊躇いなく、ひかりは答える。

両親に電話など、当然、しなかった。

飛び込んだ新聞配達の仕事は、過酷だった。

早朝、まだ日の昇らない時間に目覚め、紐でしばられた新聞の束をばらして、ひとつひとつ分厚い広告を挟んでいく。土曜日は毎週、特に広告が多くて、配達のカゴに載せる新聞の重みが、曜日が違うだけでだいぶ違った。

栃木にいた頃、黙っていても実家に配達されてくる新聞は、本当は、誰かが毎朝こんなにも苦労して、当たり前のように届けていたものなのか──と、最初の日に絶句した。早朝の仕事になるのだろうということは理解できていたつもりだったけど、一人でこんなにたくさんの家に届けることになるとは知らなかった。

エレベーターも集合ポストもない古いマンションの最上階に届けるようなこともたくさんあった。

どれだけ注意を払っていても、毎朝のように、どこかには届けることを忘れた家や届ける新聞の種類を間違えた家が出る。

そのたびにクレームが入り、店長夫婦から渋い顔をして叱られる。仕事を教えてもらえない、ということはなかったが、一度教えられたことがわからなくなって、困ると、ひかりが質問するより早く、「どうするんだっけ?」と意地悪く追い立てるような口調でつっけんどんに聞かれた。

雨が降ったら、さらにつらい。

新聞は、たまの休刊日以外は毎日出る。配達も当然毎日だ。めまぐるしい朝刊と、それに、夕刊。週に一度の休みと休刊日を合わせて、休みは月に五日程度だった。

つらい経験はたくさんしたはずだから、ひかりは、自分は働き者になれるに違いない、と無条件に信じていた。実際、『ベビーバトン』に置かれていた日々は、そうだった。ドラマや本の世界で見る、まっとうな働き者になれると信じていたのに、現実はそううまくいかなかった。誰も皆、怠けたくて怠けるわけじゃないのだということを痛感する。仕事というのは過酷なのだ。気持ちが真面目でも、耐えられないことがたくさんあって、だから、そうできないものなんだ、と初めて知った。働き者と怠け者は、ただ二つだけに分けられるようなものではないのだ。

新聞店には、同僚もたくさんいた。かなり年配の、もうおじいさんに近いくらいの年の人が、ずっと年下の店長から「お前は本当にダメだ」と頭ごなしに怒鳴られているのを見るといたたまれない気持ちになった。

中には、新聞奨学生だという、ひかりと年の近い子たちもいた。新聞社から奨学金を出してもらう代わりに、ひかりと同じように住み込みで新聞配達の仕事をする学生たちだ。

寮でひかりと同室になる子たちの多くも奨学生だった。特に女性の従業員はほとんどがそうだ。

四大に通う大学生もいたし、服飾の勉強をしている専門学校の生徒だという子もいた。

実家の家計が苦しいから、親を助けるためにもこの仕事をしていると言っていた。

そういう話を聞きながら、ひかりも曖昧に微笑んで、自分も同じような立場だという顔をした。

その場しのぎのごまかし方だったけれど、幸いにしてバレることはなかった。バレたところで、そのうっすらとした嘘が問題視されるようなこともない。なぜなら、そういう奨学生たちも皆、長くこの店で働く人がまれだったからだ。

ただでさえ忙しい朝刊と夕刊の配達の合間に、勉強し、学校にも通う――なんてことは、よほどの意志の力がなければ難しい。

学業を途中で諦める子もいたようだし、中には、新聞配達は今年まで、と決めて、残りの学費は親にどうにか工面してもらう、という子もいたようだ。いろいろだった。

新聞配達の仕事をしていて、つらい、と思うのは、そうやって働いて、仲間だと思っていた人が、ある日、無断欠勤のような形で出てこなくなり、いきなり辞めて姿を消してしまうことが少なくない――ということだった。

女性で、奨学生でもなくて、この仕事をしているのは、ひかりの店では、自分くらいのものだった。

ある時は、ひかりに告白してきた年上の男性が、ひかりが「付き合ってもいい」と答えたにもかかわらず、一週間もしないうちに、黙って新聞店を辞めてしまった。

人目をしのぶようにして、ひかりの部屋で抱き合ったばかりだったというのに。これでは一方的にやり逃げされて捨てられたようなものではないか——。

未成年でも、奨学生でもなかった彼は、店長への挨拶もそこそこに、どこに行ったのか、誰にもわからなくなっていた。

バカみたいだ、と思った。

何よりも、自分のことが。

「かわいい」、「この店の大部分の男がお前のこと好きなの知ってる?」、「あー、俺だけがひかりとやれてるなんてわかったら、俺、センパイたちに殺されるな」

言われる言葉が心地よくて、心を許したことを後悔した。時間をかければ、彼に自分がどうして広島に来たのか、何があったのかを、すべて話せるような気がしていた。聞いてもらえる気がしていた。彼氏ができたことそのものではなく、そういう予感があったことこそが嬉しくて、一瞬でも胸を弾ませたのが、バカみたいに思えた。

新聞の仕事は、朝刊と夕刊の配達の合間に集金と勧誘が入る。

中でも勧誘は、新規で契約がもらえると自分のボーナスに直結するので、一度契約が取れてしまうと、その臨時収入がたまらなく甘美に思えて、どうにかまた取りたい、と思ってしまう。——実際は難しく、個人の家を訪ねていく集金と勧誘では、ひやひやする目に遭ったことも多い。

トランクス一枚の姿で出てきた中年の男性から、「へえ、女の子も来ることあるんだ」とじろじろ、こっちを見られたこと。別の男性からは、紙幣をもらう時に、胸や腰回りを見られながら、「ねえ」と意味深に声をかけられ、湿った手で、手のひらを舐めるようになぞられた。露骨に電話番号を聞かれたことも、部屋の中に誘われたことも、ある。

みんな、どこまで、何を本気でやろうとしていたかわからないけれど、同僚が仕事を辞めたり、少し心細くなると、そうやって自分に声をかけてくる誰かひとりくらいは、ひかりのことを真剣に考えているんじゃないか、自分の運命のような相手がまぎれているんじゃないか、と思ってしまうことが、嫌だった。

親に連絡をしていなかったことは、浅見に、三ヵ月ほどでバレた。ひかりの親から連絡があったのだという。

「ひかりちゃん、あれだけ約束したのに」

店に直接やってきた浅見が、顔を真っ赤にして言うのが、ひかりを思ってのことだと嬉しかったけど、うざったかった。その場でかけさせられた電話の向こうでは、ひかりの母は何も言わない。ただ、泣くような声が聞こえた。

この人はまた、「失敗した」、「間違った」と思っているのだろう。

自分の娘のことを。

息継ぎのような声がして、とうとう何かを言われると身構えた。しかし、母がこう言った。

「元気に、してるの」

声が、泣いて、かすれていた。

その声を聞いたら、条件反射のように鼻の奥がつん、と痛んだ。胸が一気につぶれるような思いがする。

「元気」

それだけ答えて、電話を切った。

浅見がまだそばにいた。黙って電話を突っ返し、顔を伏せる。泣いているところを、見られたくなかった。

姉が訪ねてきたのは、それからすぐだった。

ちょうど夕刊の配達の準備をしている時だった。

自転車に新聞を括りつけていると、ふいに「ひかり」と呼ばれた。

新聞店の前の道に立って、こちらを見ている姉は、キャラメル色のチェックのミニスカートを穿いていた。体のラインが上品に際立つ細身のニットを着ている。高校時代までずっと長かった髪を、軽やかなショートボブにしていて、それまで気づかなかった顔の小ささと頭の形のよさが際立っていた。

見て、驚いた。それは、自分の知っている姉よりも、明らかに洗練された格好だったからだ。一目見て、すぐに姉だとわかったけれど、知っているままの顔が化粧もして大人びた印象になっているのは、知らない顔がそうなっているよりよほど違和感が強かった。

親元を離れた大阪での大学生活が、姉をこんなふうに変えたのだろうか。そこに立っているのは、自分の知っているウブでダサい、あの姉ではなかった。姉は今、確か大学三年生のはずだ。

ひかりは、新聞店のロゴが入った赤いパーカーを着ていた。風を通さないペラペラの素材のパーカーは、配達の時には便利だけど、おしゃれとは対極の服装だった。着ない日も多いのに、なぜ今日に限って着てきてしまったのだろうと後悔する。

「ああ……」

自分を見ても鈍い反応しか示さない妹にも、姉は怒ったり、残念に思ったりする様子はなかった。「少し、話せる?」と聞かれ、「今から配達だから」と答えると、「じゃあ、待ってる」と言われた。

「何時くらいに戻ってくればいいかな。ごめんね、仕事中に」

ひかりは顔を伏せた。学生の姉に言われる「仕事」という言葉が、やけに空々しく聞こえた。

結局、姉とはその後、待ち合わせて、近くのファミレスで夕ご飯を食べた。

今日、ここに来ることは、父親にも母親にも言っていないそうだ。考えてみれば、姉のいる大阪と広島は、実家の栃木に比べればずっと近い。

「本当はもう少し早く会いにきたかった」という姉に、ひかりは「うん」と頷いた。そう言われても、なんと返したらいいかわからなかった。ひかりがここで働いていることは、母から聞いたという。

両親のいない遠い場所で、姉とだけ会うのは不思議な気持ちだった。けれど、決して嫌な気持ちはしなかった。

ひかりからは特に何も話すようなことはない。

姉もまた、自分のことをひかりの前でほとんど話さなかった。けれど、まぎれもなく充実しているはずだ。彼氏だって、きっといる。姉はきれいになった。大学卒業後は、栃木の実家に戻って就職するつもりだということだった。

ドリンクバーの薄いアセロラドリンクを飲みながら、ひかりは考えていた。

ダサくて、何もわかっていなかった姉。先取りに楽しいことを、たくさん知っていた私。

――待てばよかったのか、と、心の内側から、声が浮かび上がってくる。垢抜《あかぬ》けた姉の姿の前にその声が空しく重なる。

――私もまた、大人になってから楽しみを探せばよかったのか。あの頃、急いでかっこいい誰かに一足跳びに見出されることなんて、期待しなくてもよかったのか。

「私はひかりの味方だよ」

去って行く時に、姉が言った。わざとらしいほど優しく、気楽で清潔な声だった。そう言う姉に、躊躇いはなさそうだった。

「何かあったら、いつでも連絡して」

自分の住所と携帯電話の番号が書かれた紙を置いていった。携帯電話を持っていない自分への、嫌みのように感じた。そんなふうに考える自分のことも最低だと思った。

姉の携帯電話は、友達や彼氏からメールが入るのか、ファミレスにいる間もよく震えた。それを見て、ひかりは、そういえば、私には今、友達がいないんだな、と初めて気づいた。

トモカと出会ったのは、そんな日々の中のことだった。

ひかりと同室だった奨学生がいなくなった後に入ってきたトモカは、茶色い髪に眉のない、痩せた、ギャルっぽい子で、一目見た瞬間、ひかりは「あ」と気づくことがあった。

『ベビーバトン』の寮で一緒だった、コノミに似ている。

「よろしくね、ひかり」

名乗ったばかりのひかりの名前を屈託なく呼び捨てにするのも、本当によく似ていた。一瞬、本人が現れたんじゃないかと錯覚しかける。そう思っただけで、懐かしくてたまらなくなる。

トモカは奨学生ではなく、年もひかりより上だった。出会った頃のコノミと同じくらいだろうか。「前に〝お店〟で働いてた」という言い方をして、同僚の男性社員たちが

「どういう種類の店だよー」と色めきたった声を出していた。それに、おどけたウインクを返しながら「内緒」と答えるトモカは世慣れていて、とてもかっこよく見えた。彼女が現れたことで、ひかりが他の男性たちから注目される視線が分散され、それは確かにちょっとむっとすることでもあったが、それ以上に気持ちが楽になった。

トモカの登場は、ひかりの世界をぱっと明るくするようだった。

「ひかりは、あたしと違って苦労してきてそうだよね。すごく、きれいな感じがする」

トモカが言って、ひかりは驚いた。「そんなこと」と否定する。

「トモカさんの方がいろんな経験してきてそうだし、私はそんな」

「そんなことないよ。ひかりって、なんかちょっと大人びてるし。その年で親のところから出てきてるってのも尊敬する。――あ、それから私の呼び方はトモカでいいよ」

二人だけの部屋で、トモカとはいろんなことを話した。

彼女が、ひかりにとっての大切な友達と似ていること。その子は今、どこで何をしているかわからないけれど、幸せでいてほしいこと。

――自分が子どもを産んだ経験があることも、初めて話した。

事情を知らない誰か他人に、話せたのは初めてだった。

トモカは神妙な顔をしてそれらの話を聞いた後で、「大変だったね」と一言だけ言った。それは、言葉通りにいたわる響きもあったけれど、必要以上に興味がない、というそっけなさも感じられて、ひかりには心地がよかった。

そんなところも、コノミと似ているんだ——と、ひかりは思った。

もちろん、似ていないところもたくさんある。

それどころか、似ている、ということ自体、ひかりの第一印象の思い込みだったのかもしれない。

それは、ちっとも馴染めない、栃木に置いてきた同級生たちと違って、という意味だ。修学旅行で見かけた、京都の路地裏の風俗店の看板の女性たちは、皆、どことなく、コノミやマホと似て感じられた。それと同じような懐かしさを、ただトモカの中に感じたかっただけなのかもしれない。世間知らずの同級生たちの知らない、ひかりの友達の匂い。

コノミとマホの二人でさえ、雰囲気という漠然としたもの以外は、顔立ちに似ている点は思いつかないのに。

コノミたちと、似ていて、似ていないトモカ。

たとえば、彼女はしょっちゅうお金のことを言った。

同じ部屋に入って一週間後には、「ね、ひかり、一万円貸してくれない?」とも言ってきた。

「携帯の料金、払わなきゃならなくて。ね、すぐに返すからお願い」

「いいよ」

どうして、貸してしまったのか、わからない。

けれど、そのお金は、トモカの言葉通り、給料日にすぐ返ってきた。しかし、その次の二万円と、それからさらにもう一度貸した五千円は、返ってはこなかった。

彼女が、そうやって料金を払ったらしい携帯電話で、誰かを罵るように話している声は、数度、聞いた。

「だからわかってるって。うっせー。マジどうにかするって言ってるだろうがっ。死ねよ」

ひかりの前とは豹変《ひょうへん》した言葉使いで嵐のようにまくし立てた後で、ふいに今度は、ぐずぐずと、誰か別の相手との電話で泣いている。夜にそれらの電話が始まると、声が耳障りで、なかなか寝つけないこともたくさんあった。三時には、起きて、集配のトラックから新聞を下ろす仕事をしなきゃならないのに。

それでも、その頃まではまだ、よかった。

「ひかり」

ある時、夕刊の支度をしている時のことだった。トモカに呼ばれた。

空は、いつ雨が降り出してもおかしくなさそうだった。雨を防ぐため、新聞をビニールで包む作業をしている中、その日は昼間からトモカの姿がどこにも見えなかった。店長から探してくるように言われて外に出ると、トモカは、近所のアパートの非常階段に腰掛けて、ぼんやりと宙を眺めていた。

通りかかったひかりを呼ぶ声に、生気がなかった。

ひかりは目を見開く。

だらんと口を開け、煙草を吸うトモカの肩口が派手にずり落ちて、下着の紐が見えている。ショートパンツの丈が短いせいで、露出したまま組んだ足が生々しかった。

トモカの右眼に、青痣ができていた。瞼がどろんと下がっている。

トモカちゃん、と呼ぼうとした。呼び捨てにすることが、その時期はなんだか怖くてできなくなっていた。すると、ひかりが呼びかけるより早く、彼女が言った。

「ねえ、保証人になってくれない？」と。

背中をざわざわと、小さな虫が這いまわるような、嫌な感じが撫でた。

保証人、という言葉の持つ響きが、耳に入ると同時にひかりの頭に警笛を鳴らす。自分の生活の中で、一度も聞いたことのない言葉だ。無縁だと、思ってきた言葉だ。

「え？」

「保証人。っつーか、聞こえないふりすんなよ。わかってんだろ、言葉の意味」

どうして、と思っていた。

どうして、どうして。

どうして、この人と同じ部屋になってしまったのか。この人のような人とかかわる人生に足を踏み入れてしまったのか。

彼氏にも話さなかった大事な話を、なぜ、この人にはしてしまったのか。

それとも、私の人生や生活もまた、傍から見ればこの人と同じような場所にあるように、見えるのだろうか。

荒い言葉使いで凄《すご》まれても、ひかりには答えられなかった。それだけは、何があってもダメなのだとわかる。「無理だよ」とひかりは答えた。声が情けなく、上ずっていた。トモカの目が、ひかりを睨む。

今にも逃げ出したいほど強い力で睨まれた後で、トモカがふっと目をそらした。吸っていた煙草を口に運び、煙を吐き出しながら、「だよね」とあっさり引いた。

「わかってるわかってる。無理だよね」

トモカはその日から、仕事をさぼりがちになった。

新聞配達の仕事は過酷で、ひかりは何度もやめたくなったけれど、それでも続けてきた。浅見の紹介だし、ここを逃げたら行くところがない。母のところにも、今のままでは帰れない気がして、振り落とされそうになるのを懸命にしがみついて、働き者になりたい、と耐えてきた。

望むのは、トモカの方が仕事をやめることだった。

そして、その通り、ある日、あっさりとトモカの荷物が部屋からなくなり、店長から彼女がやめたことを告げられた。何も言わないまま勝手に出ていったそうで、夜逃げ同然だと店長たちは怒っていた。

ひかりはほっとしていた。悪い人ではないと思うのだが、その日の気分で当たられるようなことが今後も続くようなら、と気が気ではなかった。

しかし――、そんな安堵は、トモカがいなくなって数日で吹き飛んだ。

その日も夕刊の配達の支度をしていた。

男の二人組が、突然、ひかりを訪ねてきた。

生地の部分にラメが多く飛んだような、目立つスーツを着た男性と、それよりは年下のくたびれたジャケットを着た二人組。年下の方が、「片倉ひかりちゃん？」とひかりをフルネームで呼んだ。初対面なのに、急に呼ばれた馴れ馴れしい響きに顔が引き攣《つ》る。

その二人から見せられた書面に、ひかりの名前があった。

保証人、という欄に、自分の名前が冗談のように書かれている。横に、三文判の「片倉」の判子が押されていた。

「私じゃない――」

裏返った声が出た。必死に言う。

「これ、私の字じゃない。私が書いたものじゃ……」

「お友達だったんでしょ、柳原《やなぎはら》さんと。ほら、判子もあるし」

柳原、という名前は初めて聞く名前だった。借金の証文らしきその書類の上部に書かれた名前を見て、気が遠くなる。

トモカを悪い人ではない、と無理矢理にでも思い込もうとしてきた自分のお人好し加減を責めたくなる。「柳原好子《よしこ》」というまったく知らない名前がそこにあった。トモカ、というのが偽名だったのかもしれないし、ひょっとすると、ひかりは会ったこともない誰かの保証人にされたのかもしれない。

顔から血の気が失せていく。借りた金額の欄には、五十万、という数字があった。コツコツ貯金をすれば少しずつは払えるかもしれないけれど、すぐには用意できない額だ。何より自分が借りたわけでもないのに、他人のために払える額ではない。

「判子も、私のものじゃない。こんなのきっと、どこでも買えるから、だから勝手に。筆跡だって、鑑定してくれれば」

「ひかりちゃん。だけどね、ひかりちゃんの名前なんだよ」

「だって」

その時。

ラメの散ったスーツを着ていた年上の方の男が、おもむろにテーブルを蹴った。バンッという凄《すさ》まじい音がして、ひかりの目の前で、テーブルが跳ね上がって揺れる。男は声を荒らげなかった。それでも肩が大きくびくっとなって、たったそれだけの男の行動に声が封じられた。男がひかりを静かに見下ろす。その目が冷たかった。

「……返せるだけの額を稼げる仕事を探すなら、いつでも、相談乗るよ」

ひかりは震えていた。

これは絶対におかしい、間違っていることだと思えるのに、金縛りにあったみたいに声が出てこない。

これまで、集金や勧誘で、男たちからじろじろ見られることなんて、ずいぶん余裕のある、ひかりに優しい視線だったのだと実感する。女としての自分にも興味がなく、ただ単純な暴力と無慈悲さしかないこんな目で誰かに見られるのは初めてだった。

女として興味があるわけではないはずなのに、冷たい目は、まるでひかりを商品のように見ていた。男の言う「返せるだけの額を稼げる仕事」という言葉に心当たりは一つしかない。

優しくて、大好きだったコノミの顔を、咄嗟に思い出した。望まない妊娠をして、束の間、同じ立場で時を過ごした、年上の友達。思い出すと、涙が出そうになる。

ひかりは、絶対に署名していない。

保証人になんて、なっていない。

これは自分の字ではないし、判子だって自分のものじゃない。調べてもらえればわかる。――だけど、それを一体誰が調べてくれるというのか。トモカと名乗った彼女相手にはっきり「無理だよ」と言ったのに、それでもいつの間にかこんなことになっている。

ひかりの言う筆跡鑑定なんていう〝正しさ〟が通用しない世界に、いつの間にか片足を突っ込んでしまっているのだ。

「また来るね」と、男が言った。

「返すなら、早くした方がいいよ。利子がついちゃうから」

男たちが来ている間、新聞店の店長が、様子を気にしながらも絶対にこっちを見ないようにしているのがわかった。彼らが行ってしまってから、初めてひかりに近づいてきて言う。

「困るよ」と。

話の内容は、聞こえていたのだろう。

何より、トモカを雇っていたのだから、あの子のいい加減な仕事ぶりも性格も、わかっていたはずなんじゃないか。――私が、保証人になんかなっていないって話したのも、聞こえていた、はずなのに。

「私は」

「ああいう人たちは、きっと毎日来るよ。こっちが商売してたってお構いなしだ。前にもそういうことやらかした奴がいて、その時は大変だったってのに、まったくもう」

店長からははっきり「トラブルは困る」と言い放たれた。

そこには、これまでひかりがしがみついて続けてきた仕事への感謝も評価も、何もなかった。男たちがとりあえず去ったことで落ち着いていた気持ちが、その日、一番激しく、かき乱されていた。

長く続けようとなんだろうと、この人にとっては、私はあくまで、去って出ていく従業員の一人でしかないのだ――。

「ほら、さっさと夕刊の配達。あんたの分もまとめといたから」

背骨が抜けたように体に力が入らないひかりの背を、どん、と店長が叩く。普段はひかりにセクハラすれすれの声で話しかけてくる同僚たちも、誰一人、自分の方を見なかった。

その日の配達を終え、店に戻ると、さっきの男たちが、また来ていた。二度に分けてやってくることにどんな意味があるのか。「柳原好子の居場所とかは知らないわけ？　連絡した？」と尋ねられ、ひかりは「知りません」と答える。涙が出てきそうだった。

揚げ足を取るように、男に尋ねられる。

「柳原好子自身のことは知ってるわけ？　その口ぶりだと」

「知りません。今日、本当に初めて名前を聞いたんです」

「ふうん」

年下の方の男の足が、ひかりが配達に使っている自転車のすれすれを素早くしゅっと掠《かす》める。早い蹴りだった。足が竦む。男が「おっと、危ない」と言ってにやにや笑った。

――ああいう連中は毎日来るよ、と店長に言われた声が蘇る。ああ、本当にそうなのだろう。ひかりに平穏な日々はなくなった。そして、トモカという名のあの女はどこかに行ってしまった。前に一時だけ付き合ったあの男が忽然《こつぜん》と消え去ったように、もう戻ってこない。――束の間のことだったとはいえ情があった男に騙されるのより、同じ女相手にこんな目に遭わされる方がずっと腹が立つし、理不尽な気がした。

疲れた気持ちで部屋に戻り、枕に顔を突っ伏して、声を殺して叫んだ。叫んで泣いた。一人になればこんなにも声が出てくるのに、あの男たちの前に立つと、恐ろしくて喉が締め上げられたようになってしまう。何も、言えなくなってしまう。情けなかった。

浅見に相談したい、とまず思ったけれど、彼女に相談したってどうにもならないだろう。守ってもらえる立場だった数年前と違い、今、ひかりは浅見とも無関係だ。あの人はひかりを寮にだって引き続きおいてくれることはなかった。

姿を消したトモカは追われないのに、なぜ、自分だけが、居場所がわかるというだけでこんな目に遭わなければならないのか。誰も守ってくれない、こんな、場所で。

——広島には、ただ、出産するから来ただけで、本当なら、縁もゆかりもないはずだったのに。

泣き疲れた顔を枕から上げる。

これまで、散々、この部屋から仕事仲間が逃げた。無断で仕事をやめ、いつの間にか、ここを去った。

——ひかりがそうしていけない理由が、どこにあるのだろう。

明日の朝、早起きしなくていいこと。朝刊の作業をしなくていいこと、その次の朝も、その次の朝も、やらなくていいことを想像したら、もうずっと自分がしんどいと思って、つらくなっていたことが骨身に沁みた。明日、もう仕事に行かなくていいという衝動が、ものすごい勢いを伴って、強く、甘く、胸を揺らした。

幸い、給料日が来たばかりだ。

そして、あの男たちは、そのことだって知っている気がした。明日になれば、この引き出しの中にある封筒の一万円札を、すべてあの人たちに取られてしまう気がして、それだけは絶対に許せないと思った。

荷物をまとめる。

自転車を盗むことにも、黙っていなくなることにも抵抗はなかった。ただその辺まで出かけるだけだという顔をしながら、薄い上着を着込んで、周囲の目を気にしながら、地面を蹴って蹴って、最寄りの、使ったことのない駅まで向かう。

駅の前で自転車を乗り捨て、やってきた電車に乗り込む。幸い、つけられているような気配はなかった。

浅見が紹介してくれた仕事だった。

こんな形で逃げるようにやめることになるなんて、信じられない。

広島には、寮の記憶しかない。新聞配達の仕事をやって過ごした時間の方がずっと長いのに、胸にあるのは浅見の寮と海だ。だけど、そういうことの全部が嘘みたいだ。そんな感傷だけに浸ってこの土地に来てしまうなんて、今考えると、どうかしていた。

産院に通ったのも、おなかに子どもがいたのも、自分が誰かにいたわられたことがあるのも、遠い記憶の向こうにかすむ。もはや、自分のことではないようにすら思える。

もう、誰も、ひかりのことを心配したりは、おそらくしない。

だって、ひかりは、二十歳になっていた。

もう未成年ではないし、子どもでもない。あれだけ願っていた大人の立場を、借金だって自分の名でできる年になって、今、手に入れている。

電車が知らない駅を出る。路面電車ではなくて、普通の電車だ。

もう、これで浅見に連絡できないだろうと、白々と感じる。自分がどこに行きたいのかもわからないのに、それだけははっきりわかった。

浅見や寮との縁を切られたことの怒りが込み上げると、ひかりは再び、今度は鞄を顔に押し当てて、短い間、トモカや、あの男たちや、新聞店の店長や同僚や——ここで自分にかかわった人のすべてを呪った。自分から遠ざかってしまった浅見のことすら、恨んだ。

部屋からかき集めるようにして持ってきた荷物を、電車が動き出す時になってようやくちゃんと確認することができた。当座のお金、着替え、化粧品——。その時、あっと気づくことがあった。机の中にしまった、姉の連絡先が書かれたメモを持ってくるのを忘れた。荷物をまとめる時には、存在すら思い出せなかった。

血の気が引いていく。

悔しい、と、また思う。

頼る気などもともとなかったけれど、これで本当に姉とも連絡できなくなったのだと考えると、なぜ、こんな目に、という理不尽に対する怒りが深く深く、また胸に突き上げる。そして、泣いた。メモを忘れたことが悲しいだけではなくて、いろんなことが悲しくて、やるせなくて、泣き疲れていたはずの頰に、新しい涙がいつまでも流れた。

どこを通る電車かわからないけど、最後に一度見えるかもしれないと思っていた海は、見えない。車窓にはどの町でも変わらないような住宅街や田園の風景が続くだけだった。

（十二）

どこに行くつもりかわからないまま乗り込んだ電車の中で、無意識にひかりは栃木の実家を目指している自分に気づいた。

こんなことがあっても、結局は思いつく場所はそこしかないのか、と自分にがっかりしてしまう。逃げてきた男たちのこともまだ恐ろしかった。誰かに守ってほしかった。

しかし、長時間電車に乗り、ぼんやりと車窓を眺めるうちに、今戻ってはならないとも感じ始めていた。

耳に残るのは、最後に母と電話で話した時の「元気に、してるの」というか細い声だ。もうすっかり見放されているだろうけれど、それでも、絶望され、諦められる、ということに慣れない。新しいそれがよりひどい度合いで起こるたびに、いちいち別の傷ができて痛む。

今のまま栃木に帰ってもどうにもならない。

幸い、新聞配達で貯めたお金は、ほとんど手をつけずに残っていた。新しい場所で、広くなければ部屋を借りることもできるかもしれない。新しく、仕事を探すこともできるかもしれない。

電車の窓に映る、顔色の悪い自分を見る。

この数年、ほとんど化粧をしなくても、職場に若い女が少ないというだけで女扱いをしてもらえた。「若さ」というものは仕事やお金に直結するのだろう。世の中を見れば、自分より美人もかわいい子もいるけれど、それでも今はまだ、この若さがあるというだけで自分が得をできているのだという自覚があった。

それを利用しなければ、損なのではないか。

新聞店の仕事がつらい時も、何度も考えたことだった。水商売とか、風俗と呼ばれる場所で働けば、収入は増えるのではないか。実際、新聞に挟みこむチラシに紹介されるフロアレディの仕事は時給が高かった。風俗となればもっとだろう。

しかし、その気持ちに、寮で出会ったコノミやマホの存在がブレーキをかけた。コノミは寮を去る時、「仕事探して、がんばってみる」と言っていた。それが元の仕事に戻らない、ということを意味していたかどうかわからないけれど、それでもわざわざそう口に出した。その彼女に、出会ってすぐの頃、「ひかり、風俗の種類なんかわかんないよね？」と聞かれた。

それを聞かれるくらいに、彼女の目に無垢《むく》に映ったであろう自分のことが、思い出すと、かわいそうで、尊いものに思えてきて、風俗で働くことにはどうしても抵抗があった。親が悲しむことはまったく考えないけれど、コノミが悲しむような、そんな気がしていた。彼女たちと出会わなければ、きっと、早くにそういう場所で働いていたかもしれない。

人の多いところで降りよう、暮らそう、と決意する。

都会に行けば、ひかりの存在一人分くらいを、町が隠してくれる気がした。自分の存在を消してくれるような場所で、暮らしたかった。

新幹線に乗るお金を惜しんで、鈍行で東京を目指す。

途中、大阪や名古屋のような大きな都市の名前を聞くと、「ここでもいいんじゃないか」と気持ちが揺れ、けれど、降りる決心がつかないまま、座席に座り続ける。東京を目指す途中に、そして、横浜の名前を聞く。

あの男たちも、浅見も、こんなところまで追ってくることは、おそらくないだろう。けれど、一度は目指した場所に行かないことで、目くらましができるような気になった。人ごみによりまぎれられる気がして、東京に着く前に——横浜駅近くの駅で、ひかりは下車した。

下車して、町を歩き、まずは自分で部屋を借りようとした。大きな通りに面した不動産屋の前で、壁に貼られた物件紹介を見る。ひかりでも家賃が払えそうなアパートがあって、思い切って不動産屋の中に入った。

最初対応してくれたのは二十代と思われる男性の社員だった。表で紹介されている物件を見たこと、一人暮らしの部屋を探していることなどを伝える。

若い男性社員は、はじめのうちにこやかに接してくれてほっとしたが、しばらくして、「学生さん?」と聞かれたひかりが首を振ると、だんだんと話す空気が変わっていった。

「仕事は何をしているのか」「年はいくつか」「保証人になってくれる人はいるのか」

そう聞かれて、心の真ん中がすっと冷たくなっていく。アパートを借りるのに保証人がいるということを、ひかりは知らなかった。

話の途中で若い男性が席を立ち、奥に座る、彼より年配の男性社員に何かを言う。しばらくして、今度は、その男性と二人で戻ってきた。ひかりの前に座り、「親御さんに電話してみますか」と聞く。年配の男性の方がじろっと嫌な感じの目でひかりを見る。

その目を見たら、逃げ出していた。

「あ、もう、結構です」

大きな声で言い放ったつもりだったけれど、実際には細い声がどうにか出ただけだった。

荷物を抱え、不動産屋を出る。こんな大荷物を抱えたまま部屋探しをしていたら、きっと家出とか、何かわけありに見えてしまう。コインロッカーにでも預けてくればよかった、と、その時になってようやく気がついたが、もう遅い。

汗だくになって不動産屋を飛び出す。心臓がドキドキしていた。

二軒目の他の不動産屋を訪ねる気力はない。仕事はないし、保証人の心あたりもない。

実家に電話など、もちろんできない。

住み込みで働けるビジネスホテルの清掃の仕事が見つかったのは、奇跡的だった。新聞やタウン誌をコンビニで立ち読みして住み込みでできる仕事を探すが、風俗関係を外してしまうと、求人はほとんど何も残らなかった。たまに見つける、住居の相談にも乗ります、の文字を頼りに、いくつかの面接をしに行くが、なかなかうまくいかなかった。

ひかりは携帯電話を持っていない。一泊四千円のホテルに滞在し、そこの番号を伝えるが、まずそこで怪訝な顔をされる。家出を疑われ、面接で「親御さんはあなたを探していたりしない？」と聞かれたりする。

住み込みの仕事は、ラブホテルの清掃業や、パチンコ店の従業員、といったものの他、広告の要項だけでは具体的に何をするのかわからないものもあった。――そういうところは、実際に面接に行くと、明らかにソープやデリヘルと呼ばれる風俗であることが多く、皮肉なことに、ひかりはコノミの言っていた「風俗の種類」というものを、面接官の男たちの説明ではじめて知った。

これまで働いた蓄えがあるから、しばらくはビジネスホテルに滞在できるが、しかし、それにしたって一週間、せめて二週間が限度だ。それまでに何としても仕事を見つけなければならない。その時に手を差し伸べてくれそうな風俗業の存在は、とても甘美にひかりの心を揺さぶる。

——宿泊していたホテルのエレベーターに、清掃員募集の広告が出なければ、ひかりは、おそらく固い決意を破って、風俗で働いていただろうと思う。

ホテルに数日滞在するうち、ひかりは、清掃員のおばちゃんと顔見知りになっていた。世話好きそうなその人から「一人で泊まってるの？　何日も？　一体どうして？」と面と向かって明け透けに聞かれるのは、煩わしい反面、やけにほっとできた。もうずっと、こんなふうに人に興味を持たれることがなかった。それが余計なお世話であっても、ひかりには嬉しかった。

「横浜で働きたくて、出てきたの」と答える。

「二十歳は過ぎてるよね？　未成年の家出じゃないよね？」と聞かれて、笑いながら「そんなに若くないよー」と返すと、「そっか。いろいろ聞いてごめんね」と謝られた。

おばちゃんは正直な人だった。

「せっかく泊まってるお客に、あんまり余計な詮索をするなって、事務の人たちに怒られちゃったわ。いやねえ、これだから、都会は無関心で冷たいって言われるのよ」

そんなことまで、ひかりにそのまま伝えてしまう。

若い女一人が連泊していることは、やはりホテルの方にも怪訝に思われているのだと思うと、緩やかな苦しさを感じたが、それでも、おばちゃんのような風通しのいい物言いに出会うと心が少し救われた。滞在中、手すりを拭き、絨毯《じゅうたん》に掃除機をかけるおばちゃんに、会えば挨拶したし、「お疲れ様」と呼びかけた。仕事の面接に行って戻ってくると、おばちゃんからのどら焼きの包みが部屋に置かれていたことまであった。

清掃員募集の張り紙が出たのは、そのおばちゃんがここを辞めて、息子夫婦が暮らす街に引っ越すためだという。住み込みで長く働いていたおばちゃんが使っていた部屋も、それに伴って空く。

清掃員の面接には、たくさんの人が来ていた。驚くのが、自分のような若い女性も多い、ということだった。やはり、住み込みの仕事を探すのは、若くても、年をとっていても、どちらも大変なのだ。やってくる若い女性の多くは、面接なのに汚いシャツを着ていたり、満足に顔を上げないで俯いたままだったり、若いのに、妙にくたびれた様子の人たちも多かった。——自分も人のことは言えないかもしれないが、町を行く他の女性たちと比べて、圧倒的に清潔感のようなものが乏しい。

そんな中、ホテルにずっと泊まり込んでいたひかりは、洋服も新しいものを着ていたし、お風呂にもちゃんと入っていた。なるべく、面接官の目を見て話をしようと決めていた。

面接してくれた男性は、ひかりが自分のところの客であるということに気づいていた。長期滞在の理由を聞かれ、おばちゃんと話した通りに「横浜で働きたくて」と答える。——実家の家計が苦しくて、仕事を探して仕送りがしたいのだという話も、ついでにくっつけた。

ひかりの採用は、入れ違いに辞めていくおばちゃんが強く味方してくれたことも手伝って、決まった。「あの子は気持ちのいい子だ」と言ってくれていたと後に聞いて、胸がいっぱいになった。

今度もひかりは心を無にして、ここで、働き者になろうと努めた。

光の差さない路地に面したホテルは、普通の照明を使っているはずなのに、古びた絨毯に注ぐ光が暗かった。いったいどうしてかわからないけど、その光の下で、定期的に替えているはずのマットやリネンの色までが褪《あ》せて見える。

おしゃれなホテルが通りを一つ越えればたくさんあるはずなのに、それでも、客は来た。大繁盛というわけではないが、いつもここを利用すると決めているようなビジネスマンや、地方から観光に出てきたような親子連れが泊まっていく。

横浜と聞いて思い浮かべるようなおしゃれなムードはないし、雰囲気も何もあったものではないけれど、それでも宿泊料金が安いことは利点になるようだった。中には、親子三世代でやってきて、こんなホテルなのに「旅行をありがとう」と感謝の言葉を家族に述べているお年寄りまでいた。

働き始めて少しして、ひかりは広島の新聞店に手紙を書いた。

急に飛び出してきてしまって申し訳なかった、ということもだけど、一番気になったのは実は自転車のことだった。飛び出してすぐの時には抵抗がなかった乗り逃げを、だんだんと心に重く感じるようになっていた。

新聞店で使っている配達用の自転車は、たくさんの新聞を入れても大丈夫なように広くて丈夫なかごにつけかえてある。他の人から見れば価値のない、新聞店のロゴ入りのかっこわるい自転車に過ぎないだろうけど、あの店にとっては大事な備品だ。配達の時にも、たとえ少し離れるだけでもきちんと鍵をかけておくように、と厳しく注意されていた。

乗り捨てた自転車は、駅の駐輪場にあります、と自分が電車に飛び乗った駅名を書く。それだけは、伝えたかった。

探されるのが怖いから、当然、今の自分の居場所については一切書かなかった。新聞店に入る時は、浅見の紹介だったし、履歴書にも栃木にある本籍地をはじめ、本当のことを書いたけれど、横浜のホテルで働くときは成人していたし、名前こそ本名だったけれど、あとはでたらめな住所を書いた。身分証も添えなかったけれど、それを咎められることもなかった。

仕事はきつかった。

八十室近い部屋に、掃除の人員はひかりともう一人だけ。その一人も長いこと続かずにすぐに辞めて別の人が入ってくるような具合だった。なかなか人が居つかないからこそ、ひかりも雇ってもらえたのかもしれない。住み込みの仕事だったが、ホテルのすぐ裏にある狭い社員寮は無料ではなく、光熱費も家賃も月々の給料から引かれて、そうなると、ひかりの手元には自由に使えるお金はほとんど残らなかった。住むところがあるだけいいけれど、働きながら別の仕事を探すことも考えた方がよいかもしれなかった。しかし、前に部屋探しで心が折れた時のことを思うと、それが簡単ではないこともよくわかっていた。

いつものようにクリーニング用のリネンをまとめ、ゴミをまとめ、外に出た時のことだった。

「ひかりちゃん」というベタついた声が聞こえた。

ひかりはつい、条件反射のように相手の顔を見てしまう。そして、見たことを後悔した。返事をせず、そのまま全力で走って、逃げるべきだった。

広島で会った男が立っていた。

前は二人組だったけれど、今は一人だ。ラメの散ったスーツを着て、ひかりの前でテーブルを蹴った男。ひかりが、逃げてきたはずの男。

声が出なかった。本当だったら聞きたかった。なぜ、と。

広島を出て、ここで働き始めてから、九ヵ月近く経っていた。

男がにやにや笑う。男は髪が伸び、つけているアクセサリーが増えて、顔に刻まれた皺も濃くなっていた。前よりも、その、崩れた雰囲気に磨きがかかって見えた。

「ダメでしょう、逃げちゃ。探しましたよ」

男の手が、何かをひらひらと振る。それが何かを知って、全身にぞわっと鳥肌が立った。

ひかりが広島の新聞店に出したハガキだ。自転車の所在とお詫びを書いて知らせたハガキ。

こちらの住所は書かなかったのに——と思っていると、男があざけるように切手の部分をとんとん、と指で叩いた。ひかりは、あっと息を吞む。この場所の消印が押されている。

胸を、黒々とした絶望が貫いていく。

どうやったのかわからないけど、男はこの消印一つでひかりの住む場所を割り出したのだ。確かに、住み込みの仕事ができる場所は少ない。仕事を探す時、ひかりも苦労したから嫌というほど知っている。だからこそ、この辺りのそういう場所をあたれば、容易にひかりにも辿りつけたのかもしれない。

そして、別のことにも気づく。

自分が出ていった後の新聞店にも、この男は通ったのだろう。

そこで何をしたのかわからない。ひょっとすると、トモカやひかりが昔働いていたというだけで嫌がらせめいたこともしたのかもしれないけれど、ともあれ、そこからこのハガキを手に入れた。働いている時、ひかりは店主夫妻には曲がりなりにも恩義を感じていた。厳しいこともひどいこともたくさん言われたし、嫌なこともたくさんあったけど、それでもつながりを信じていたあの人たちが、ひかりのハガキをこの男に渡したのだ。

ひかりを、突き放した。

先にあそこを飛び出したのは自分だけど、それでも、裏切られた、と感じた。

男は相変わらず、突っ立ったままのひかりに例の書類を見せた。皺だらけで心なしか黄ばんだ紙は、きちんと保管をされていなかったものだということが伝わる。書かれている柳原好子の名前も、それとは別の筆跡のひかりの名前も、見たのがだいぶ前だから、こんな字だったろうか、という気すらした。あの時の書類ではない、何か別のものを一から用意されたのだとしても自分にはわからない。もともと、どの書類にだって、ひかりはサインしていない。

覚えのない保証人の書類は、どこかに訴え出たら、無効になるんじゃないか。効力がないんじゃないか、というのは、あれから、ずっと考えていたことだった。何も逃げる必要はなかったんじゃないか、と男がそばにいないときにはいくらだって考えられていたはずの事柄が、目の前にいざ、男が現れてみると吹き飛んだ。頭が真っ白になる。

それが嘘のサインと判子であっても、この人たちは諦めなかった。仕方ない、と思わなかった。ひかりを探し続けていた。逃がしてはくれないのだ。

見つけられてしまった、責められている、という事実そのものに、ショックで動くことができなくなる。

どうして、と思っていた。私に、返せるはずがないのに、それなのに、どうしてこんなにもしつこく男たちは自分を追うのか。遠く離れたこんな場所まで追いかけてくるのか。見逃してくれないのか。

その答えがわかったのは、男の次の言葉だった。

「ひかりちゃんさえその気になれば、すぐに返せるのにな。前も仕事を紹介するって言ったのに、どうして逃げちゃうの」

「仕事……」

ひかりが呟くと、男が「仕事……、じゃねえよ」とひかりの口調を真似してから、近くの壁を蹴りあげた。ひっと短い息が咽喉《のど》の奥で漏れたけれど、それは声にならず、突っ立ったままのひかりは、傍目にはふてぶてしく黙っているだけのように見えたのかもしれない。男がぺっと唾を吐き捨てた。

借金を払えない女を風俗に沈める、という方法があることはテレビや雑誌の知識で知っていた。しかし、まさか自分の身にそんなことが起こるなんて。払っても払っても金を奪われ、ボロボロになっていく女たちの物語。ドラマなどでよく見るあいうことの奥に、ひとつひとつ、こんな痛みがあるのかもしれない。みんなきっと、自分の立場になるまでわからない。

「ひかりちゃんはもう二十歳でしょう。自分の意志でちゃんと決められるよね？」

ここでも、自分が未成年でないことは、救いにならないのだ。ここでどうなろうと、それはすべてひかりが選んだこと。ひかりの責任だ。未成年を働かせるのとはわけが違う。誰も、守ってくれない。

利子分を返せば、とりあえず今日のところは帰る、と言われた。

けれど、書類を満足に読まなかったひかりには、利子分と言われても、それがどういう割合でどう増えていくのか、把握できていない。理解できていないことを、男にもきっと見透かされている。どれだけだって、いつまでだって、嘘の数字を並べられてしまう。ひかりはきっと、言われた額を払わなければならないのだろう。

すべてを一度に返さなければ、とひかりは考えていた。震えながら。

膝をカタカタさせながら、どうにか立っていたひかりを動かしたのは、男の、次の言葉だった。

「ひかりちゃんに払ってもらえないなら、気が進まないけど鹿沼のお母さんのところに行かなきゃならないなぁ」

鹿沼、という具体的な都市名が出て、喉が一瞬でからからになる。顔を上げ、男を見たひかりは、おそらくひどい顔色をしていただろう。

知られているのだ、実家を。

新聞店に提出する履歴書には、ひかりはバカ正直に本籍地を書いてしまっていた。

元気なの、とひかりに聞いた母は、借金のようなトラブルに娘が巻き込まれていることを知れば、どう思うだろう。どう思われたっていいのに、それでも、胸が一気に痛んだ。これから先、栃木に戻ることも、両親に会うこともあるかどうかわからないのに、理屈ではなく、痛烈な拒絶の感覚があった。それだけは嫌だ、という思いが胸を圧迫する。

それに、大丈夫だとは思うけれど、なくしてしまった姉の連絡先のメモの存在が頭をかすめた。キャラメル色のチェックのミニスカートを穿いた、健全な青春を謳歌している姉は、こんな男たちが前に来れば、ひかり以上に打ちのめされるだろう。赤の他人の借金の返済を迫る人たちだ。妹のために、と姉にも何をするか、わからない。

嫌なのは、それで姉が傷つくことではなく、そうなったら、今度こそ姉に自分が嫌われてしまうであろう、ということの方だった。苦労知らずの姉から言われた「私はひかりの味方だよ」という軽い言葉は、嫌だったはずなのに、本当は嬉しかった。今になって実感するなんて皮肉だ。

「……全部で今、いくら、返すことになっているんですか」

初めて自分から声が出た。

男が答えた額は、最初の五十万円が倍近い金額にまで膨れ上がっていた。五十万円のままなら、とこれまでずっとコツコツ貯めてきた金額のことを思ったけれど、それが、まだ足りない。

給料の前借は、おそらく認められない職場だ。

前に働いていた人が、何かで困った時に上と掛け合って、ずっとずっと揉《も》めていて、だけど、絶対に認めてもらえていなかった。

今、ここで、すべてを返すことでこの男との関係を断ち切りたい、という感情が魔物のように強く、ひかりを捉えていた。まとまった額を渡しても、それが全額でなければ、この男はひかりを、どこに行ったってまた追うだろう。何より、その影に追われ続けながら暮らしたくなかった。

再会したその日から、男は毎日、ひかりの住むホテルの裏の社員寮にまでやってきた。「返す」と言っているのに、それでも、毎日。

社員寮には当然、他にもひかりと同じホテルの従業員が住んでいる。彼らに見られたくなかったし、気づかれたくなかった。毎日、心がひやひやとして落ち着かなかった。帰ったらあの男がいる、と思うと、足が遠のき、仕事が終わっても帰らなかった日があった。

そのまま、駅前のネットカフェに行って一晩を明かした。シャワーが使える場所で、こうすれば夜というものは安価で越せるのだと初めて知った。椅子をベッドに眠るのは、それはそれで疲れたが、一日だけと思えば我慢もできる。

しかし、戻った社員寮の自分の部屋で、ひかりはドアの前の光景に息を吞んだ。

無数の、煙草の吸い殻。

家のドアのすぐ横に、壁に、たくさんの煙草の吸い殻が押し当てられ、落ちていた。

それは、新聞の集金の時に、男性の配達員たちがよくやっていたことだった。住人が留守だった場合、煙草を吸ってずっと待っていたことをプレッシャーのように示す。そのためにわざと残す。

自分がやられてみると、本当に嫌だった。短くなった煙草のひしゃげた吸い殻から男の苛立ちが、煙と一緒に吐き出されて、まだこの場にくすぶり続けているような気がした。何より、男の存在が周囲にも知られる。知らされる。待っていたところを、周りにもおそらく見られただろう。

一刻も早く、男の影から逃れたかった。泣きたい気持ちで、ビニール袋を裏返して手袋のように嵌《は》め、吸い殻を片付ける。夜露と朝露を吸った吸い殻は湿って、なおのことその感触が気持ち悪かった。

一年近く働いて、働き者になることで、ひかりは、それなりに職場で信頼されるようになっていたと思う。

フロントで一番年配の、髪の白い浜野《はまの》は、ひかりのことを孫みたいにしてくれた。従業員みんなに慕われていて、好々爺《こうこうや》のような外見なのに、何かあると場の責任者の風格が出て、頼りにされていた。みんな、困ると「浜野さん」と決まって彼を呼び相談するような、そういう人だった。ひかりにも、受付の奥にある事務室で、もらいものだというどら焼きをわけてくれたり、「部屋に持って行ったら」と自分の家で使っていた古い電気ポットをくれたりした。

当日の売り上げと別に、仕事で急に現金払いをしなければならない時に使うお金というものが金庫にいくらか入っていそうだということは、知っていた。「浜野さん、すいません。支払い来ちゃってるんですけど、現金ありますか」と若い従業員に聞かれるまま、浜野が「はいはい」と答えて、自分の机の引き出しから、鍵番号の書かれたメモを出し、それに合わせて、金庫の錠を右に何回、左に何回、と回していた。

あの現金は、おそらく毎日確認する当日の売り上げと比べたら、金額を確認する頻度が低いのではないか。

いくらあるのかわからないが、まとめて借りて、それから少しずつ、返していけばいいのではないだろうか。もちろん、ひかりのお給料が出たら、すぐに返す。返すことだけを最優先に考える。

小さな金庫は、味気なく古い、錆《さ》びついたものに見えたのに、事務室に入るたび、ひかりの目に、いつの間にか、輝くような存在感を放つようになっていた。目に入ると、ついつい、視線が金庫の方に吸い寄せられる。意識しているのがばれないように、あわてて顔を伏せる。鍵番号が書かれた紙のしまわれた、浜野の机の引き出しにしても、同様だった。

これしか方法はないと、はっきり思った。

人の来ない時間帯、いつならば隙ができるのか、ということは、働いているうちにひかりにもわかるようになっていた。浜野の机から取り出した紙の数字を懸命に暗記する。暗記して、素早くそのまま、錠を回す。

金庫の現金は、思いの外、分厚い封筒に入っていた。金額を確認するより先に、恐ろしさからすぐに自分の懐に封筒ごとしまい込んだ。

そのまますぐに、掃除する予定の部屋のひとつに、飛び込んだ。

借金として告げられた金額に届くだけの額が、きちんと入っていた。その分だけを抜き取り、あとは封筒を戻そうと考える。心臓がきしむような音を立てて、どくどくどくどく鳴っている。

しかし、持ち出すときには奇跡のようにタイミングよく開けられたのに、いざ、お金を戻そうとすると、事務室には、それからはいつも人がいた。ひかり一人だけでお金を戻せる機会がなかなかやってこない。

二日経ち、三日が経つ。

現れた男に、ひかりは言われた金額を返した。紙幣を数えた男は、にやにや笑って、ひかりの名前が書かれた借金の証文を渡してくれた。「もう、来ないでください」と言う声が、勇気を振り絞ったのに小さくしか出なかった。男はにやにや笑ったまま「はいはい」と気安く言った。「じゃ、またね。会わないといいね」と言うことすらした。その気安さが信用できなくて、社員寮の部屋の中でひかりは顔を覆って無言で叫んだ。悔しくて、また泣いた。

現金の封筒を戻せないままだったが、ホテルの中では騒ぎになる気配がまったくなかった。

そうなると、頭がまた都合のいいことを考え始めようとしてしまう。あの現金は何かの間違いで入っていたもので、なくなっても誰も困らないものだったんじゃないか。いずれは返そうと思うけれど、ひかりが借りていたところで、誰も気に留めないお金だったんじゃないか――。

しかし、そんなことがあるはずもなかった。

「ひかりちゃん、ちょっといいかな」

いつも通りひかりに声をかけてきた浜野の顔が微かに強張っている。見た瞬間、嫌な予感がして、だけど「大丈夫大丈夫」と自分に言い聞かせる。決定的なことはまだ何も言われていない。聞かれても、おそらく証拠はないからまだ白を切ればいい。それに、別のことかもしれない。

浜野がひかりを連れていったのは、金庫のある事務室ではなくて、掃除前の部屋の一つだった。周囲を窺《うかが》うようにした後で、浜野から静かな声で「……やってしまったんだろう？」と話しかけられた。

息が止まった。

ごまかしたくて「え？」と顔を向けたけれど、金庫を開けた時以上に心臓がばくばく鳴って、その音が外に漏れていないなんて到底思えなかった。認めてしまった方が楽なのではないかとすら――思った。

「何が、ですか」

白々しく聞こえなかった自信がない。浜野がふーっと息を吐いた。

「金庫から三十万がなくなった。すぐに必要な現金じゃないけど、私の方でもごまかしきれないよ。他の人たちはみんな、覚えがないと言っている」

「……それで私、なんですか」

お金を持ち出したのは事実だけど、それだけで決めつけられるのは、ひどい。みんなに確認して、――おそらくは、制服を着ている正社員の人たちから順に確認していって、ひかりへの確認が最後なのか、ということにも腹が立った。

次に思ったことは、浜野に体を要求されるのではないか、ということだった。

二人だけで呼び出され、鍵をかけられたホテルの部屋。親子以上に年齢が離れている浜野は、祖父のような存在で、男を感じさせるようなことは一切なかったけれど、一度考えてしまうと身が竦んだ。新聞の集金で、男たちに部屋に誘われたことを思い出す。そういう男たちの中には、お年寄りに近い年の人たちだっていた。

視界にベッドが入らないように懸命に前を向くが、怖くて怖くて仕方なかった。

しかし、浜野は悲しそうな顔をしただけで、首を振った。

「あなたが怪しげな男とお金の話をしているのを、何人かが見ているよ」

口を噤む。〝あなた〟という丁寧な呼び方に、自分のバカな心配がまるで見当違いだったことを悟った。

答えなくなったひかりに向けて、浜野が「相談してくれればよかったのに」と言った。その声に嘘はなさそうだった。ひかりを見る浜野の目には、ひかりが想像するような邪《よこしま》さはなく、ただただ、悲しそうだった。非難の光さえなかった。

ひかりは小さく拳を握る。

足の上で、その手が震える。相談したところで、では、あなたがお金を用意してくれたのか、どうしてそんなことを言うんだ、と気持ちが荒れる。

それなのに、優しげに言われると、その口調それだけで、泣きたいほど、張りつめていた気持ちが抑えられなくなる。

「私の……借金じゃ、ないんです」

いまさらそう説明することに何の意味があるのか、と思いながら、だけど、浜野にはわかってほしい、知っていてほしい、という思いがどうしようもなく込み上げた。

ひかりは話していた。前に住み込みで働いていた新聞店で、同室の女性から理不尽に保証人にされたこと。署名していないはずの書類を男が持っていること。けれど絶対に自分では覚えがないこと。それなのに、追いつめられていたこと。

話を聞き終えた浜野の顔が歪《ゆが》む。それは、痛々しくひかりを気遣うというよりは、むしろ、絶句して、微かに呆れたような顔つきだった。借金を押しつけたトモカや、相手の男に呆れているのかと、次の言葉を待ったひかりに、浜野が言った。

「……どうして払ってしまったんだい。そんな借金、返す必要はないじゃないか。ちゃんとした保証人になったわけじゃないんだから」

「でも」

恐ろしかったのだ。追い込まれたのだ。どうしようもなかったのだ。

あの恐怖と、追いつめられた気持ちをどうにか、他の人にもわかるように論理的に説明しようと思うけれど、言葉が見つからない。整然と言葉にできるような正しさは、あの男たちとひかりの間にはない。

「その男たちの連絡先はわかるかい？」

浜野の言葉に、ひかりは首を振った。首を振ったことで、ああ、本当に知らないのだ、と気づく。連絡先も知らない、激しい通り雨のような男たちに、自分はあんな目に遭わされた。

浜野の顔に、また呆れたような、例の表情が浮かぶ。

吐き出された浜野のため息を聞きながら、ひかりは、だって、仕方ないじゃないか、と、唇を噛みしめて、考えていた。男たちと、早く縁を切りたかった。今なら、激しい通り雨のようだった、と思えるが、あの人たちがやってきている間は、その嵐はいつ終わるともしれない、本当に恐ろしいものだったのだから。どうして、連絡先を聞いてまだつながりたいと思えるだろう。

返す必要のない借金だということは、ひかりが誰より一番、強くそう思っていたし、わかっていた。わかっていたに決まっているじゃないか。

しかし、どうすればよかったというのだろう。

相談してくれればよかったのに、と言われた。確かに相談しなかったのはひかりだ。けれど、理不尽な気持ちになる。だって、誰も助けてくれなかった。返さなくていい、と教えてくれなかった。

しかし。けれど。だって。

頭の中に出てくる言葉は、言い訳するときに出てくるような言葉ばかりだった。そのことが情けなかった。

浜野に、自分の無知を指摘されたような気がした。おそらく、バカな子だ、と思われている。それが、被害妄想だとは思わない。

なぜなら、ひかり自身がそう思っていたからだ。私は、バカだ。

俯いているひかりに、浜野が続けた。

「お金を返せるあてはある？」

それでも、金庫の金に手をつけたのは自分ではない。

絶対に認めないと決めていたはずだったのに、そう聞かれたら頷いていた。もともとただ借りるだけのつもりだった。盗もうと思ったわけじゃない。

無言で頷いたひかりにも、浜野は声を荒らげなかった。「そう」と頷く。

「なるべく早く戻さないといけない。来月には本部の人がやってくることになっていて、そうなるともうごまかせない。……ひかりちゃん、軽い気持ちでやったことかもしれないが、これは犯罪だ。お金が戻らなければ、警察にだって行くことになってしまう」

浜野は支配人のような風格すらあるけれど、実際の経営者は別だ。

それでも、ひとまずはひかりをかばおうとしてくれている。それがどれだけ気遣いに満ちたことなのか、わかるつもりだった。すぐに返さなきゃならない、お金を、返さなきゃならない。頭の中で呪文のように繰り返しながら、ひかりは「はい」と途切れた声で頷いていた。

犯罪、という言葉が、ひかりを凍らせた。

浜野の言う通りだ。ひかりに罪の意識は希薄だった。あくまでこれは、ホテルの関係者内の問題だという気でいた。

しかし、無事にお金を戻したところで、こうなった以上、ひかりはもう引き続き、このホテルで雇ってもらえることはないだろう。けれど、少なくとも浜野のことを裏切りたくなかった。ひかりにそんな申し出をしてくれる優しい彼のことを、一瞬とはいえ疑ってしまったことも、後ろめたかった。

広島の時そうだったように、急に、逃げるようにどこかを去るのはもう嫌だった。

「返せます、すぐに」

ひかりは答えていた。

その時、どこまで自分が自覚的だったのか、わからない。いつから、そのことを考えていたのかも、わからない。

あえて見ないようにしていた。けれど、この時は咄嗟に、口にしてしまう。

「近くに親戚がいるんです。そこのおうちに行って、借りてきます。用意してもらいます」

神奈川県川崎市。

カルチャーパークス武蔵小杉３４１１。

「疑うわけじゃないけど」という浜野に言われるまま、その場で住所を書いて渡した。

武蔵小杉の駅と、このホテルがどのくらい離れているのか。

何線を使って、どうすれば、行くことができるのか。

ひかりは知っていた。暇つぶしのように調べていた。ただの戯れだ。行きたいと思ったこともない。いまさら、行って、何をしようと思っているわけでもなかった。

◆

死んだ子の年を数える、という慣用句を聞いた時、不思議な気持ちがした。

言ったところでどうにもならない過去のことを後悔することのたとえ。

しかし、ひかりは、生きている子どもの年を数えることができる。

二度と会うこともない子どもは、ひかりがあの頃書いていた日記や手紙の、ロマンティックとか感傷的と言えば聞こえがいいが、独りよがりの、夢見がちな文章を跳ね返して相手にしないような生活感の中で、見知らぬ親と暮らしているはずだった。

別れる時、いつか、会えるように、と思ったけれど、そんな日が来ても互いに困るだけだ、とひかりはいつしか理解していた。

出産した、中学生のあの日から、もう六年経っている。

今年もまた五月が来て、十日に、あの子は六歳になった。

その四日遅れで、ひかりは二十一歳になった。

六歳、ということはおそらく小学一年生のはずで、あの日、まだ誰に懐けばいいかもわからないようなふやふやだった赤ん坊は、もういっぱしの、自分の意思も心もある子どもだ。そんな子のことを、かわいいと思えるだろうか。その子も、ひかりに親しみを覚えられるだろうか。

自分で出産したわけでもない母親が、その子の手を引いているのだ、と考えると、悔しい、とでもいうような気持ちが胸に押し寄せた。

初めての電話番号を押す。

「――はい、栗原です」

受話器の向こうから聞こえる女の声は、上品そうで、まるで「いいお母さん」だ。その向こうに、子どもの気配がする時もあった。

あなたたちのその幸せは、誰にもらったものなのだ、という声が出かかる。

あなたは子どもだって産めなくて、私がいなければ、親になることだってなかったはずじゃないのか。それなのに、そんな普通の家の人みたいな声を出していて、図々しいんじゃないのか。

最初の一言をどう言うべきか、圧《の》し掛かる感情の海を鎮めるようにして、「もしもし、どちらさまですか」という女の声を遮り、電話を切る。

そんなことが、何度か続いた。

ひかりの中では、その女の声は、彼女の家を代表するもののすべてだった。

ひかりが渡した子を中心にした幸せの上に成り立つ家。後ろ暗い秘密を抱えるくせに、そのことをおくびにも出さず、さも、それが自分たちだけで築けたような顔をしている女。

普通の家のような、顔をして、暮らしている女。

ひかりよりずっと年上で、物の道理もわかったようだった、子どもを渡したあの日に会った夫妻の顔を思い出すと虫唾が走った。うちの両親たちとそう年の変わらない、ひかりの親でもおかしくないような、そんな大人なのに、ひかりにできたような出産ができないのか、とバカにする気持ちもあった。お金持ちでも、利口でも、叶わないことがあるなんて気の毒ですね、とでもいうような。その一点だけで、ひかりは彼女たちより自分の方が優位なのだと、同情すらしていた。

渡してやったのだから、見返りを求めたっていい。

だったら、脅迫してやったっていい。

ある時、かけた電話の向こうで、思いがけず、女ではなく、子どもの声がした。

「はい、栗原です」

無邪気に電話を取った、というよりは、思い切ったことをやったような、緊張した声だった。

最初に一言言ったきり、子どもは「もしもし」とも何とも、続きをしゃべらない。こちらの様子を窺うというよりは、もじもじと照れるような、もどかしい沈黙だった。やがて「もしもし？　おばあちゃん？」と言う少し甘えたように様子を変えた声がして、ひかりの喉に息が詰まる。

ちょっと朝斗、何やってるの、という声が遠くから聞こえ、女の声が「もしもし」と電話を替わる。それを聞いて、ひかりはまた無言で電話を切った。

マンションの下まで、様子を見に行ったこともある。

見上げれば首が疲れるほど高く、立派そうなマンションは、確認した途端に、また背筋が粟立《あわだ》つような、ぞわりとした違和感に襲われた。親子連れもたくさん住んでいるらしく、黄色い帽子をかぶった幼稚園児が母親に手を引かれて中に消えていく。

ここの三十四階に、あの家族は住んでいる。

ランドセル姿の男の子、慣れたように自分の階のインターホンを鳴らす子、そういう子のひとりひとりに、あの子がそうなんじゃないか、自分の子どもなのかもしれない、と面影を探してしまう。

ある日、怪我をしているのか、足に包帯を巻いた男の子の姿を見て、おや、と気にかかる。ちょうど六歳かそれくらいに見えて身を乗り出しかけると、すぐ近くから、弟らしい別の子が出てきて、どうやら朝斗ではなさそうだ、と思う。

お金を返す期限が近づいていた。

ここに住む彼らならば、わが子の秘密を守るためにお金を出すことを、きっと厭《いと》わない。

電話をかける。

「――もし、もし。私、片倉です」

栗原さんのお宅ですか、と声を続けながら、これで後戻りはできなくなったと思っている。

戻れるような「後」なんて、私にはないけれど。

「子どもを、返してほしいんです」

ひかりは言った。

第四章　朝が来る

（一）

朝斗のいる栗原家を訪ねる当日の、朝。

ひかりは、勤務先のホテル近くにある和菓子屋の前で、店が開くのを待っていた。事務室で浜野がもらいものだと言って分けてくれたどら焼きを売る店で、この辺りでは有名な店だった。この店目当てにわざわざこの町に立ち寄る観光客すらいるらしい。特に、人気商品であるどら焼きはお昼過ぎには売り切れてしまう。

前日から、ひかりは緊張していた。いよいよ明日だ、と思うと胃の底がひりつくような感じがして、落ち着かなかった。

本来なら、もう二度と会うことがなかったであろう人たちだ。会うのはやはり気が進まない。できることなら、会いたくない。

何よりそう感じるのは、彼らがおそらく〝きちんとした人たち〟であろうという理由からだった。

彼らの住む高層マンションは、ひかりが住む社員寮とは比べものにならない。ひかりの実家でさえも、あの〝きちんとした〟感じには負けているのではないか。考えると気おくれがした。

広島で子どもを引き取る時、あの人たちは言葉にこそ出さなかったけれど、本当は中学生で出産をした自分のことを、〝ちゃんとしていない子〟だと思ったのではないか。

途切れない不安な想像と憶測の中で、ふいに、ある記憶が心に引っかかった。

ひかりの母が、まだひかりが子どもだった頃、手土産を持ってこないお客さんのことを「常識がない」と、彼らが帰った後で、怒っていたことを。

長く居座って話をしようという時には、普通、持ってくるものだ、とあの日、母はいつまでも機嫌が悪かった。「常識がない」というあの時の言い方を、ひかりは今でもよく覚えている。

朝斗の家に、そう思われるのは癪《しゃく》だった。対等ではないかもしれないけれど、せめて自分が自立していることを、相手にも知らしめたかった。

とはいえ、何を持っていけばいいのだろう。お菓子も食事も、あの人たちはひかりよりもずっと多くのことを知っていそうで、彼らが〝いい〟と思うものを用意できる自信がなかった。

——そんな時、どら焼きのことを思い出したのだ。

本部の役員が来た時、彼らもあれを出されて、食べていた。「こんなおいしいのは初めて食べた」と浜野に言っていたと、聞いた。

持っていけば、あの家の夫婦も、それに、子どもだって食べるかもしれない。訪ねていくのは平日の昼間だから、おそらく、子どもは学校だろう。向こうから、そういう時間を指定された。――そのことを自分がおもしろく思っていなかったことに、ひかりは気づいた。あの人たちは私をあくまで朝斗に会わせる気はないんだ。

ひかりが産んだ子を涼しい顔して育てているあの家は、今度も訪ねてきたひかりの存在を隠すだろう。けれど、物が残れば、せめて、あの家に自分の痕跡が残る。残してやったっていいんじゃないか、とひかりは考え始めていた。

栗原家との約束の時間は十一時。店が開くのは十時。移動の時間まで含めてもギリギリ間に合う。

しかし、ひかりがどれだけ待っても、店は、その朝、開かなかった。

シャッターに書かれた定休日は、今日ではない。臨時休業を知らせるような張り紙もない。だけど、開かない。シャッターの向こうや店の周りに従業員の気配もなかった。

それでもひかりは十分待ち、二十分待った。

周りにひかりと同じように開店を待つ人たちがまだいたからだ。「あれ、おかしいね」「どら焼きを目当てに来たのにな」と互いに話している。

ひかりは焦りながら、開店を待つ。ここがダメなら、他にちゃんとしたお菓子はどこに行けば売っているのだろう――。

泣きそうな気持ちで突っ立っていた、その時。

並んだ列の近くにあるクリーニング店が、シャッターを上げて、開店した。店のガラスに、和菓子屋に並ぶひかりの姿が映し出される。痩せた体つきに、余裕なく焦った顔つきの、自分の姿が。

その途端、我に返った。

私は何をしているのだろう、と。

手土産を持っていく。だけど、その金はひかりがホテルの金庫から持ち出したものだ。そして、自分は今からその金にできてしまった穴埋めの金額を栗原家に要求しに行くのだ。今ここでどら焼きを買っても、それは栗原家のお金で買うのと同じなのではないか――。

ひかりからの手土産に、意味などあるのだろうか。

「人気があるからって調子に乗ってるんじゃないか。無断で休むなんて殿様商売だな」

並んでいる客の一人が言う声を耳の横に流しながら、ひかりは、列を離れた。

「あれ、いいの？」とすぐ後ろに並ぶおばさんに言われたが、ひかりは返事もせずに、駅を目指す。時間がかなり過ぎていた。

目をぎゅっと閉じる。

瞼の裏に、さっきクリーニング店のガラスに映った自分の姿が蘇る。踵のつぶれた泥だらけのスニーカー、ぼさぼさの髪。化粧はしてきたけど、それさえ今の格好とはあまりにちぐはぐだ。

女の若さには価値がある、と、一人で働きながらいろんな場面で感じてきた。

今からひかりが会わなければならない朝斗の母親は、おそらくちゃんとしている人だ。ひかりよりずっと年上の、ちゃんとした——だけど、おばさんだ。

武蔵小杉駅で降り、すぐ近くのファッションビルに駆け込む。

約束の時間は過ぎていたが、妙な諦めが、時間を過ぎた瞬間に胸に突き上げた。相手だって、どうせひかりを最初から〝きちんとしている〟なんて思っていない。何しろひかりは今から金を要求しにいくのだから。約束をちゃんと守らなくても、それで当然だと、きっと思われている。

ビルに入って最初に目に入った店で、帽子と靴を買う。店員に勧められるがまま「足首が細く、スタイルがとてもよく見えますよ」と言われた踵の高い靴を買う。このまま履きます、と値札を切ってもらう。履いていたスニーカーはトイレのごみ箱に捨てた。

慣れないヒールのせいで、駅からマンションまでは、歩くのにまたそれまでの何倍も時間がかかった。当然、走れない。

一時間以上の遅刻をして、ひかりは、マンションの部屋番号を押す。息が切れていた。

彼らの家に上がる時、初めて、家の中で会うのだからどうせ靴など脱いだ状態になるのだと、薄い靴下にあたる冷たい床の感覚でようやく気づいた。

玄関は、花のような香りがした。芳香剤だろうか。きつくない、とてもいい匂いがしていた。

帽子も靴も、脱いで、ひかりは自分が丸裸になったような気持ちになる。

「どうぞ」

と自分を促す女の顔を、部屋に通されて向かいに座るまでの間、ひかりは一度もまともに見られなかった。

（二）

そして——、今。

ひかりは立ちすくんでいる。

目の前に座った栗原夫婦の、この人たちの、あまりの疑いのなさと、躊躇いのなさに、打ちひしがれるように、座り込んでいる。

「あなたは誰ですか」と、ひかりは聞かれた。

「——あのお母さんは、あなたではないと思います」

きっぱりとそう言ったのは、夫の方だった。

広島で会った、この家にとっての〝朝斗のお母さん〟は、目の前のひかりではない。

はっきりと、彼らはそう断言した。

「失礼ですが、あなたは、私たちの朝斗のお母さんではありませんね？　通常、特別養子縁組では、生みの親と育ての親は最後まで顔を合わせることはない。だから、ごまかせると思ったのかもしれませんが、私たちの場合は、あの子のお母さんに一度、会っています」

そうだ、会っている。

思うけれど、声が出てこない。強い口調でそう言う夫の顔は、目が少し赤くなっていた。

その時のことを——束の間、共有したあの時間のことを思い出しているのだと、それでわかった。

ひかりもよく覚えている。

初めて会った彼らに、自分のことを、子どものことを、洗いざらい、全部話して泣きついてしまいたい衝動に駆られた——まったく違う立場なのに、彼らとなら、分かり合えるのではないかと思った、あの日のことを。

「朝斗を渡していただく際に、希望して、特別に、ほんの数分だけでしたが、会わせてもらいました。それは先方の希望でもあったそうで、朝斗のお母さんはご両親に付き添われて、私たちと会ってくださいました」

「電話の時から、そう思っていたんです」

横からそう声を出す朝斗の母親の目も、同じように潤んでいる。

怖いから、ではない。感情的になっているわけでもない。

――彼女がはっきりと、ひかりに怒っていることが伝わる。彼女たちにとっての大事な朝斗のお母さんを軽んじられた怒りと屈辱で、この人たちはひかりのためにこそ、怒っている。

六年前、心細さに震え、この人たちに「ごめんなさい。ありがとうございます。この子をよろしくお願いします」と繰り返し伝えた、あの日のひかりのために。

「あの子のお母さんが、今の朝斗に会いたいと思ったり、朝斗を引き取りたいと思い直したというなら、それはわかります。けれど、お金の話が出るのはどう考えてもおかしい。あの子の――私たちのお母さんは、そういうことを言いだす人ではありません」

引き取らせてほしい、それが無理ならお金がほしい、というひかりの声を封じるように、そして二人が明かす。

子どもが養子だということを、二人が周囲に話しているということ。朝斗は、この家の養子として何ら後ろ暗いところなく生活しているということ。

そこにはひかりが考えたような、脅迫するに足るような秘密も隙もない。

そして、教えられた。

この家にはもう一人、〝広島のお母ちゃん〟と呼ばれる存在が、いること。

「朝斗は、実親のお母さんのことを〝広島のお母ちゃん〟と呼んでいます」

目の前のこの人の他にもう一人、その広島のお母ちゃんが朝斗をおなかで育てた、と教えられている、ということ。

「広島のお母ちゃんのとこは晴れかな？」と、テレビの天気予報すら気にして、彼らが暮らしていること。

広島には、あの時期に寮があるからという理由で行っただけなのに、それでも、彼女たちの中のひかりは、今も広島で暮らしているのだ。あそこにいるのだ。

「――これは、あの子の、広島のお母ちゃんから預かったものです」

朝斗の母親の出した、和紙の張られた、宝箱のような小箱から、ピンク色の封筒を見せられた時、あと少しで叫び声を上げそうだった。座布団の上で、自分の体がバラバラに分裂していくような気持ちがした。

見覚えのあるレターセットだった。宛名のところに「お母さんより」と書いてある。ひかりの字だ。かつての、ひかりが書いた字だ。

心の中に、風が吹いていた。

最初はただ、ざわざわと。

だけど、それが、その手紙を見た瞬間に、ひかりの呼吸を奪うような嵐になる。はっきりと心に吹き荒れる暴風の音が聞こえる。

私の字、私の字、私の字。

手に取りたくなる。中を見たい、という気持ちにも、今すぐにもここで破って、破って、消し去ってしまいたいという気持ちにも、どちらにも駆られる。同時に強く、そうするべきだと、ひかりの中で、誰かが命じる。

心の嵐が強くなる。

めちゃくちゃにしてやりたい。私の手紙なのだから、どうしようと私の自由だ。だけど、腕が、手が、指が、動かない。

朝斗の母親の毅然《きぜん》とした言い方に身が竦んだ。

「大事なものです」

彼女のすぐ横に、あの頃のひかりが座っているような気がした。その目をとても、見られなかった。

「――お電話で、脅迫について口にされるとき、こう仰いましたね。『あの子の学校にも』と」

ひかりには答えられない。彼女が続けた。

「朝斗は、まだ幼稚園に通っています。小学校に通うのは来年からです。あのお母さんが、朝斗が何歳かを忘れることなどありえないだろうと、夫と話しました。その上でお尋ねしたいんです。――あなたは一体、誰ですか」

年を数えることだけは、してきたつもりだった。

忘れたことなどない、と思ってきたつもりだった。だけど、今が何歳で、ということまでは考えられても、だから今、何をして、どんな立場でいるということまでは、具体的に想像できていなかった。六歳だということまではわかっても、それがまだ小学校に入る年でないということは、知らなかった。

小学生になるのは、六歳になった後の、最初の四月。だから、誤解していた。ひかりの前にまっすぐ対峙《たいじ》するこの夫婦は、本心から、ひかりをひかりと思わなかった。

自分たちの朝斗の母親を、ただ、あの子を産んだというだけの理由で、無条件に信じきっている。

立ちすくむように、その声を一人きりで聞きながら、ひかりの両肩を思いがけない感情が包んだ。

彼らが話しているのは現実のひかりではない、とはっきり思うのに、それでも、そのひかりの方がまぎれもなくひかりだった。

あの子を産み、迷い、葛藤しながら、それでも、泣いて泣いて、この二人にあの子を託したひかり。

あれが私だ、と思う。

〝彼女〟がこの家で生き続けていることを、奇跡のように感じる。

昔、ひかりのことを「失敗した」と言った自分の両親は、その後、ひかりの後ろに実在しない「失敗しなかった」ひかりを見続け、愛していた。その時は反発と嫌悪感しか覚えなかったのに、今、この人たちの口にする〝広島のお母ちゃん〟は確かにいるのだと思える。

ひかりですら、彼女にこの家で生き続けていてほしいと、願ってしまいそうになる。

ピンポンというチャイムが響いたのは、その時だった。それから少し遅れて「ただいま」という子どもの声。

電話で聞いた時は平気だったのに、今、その声を聞いたらびっくりするほど胸が痛んだ。心に吹きすさぶ嵐の風が、どうっと音を立てて、ひかりの胸に雪崩《なだ》れ込む。ひかりがこれまで張りつめた気持ちで守ってきた何かが、すごい勢いで、その風の前に崩れ落ちていく。

朝斗くん、と声が出かかる。

「どうしますか」

朝斗の父親に、聞かれた。

ひかりはゆっくり、のろのろと顔を上げる。

「朝斗です。帰ってきました。どうしますか。会いますか」

「私、は――」

唇が乾いた。

会いたいだろうか、と自分の胸に問いかける。

会いたいと、〝広島のお母ちゃん〟なら、絶対にそう答える。

私は、あの子と一緒に海を見た。

おなかの中で、あの子を育てた。

ちびたん、と呼んだ。

守るように手を置いて、一緒に歩いた。産院からの帰り道、「もうすぐだよ、がんばろう」と、無邪気に、声をかけて。

意を決して、ひかりは答えた。

「申し訳、ありませんでした」と。

畳に額をこすりつけて、顔を上げないまま言った。

「言われた通りです。私は、あの子の母親では、ありません」

（三）

歩道橋の下に流れる車の列を眺めながら、ひかりは、妙に静かな気持ちになっていた。何をしていても現実感がなく、ガラス越しに景色を眺めているような気持ちが、この一ヵ月続いている。

自分の全部を、あの家に、置いてきてしまったような気がしていた。あの家で生き続けるひかりさえいるのなら、もう、今いる自分はその燃えカスか、幽霊のような気がする。そして、それでいい、と思っている自分がいた。

私は、あの家で、広島のお母ちゃんとして、確かに暮らしている。

見放されてしまったわけではなく、大事に、いたわられる存在として、あの家の一員に加えられている。

そう考えると、疲れた顔の頬や口元が微かにゆるんだりすることまであるのだ。我ながら不思議だけど、嬉しかった。

拒絶され、惨めなはずなのに、気持ちは穏やかだった。

朝斗の母親も父親も、ひかりを「私たちのお母さん」と呼んだ。ずっと年上のあの人たちが、まるで、自分自身の母をそう呼ぶように、ひかりを今も「お母さん」と呼んでいる。

失敗した脅迫の後で、ひかりはホテルには戻らなかった。

お金を返すように、と言われていた期限はすぎてしまったし、今、どうなっているかもわからない。持ち出したお金だけは手元に持っているけれど、自分がどうしたいか、どこに行きたいかも、わからなかった。

犯罪、と言った浜野の言葉の重さはわかっているつもりだった。

けれど、だからこそ、戻ったらどうなるかを考えたら、怖くて、それ以上考えたくなくて、戻れなかった。嫌なものに蓋をして封じ込めるように、ひかりは、自分を待つ現実から逃げた。逃げて、時間が経てば経つほど、さらに戻れなくなった。

社員寮の部屋に、お金以外の荷物はほとんどが置きっぱなしだ。実家の場所がわかるようなものは始めから持っていないし、採用の時の履歴書にも本籍地はでたらめなものいっているかもしれない。ひかりはお金を持ち逃げしてしまっている。実家にも、その連絡がいっているかもしれない。

広島から追いかけてきた、借金取りの男たちにだって実家の場所はわかってしまったのだ。ホテルからだって、辿れば、いずれはわかってしまうのかもしれない。

連絡が入れば、実家の両親は、罪を犯した娘をどう思うだろう。嘆くだろうし、悲しむだろう。その一方で「やっぱり」とも思うのではないか。何年も前に幻滅した娘が、思っていた通りのことをしでかしたと、そう思うのではないか。

そして、今度こそもう、娘を心配したり、探したりはしないに違いない。

実家に知られたくない、と思うことを繰り返して、知られないで済むように足掻《あが》いてきた結果、結局、一番そうなりたくなかった状態に陥ったのだ。情けなくて、涙も出なかった。乾いた心には、自分のことなのに、悲しむよりも呆れ果てるような気持ちの方が強かった。

ひかりが勤めていたのと同じような安いビジネスホテルやネットカフェのような場所を転々としながら、昼間は公園などでぼんやりと過ごした。

ベビーカーを押した親子連れが日向《ひなた》ぼっこをするのを無感動に眺めながら、もう、どうにでもなれ、という気持ちでいた。

ホテルの関係者でも、警察でも、誰でもいい。

あれだけ逃げ回っていた追い込みの男たちでもいいから、ひかりを見つけて、次にどうすればいい、ということを教えてほしかった。

晴れた日の公園の片隅で、そんなことを考えていると、一人の子どもが蹴ったボールがぽんぽんぽん、と足元にやってくる。「すいません」と、髪をきれいに結った、パーカー姿のお母さんに言われて、ひかりは無感動にボールを返す。

ひかりのような若い女は不審者とさえ見られないのか、彼女はひかりが不愛想なことにも、何日も着ているせいでシャツが薄汚れていることにも構わず、――あるいは気づかず、ただ、「ありがとうございました」とにっこり笑って去って行く。子どもに「いくよー」とボールを投げる。

平和な町の中に、ひかりの存在は、誰も気にも留めないほどひっそりと、ただ溶け込んでいた。

害をなすことも、役にたつこともなく。

生きていても仕方ないんじゃないか、という気持ちは、そんな生活を続ける一ヵ月の間でひたひたと、心に沁み始めていた。衝動的に思う、というのではなくて、ゆっくりと、悟るように、ひかりには、わかるようになっていた。

私は、生きていても仕方ない。

今日、ひかりは、朝斗たち親子のマンションがあるのと駅を挟んで反対側に来た。高いマンションが他にもたくさん立ち並ぶ街の中を、なんとなく、見てから、戻ろうと思った。

職場だったホテルに戻るのか、それとも別のどこかにまた逃げるように移るのか、どこに戻るのかは、まだ、決まっていなかった。

どうせ、ひかり一人がいなくなっても、誰も、何も困らない。

ホテルに戻って、金を返すように言われても、罪に問われても、両親に、それでさらなる絶望をされても、ただそれだけだ。傷つくかもしれないけれど、ただ、それだけ。そこからひかりの人生が、何がどう変わるということはない。

だったら、戻っても戻らなくても、同じではないか。

どこにも戻らず、今日、ここでおしまいにしてもいいんじゃないか。

ぼんやりと歩道橋の上から、下を流れる車を見る。見続ける。ただ眺めているだけなのに、いつの間にか、何時間も経っている。

夕方になり、雲の動きが早くなる。

日が陰ったと感じた瞬間に、遠い空で雷が鳴る、ごろごろという音がした。

雨が降り出した。下の道路を通る車のヘッドライトやランプの黄色や赤が、雨に滲んだようになって、視界に広がる。夏の空の向こう――、夕立を降らす、厚く垂れこめた雲の向こうに轟く雷の音が近くなる。

急に始まった雨は強く、傘も差さないひかりの頬を、唇を、髪を、全身をあっという間に濡らした。埃とカビの匂いがする雨が、唇の間に入り込む。

ひかりは思った。

このまま。

このまま、雷に、打たれてしまいたい。

どん、と強い重みを背中に感じたのは、その時だった。

一瞬、何事かと思う。さすがに驚いて振り返ったひかりの肩に覆いかぶさるようにして、誰かがしがみついている。

ひかりを、逃すまいとするかのように。

走ってきたのかもしれない。荒く息を吐き出しながら、彼女が言った。

「やっと、見つけた」

え、と声にならない声を出して、自分の後ろから、ひかりを抱きしめるように体を預ける、その人の顔を見た。

涙に、その目が潤んでいる。

髪を振り乱し、雨で額に前髪が張りついたその顔は、朝斗の母親だった。彼女の傘が、ひかりのすぐ足元を転がる。

ひかりは口が利けなかった。

まさか、まさか、と胸が激しく打つ。振り返り、視線を下に向けると、そこに、黄色いレインコートを着た、男の子がいた。母親が突然見知らぬ人に話しかけたのを、びっくりしたように見上げている。

ああ――――。

ひかりは息を呑んだ。目が澄んでいる。手足が細くて、まつ毛が長い。前髪を、目の上でぱっつんと一直線に切っている髪型が、子どもならではのものという感じがした。かわいかった。

びっくりするほど、かわいい、美しい子だった。

「ごめんなさい」

朝斗の母親が言った。

ひかりにしがみついたまま。

ひょっとしたら、この人は、あれから、自分のことを探していたのかもしれない。

「ごめんなさいね。わかってあげられなくて。ごめんなさいね。追い返したりして。ごめんなさい、わからなくて」

冷たい夕立を受けながら、視界が白んでいく。ごめんなさいね、ごめんなさい、と繰り返す朝斗の母親の声が、ひかりの心の柔らかい部分に触れる。

何も、何も言えなかった。

こんな声で話しかけられることは、誰にも、もう二度とないと思っていた。

その時、朝斗が言った。怯えたような、呆気《あっけ》に取られた、顔のまま。

激しかった雨がいつの間にか勢いを落として、朝斗の小さな声がきちんと聞こえるくらいになっていた。

「ねえ、お母さん。この人、だあれ？」

その声に、朝斗の母親が答えた。

「朝斗の〝広島のお母ちゃん〟だよ」と。

ひかりを、朝斗の母ではない、と正面から言い放った時と同じく、それは躊躇いも迷いもない声だった。ひかりは目を、耳を疑う。

いいのか、と思ってしまう。

咄嗟に朝斗を見たひかりは、そして、さらに驚いた。

目の前の朝斗の瞳が、大きく、大きく、見開かれる。それまでずっと母親だけを見ていたその目が初めてひかりだけを捉える。

二人の目が合った。

その時だ。

暗い空の下で、朝斗の目の中に、みるみる、明るい光が差し込まれる。

「ええっ！　広島のお母ちゃん？」

その顔を見たら、時が、止まった。

「そうだよ」と朝斗の母親が答えた。ひかりを見る。

「ねえ、そうよね」

自分の親でもおかしくない年だ――と思ったことを思い出す。ひかりを見つめ、微笑みかけるその顔が、頼りがいのある「お母さん」の顔をしていた。

その前に立ちすくみながら、「私は――」とひかりは呟く。乾いた唇に、雨に交じってこぼれた涙が滴る。私は、私は、私は。

声にならない声のかわりに、喉から、風が鳴るような熱い息が漏れた。夏の雨に溶けだした息が重く、かすれる。

自分自身でも聞いたことのないような大きな声を上げて、ひかりは泣き出していた。泣き声と一緒に、喉が熱く裂けていくようだった。

「ごめんなさい」という声が、崩れる。

ありがとうございます、という声が、泣き声と一緒に続いた。

ごめんなさい、ありがとうございます。この子をよろしくお願いします。

昔、何度も言った言葉が、胸を締めつける。この人は、本当に朝斗を育てたのだ。ひかりの頼んだ、その言葉の通り。

ひかりの背中に手を置いたまま、朝斗の母親が、「一緒に行こう」と声をかけてくれる。自分が雨にぬれることも構わず、ひかりを抱きしめるその力が、少しもゆるまない。その顔がまだ泣いていた。

すぐ横に朝斗がいた。ひかりのことを朝斗が見ている。好奇心に駆られたように、近づきたくて、まだ近づけないように。

夏の雨が、だんだんと和らぎ、視界を覆う雨の膜が薄くなっていく。止まない雨を降らせながらも、雨雲と雨雲の間に細く隙間ができる。まばゆいほどのオレンジ色の夕陽が、雨粒を一筋一筋、光を当てて透明にしていく。

金色に輝く、その雨の中で。

朝斗の澄んだ目が、二人の母親をじっと見つめ続けていた。

解説

河瀬直美

本書は、四章からなる作品である。第一章は栗原佐都子の現在。第二章は佐都子の過去から現在に至るまでの18年間の出来事。第三章は片倉ひかりの過去から現在までの8年間の出来事。そして第四章は佐都子、ひかり、朝斗が一堂に会する「今」を克明に描く。

全体のバランスとしては、352ページ中、佐都子を描く前半の第一章、第二章があわせて151ページ。ひかりを描く第三章が173ページと、概ねふたりの女性の人生はバランスよく描かれている。けれど読み終わった後の印象としては、「ひかり」に感情移入している人も多くいるのではないだろうか？　その理由のひとつとして、「ひかり」の人生は物語の半ば以降に時系列で13歳から21歳までの8年間を描いているのに対して、佐都子の人生は現在と過去が交錯しながら物語が展開する。この構成で作者が物語の全体像を最初から決めて書き始めたのかどうかは定かではない。しかし、もちろんこのふたりの女性を主人公として物語を描くことは最初から決まっていただろう。そして佐都子の現在は、今の日本社会が抱えている問題を浮き彫りにするという観点からも、とても興味を持つ導入である。

タワーマンションの上層階に暮らす佐都子はこの日常にこの上も無い幸せを感じ「満ち足りている」とはっきりと自覚している。そんなある日、無言電話がかかってきてその「満ち足りている」日常に事件が起こる。ひとつは6歳になる息子「朝斗」が幼稚園で起こしたもの。そしてもうひとつは同じく「朝斗」を取り巻く現実、彼の人生の根源が明かされてゆくというものだ。前者の事件からは佐都子の揺るがない子供への態度、我が子を信じる確固たる意志が見え、読者はこの立派な母の像を確認する。そして息子の「朝斗」もまたそんな母へのゆるぎない信頼を忘れない。概ね第一章ではその「満ち足りた」日常、ゆるぎない親子関係を描いているとおもいきや、事件が一件落着した途端、間髪入れずにもうひとつの事件はやってくる。「朝斗」の出生に関する秘密が突然明かされるのだ。この展開に読者は驚かされ、一気に物語に引きずり込まれるだろう。この確固たる絆を築いている親子が実の親子でなく、まだ20歳そこそこの茶色く髪を染めた「ひかり」が実の母親であるかもしれないという真相を知りたくなるのだ。しかし、物語はそこを描く前に、第二章で佐都子の家に朝斗がやってくるまでの10年程の時間を克明に描く。それは近年多くの夫婦が直面する不妊治療に関する出来事だ。親戚縁者からの子供の誕生に期待する声が煩わしく感じる35歳を過ぎた頃、他ならぬ佐都子と夫の清和もまたその現実と向き合う事になる。

作者は、この一連のエピソードの中でもまた第一章で佐都子という女性を揺るぎない態度を示す「母」として描いたように、今度はこの第二章で「妻」として揺るぎない態度を示す女性として存在させる。夫が無精子症と診断され、治療の為に向かう空港の待ち合いの席。外は25年ぶりの大雪に閉ざされた世界で、佐都子は治療を「もう、やめよう」と告げる。その言葉をきっかけに清和は堰を切ったように自らの中に隠し持っていた本心を佐都子に告げる。「もっと早く、やめたいって言えなくて、ごめん」こうしてふたりは不妊治療に終止符を打つ。白い世界に覆われたその日そのとき、佐都子は「夫婦に戻るのだ」と考えている。そうして「二人で一緒に、生きていく」ことを決心する。

この佐都子像は良妻賢母の代名詞のようだと読者は思う。そうして理想の女性像に憧れを抱くことだろう。しかし、ふたりで良いと思っていた夫婦の心に「養子縁組」という選択が刻まれる出来事がやってくる。この展開は見事だと思う。作者が掲げた理想の人物にも人には見せない内面の葛藤があることを巧みに描いてゆく。そうして出逢った養子縁組を仲介する民間団体「ベビーバトン」によって佐都子と清和は「朝斗」を授かることとなる。「満ち足りている」と感じるまでの佐都子の29歳から18年間の人生にはこうして様々な出来事があった。第二章の最後では、朝斗の母だという「ひかり」と名乗る茶色い髪の女が佐都子の家にやってきた。しかしその女が脅迫じみた金銭の要求をしたことから、佐都子と清和は「ひかり」ではないと突っ撥ねる。

その一ヶ月ほど後、警察が「ひかり」を名乗る女の写真を持って事情を聞きにくる。

この時、作者はたった7ページではあるが、その視点を「朝斗」に切り替えて描いている。映画監督の私としては、この描かれ方はとても映画的だと感じている。主人公が「佐都子」と「ひかり」。立場の違う女性を描く場合、どちらかの視点で物語を構成しなくてはいけなくなるところに「朝斗」の視点を入れたことで、この三角関係を見事に表現することができるのだ。こうして、同じ出来事が「佐都子」「ひかり」「朝斗」の視点で描かれている場面が物語中8ヶ所存在する。それは、それぞれの登場人物の視点での感じ方の違いを明確にし、人生には自分の想いだけではどうにもならないことが存在するという学びを示唆する。

第三章で描かれるひかりは冒頭まだ中学に入学したばかりの13歳である。教師である両親、高校生の姉と4人で暮らす。ひかりにとって幼少の頃からピアノの発表会の日は特別で、家族で行くレストランやそこで食べるホットケーキが好物だ。そんな特別な日は誰しもの中にあって、子供時代の懐かしく甘酸っぱい記憶の彼方に存在しているだろう。とある地方都市の教師一家の末娘が合格しなかった私立の女子校のことを羨みながら、自宅近くの公立に自転車で通う時、自分が「普通」であることとの退屈を打破したい想いと相まって、学校で人気者の男子「巧」に告白されるところから、彼女の人生の歯車は狂いだす。作者はこの「ひかり」が墜ちるところまで墜ちてゆく様を、やがて家族との距離をどんどん遠ざけながら、「ひかり」の孤独を描ききる。初潮の前の妊娠を14歳の中学生がどう理解すればいいのか。本当に好きだと思う「巧」との未来をどう創り上げていけばいいのか、知る由もないだろう。生まれる筈のなかった命はやがて望んでも授からなかった夫婦の元にやってくる運命。佐都子と清和の長いトンネルはまるで朝が来たように「朝斗」を迎えて抜け出ることができた。「ごめんなさい。ありがとうございます。この子をよろしくお願いします」と俯き加減に精一杯その言葉で伝えた14歳の中学生はその後の人生を空虚に感じて居場所を求めさまようが、出逢う人たちとの絆はなかなか結ぶ事ができない。あさはかな「ひかり」はその想いとは裏腹に不器用に金銭を無心するしか術がないのだ。そんな彼女の生きてきた時間を佐都子はとっさに理解する。第四章では、生きている価値のない自分を悟った「ひかり」がどこにもない場所を求めて歩道橋の上に立ち、降って来た雨に打たれながら失敗した「ひかり」を棄てようとした瞬間、佐都子はその手をしっかりとつかんで離さない。「あなたの居場所はここにあるわ」と言わんばかりの力を込めて。その傍らには「朝斗」の姿。生まれるべくして生まれた命が曇りのないまなざしをふたりに向ける。「朝斗」にとってのふたりの母は、母になる以前になにかしらの空虚感を味わっていた。その心にある埋まる事のない空洞のようなもの。そんな「佐都子」と「ひかり」はこうして「朝斗」によってこの世につながれたのだ。

小説を読む時、その文字が情景を伴ってまるで目の前で起こっているかのようなリアリティをもち迫ってくるものに惹かれる。そういう意味では、このラストシーンはとてつもなく強いリアリティがある。そこに差し込む光、まばゆいばかりのそれが、雨上がりの世界を浄化させてゆく光景と相まって、ここに集う三人の運命を切り開いたのだ。
そこには、ふたりを見上げて微笑むあどけない瞳の朝斗がいた。

（映画監督）

参考資料

『「赤ちゃん縁組」で虐待死をなくす　愛知方式がつないだ命』（矢満田篤二・萬屋育子／光文社新書）
『揺れるいのち　赤ちゃんポストからのメッセージ』（熊本日日新聞「こうのとりのゆりかご」取材班・編／旬報社）
『その子を、ください。特別養子縁組で絆をつむぐ医師、17年の記録』（鮫島浩二／アスペクト）
「赤ちゃんが欲しい」（主婦の友社）
『卵子老化の真実』（河合蘭／文春新書）
『報道特集　新たな親子の形・赤ちゃん縁組で結ばれる〝絆〟』（ＴＢＳ）
『報道の魂　赤ちゃんの行方～特別養子縁組という選択～』（ＴＢＳ）
『地方発ドキュメンタリー　彼女たちの出産　～２０１３　ある母子寮の日々～』（ＮＨＫ総合）

初出　「別冊文藝春秋」二〇一四年一月号〜二〇一五年三月号
単行本　二〇一五年六月　文藝春秋刊

文春文庫

朝《あさ》が来《く》る

定価はカバーに表示してあります

2018年9月10日　第1刷
2019年6月1日　第4刷

著　者　辻村深月《つじむらみづき》
発行者　花田朋子
発行所　株式会社　文藝春秋

東京都千代田区紀尾井町 3-23　〒102-8008
TEL 03・3265・1211(代)
文藝春秋ホームページ　http://www.bunshun.co.jp

落丁、乱丁本は、お手数ですが小社製作部宛お送り下さい。送料小社負担でお取替致します。

印刷・萩原印刷　製本・加藤製本　Printed in Japan
ISBN978-4-16-799133-3

（　）内は解説者。品切の節はご容赦下さい。

高杉　良
辞令
大手メーカー宣伝部副部長の広岡修平に、突然身に覚えのない左遷辞令が下る。背後に蠢く陰謀の影。敵は同期か、茶坊主幹部か、それとも……。広岡の戦いが始まる！　（加藤正文）
た-72-5

筒井康隆
壊れかた指南
猫が、タヌキが、妻が、編集者が壊れ続ける！　ラストが絶対読めない、天才作家の悪魔的なストーリーテリングが堪能できる短篇集。　（福田和也）
つ-1-15

筒井康隆
繁栄の昭和
迷宮殺人の現場にいた小人、人工臓器を体内に入れた科学探偵、ツツイヤスタカを想起させる俳優兼作家……。奇想あふれる妖しげな世界！　文壇のマエストロ、最新短篇集。　（松浦寿輝）
つ-1-18

辻原　登
遊動亭円木
真打ちを目前に盲《もう》となった噺家の円木、池にはまって死んだはずが……。うつつと幻、おかしみと残酷さが交差する、軽妙で冷やりと怖い傑作人情噺十篇。谷崎潤一郎賞受賞。　（堀江敏幸）
つ-8-4

辻　仁成
TOKYOデシベル
騒音測定人、テレクラ嬢、レコード会社ディレクター……都会に潜む音・声、そして愛を追い求める人々。音をモチーフに、都市をさまよう青年の真情を描破した辻仁成・音の三部作完結。
つ-12-4

辻　仁成
永遠者
19世紀末パリ、若き日本人外交官コウヤは踊り子カミーユと激しい恋に落ちる。〈儀式〉を経て永遠の命を手にいれた二人は激動の歴史の渦に呑み込まれていく。渾身の長篇。　（野崎　歓）
つ-12-7

辻村深月
水底フェスタ
彼女は復讐のために村に帰って来た——過疎の村に帰郷した女優・由貴美。彼女との恋に溺れた少年は彼女の企みに引きずり込まれる。待ち受ける破滅を予感しながら…。　（千街晶之）
つ-18-2

（　）内は解説者。品切の節はご容赦下さい。

額賀　澪
屋上のウインドノーツ
引っ込み思案の志音は、屋上で吹奏楽部の部長・大志と出会い、人と共に演奏する喜びを知る。目指すは「東日本大会」出場！圧倒的熱さで駆け抜ける物語。松本清張賞受賞作。（オザワ部長）
ぬ-2-1

乃南アサ
新釈　にっぽん昔話
大人も子どもも楽しめる、ユニークな昔話の誕生です。「さるかに合戦」「花咲かじじい」など、誰もが知る六つのお話が、誰も読んだことのない極上のエンタテインメントに大変身！
の-7-11

林　真理子
最終便に間に合えば
新進のフラワーデザイナーとして訪れた旅先で、7年ぶりに再会した昔の男。冷めた大人の孤独と狡猾さがお互いを探り合う会話に満ちた、直木賞受賞作を含むあざやかな傑作短編集。
は-3-38

林　真理子
下流の宴
中流家庭の主婦・由美子の悩みは、高校中退した息子が連れてきた下品な娘。「うちは〝下流〟になるの!?」現代の格差と人間模様を赤裸々に描ききった傑作長編。（桐野夏生）
は-3-39

林　真理子
最高のオバハン　中島ハルコの恋愛相談室
中島ハルコ、52歳。金持ちなのにドケチで口の悪さは天下一品。嫌われても仕方がないほど自分勝手な性格なのに、なぜか悩み事を抱えた人間が寄ってくる。痛快エンタテインメント！
は-3-51

馳　星周
生誕祭　（上下）
バブル絶頂期の東京。元ディスコの黒服の堤彰洋は地上げで大金を動かす快感を知るが、裏切られ、コカインとセックスに溺れていく。人間の果てなき欲望と破滅を描いた傑作。（鴨下信一）
は-25-4

馳　星周
復活祭
八〇年代バブルに絶頂と転落を味わった男たちが、ITバブルに復活を賭ける。しかし、かつて裏切った女たちの復讐劇も進行していた。このコンゲームを勝ち抜くのは誰か？（吉野　仁）
は-25-8

（　）内は解説者。品切の節はご容赦下さい。

原田マハ
キネマの神様
四十歳を前に突然会社を辞め無職になった娘と、借金が発覚したギャンブル依存のダメな父。ふたりに奇跡が舞い降りた！壊れかけた家族を映画が救う、感動の物語。（片桐はいり）
は-40-1

奥田英朗・窪 美澄・荻原 浩
原田マハ・中江有里
恋愛仮免中
結婚を焦るOL、大人の異性に心を震わせる少年と少女、残り時間の少ない夫婦……。人の数だけ、恋の形はある。実力と人気を兼ね備えた豪華執筆陣がつむいだ恋愛小説アンソロジー。
は-40-51

濱 嘉之
警視庁公安部・青山望
完全黙秘
財務大臣が刺殺された。犯人は完黙し身元不明のまま。捜査する青山望は政治家と暴力団・芸能界の闇に突き当たる。元公安マンが圧倒的なリアリティで描くインテリジェンス警察小説。
は-41-1

濱 嘉之
警視庁公安部・青山望
一網打尽
祇園祭に五発の銃声！　背後の中国・南北コリアン三つ巴のマフィア抗争、さらに半グレと芸能ヤクザ、北朝鮮サイバーテロの闇を、公安のエース・青山望が追いつめる。シリーズ第十弾！
は-41-10

濱 嘉之
内閣官房長官・小山内和博
電光石火
権力闘争、テロ、外交漂流……次々と官邸に起こる危機を警視庁公安部出身の著者が内閣官房長官を主人公に徹底的なリアリティーで描く。著者待望の新シリーズ、堂々登場！
は-41-30

橋本 紡
半分の月がのぼる空
（全四冊）
高校生・裕一は入院先で難病の美少女・里香に出会う。読書好きで無類のワガママの彼女に振り回される日々。「聖地巡礼」を生んだ青春小説の金字塔、新イラストで登場。（飯田一史）
は-42-2

羽田圭介
ミート・ザ・ビート
東京から電車で一時間の街。受験勉強とバイトに明け暮れる予備校生の日常は、中古車ホンダ「ビート」を手に入れてから変わって行く。芥川賞作家の資質を鮮やかに示した青春群像小説。
は-48-1

（　）内は解説者。品切の節はご容赦下さい。

閉店屋五郎
原　宏一

「閉店屋」こと中古備品販売の五郎は、情に厚くて仕事熱心、惚れっぽいのが玉に瑕。猪突猛進バツイチ男が今日も町のお店のトラブルを救う！　涙と元気が出るほっこり小説。（永江　朗）

は-52-1

漫才病棟
ビートたけし

浅草の演芸場は売れない芸人の溜まり場だった。とんでもない奴らの、舞台より面白い毎日。若き下積み芸人達のおかしくも哀しい日々を自ら描く、自伝的長篇小説。（野坂昭如）

ひ-10-1

手紙
東野圭吾

兄は強盗殺人の罪で服役中。弟のもとには月に一度、獄中から手紙が届く。だが、弟が幸せを摑もうとするたび苛酷な運命が立ち塞がる。爆発的ヒットを記録したベストセラー。（井上夢人）

ひ-13-6

走る？
東山彰良・中田永一・柴崎友香・王城夕紀・佐藤友哉・遠藤　徹・前野健太・古川日出男・岩松　了・小林エリカ・恒川光太郎・服部文祥・町田　康・桜井鈴茂

人生は走ることに似て、走ることは人生に似ている——。芥川・直木賞作家から青春エンタメ小説の名手まで、十四人の多彩な作家が〝走る〟をテーマに競作した異色のアンソロジー。

ひ-27-51

探偵・竹花　孤独の絆
藤田宜永

窮屈な世の中で、恋人、夫婦、親子への幻想を抱きながら生きる現代人たち。還暦の私立探偵・竹花の元に、今日も救いを求める依頼が舞い込む。ハードボイルドの秀作。（香山二三郎）

ふ-14-10

銀座　千と一の物語
藤田宜永

誰もが憧れる日本一の街、銀座。その銀座を舞台に、出逢いと別れ、喜びや哀しみを描いたショートストーリーに、撮り下ろし写真を多数収録した宝石箱のような短編集。「銀座百点」連載。

ふ-14-11

てのひらの闇
藤原伊織

二十年前に起きたテレビCM事故が、二人の男の運命を変えた。男は、もう一人の男の自死の謎を解くべく孤独な戦いに身を投じる……。傑作長篇ハードボイルド。（逢坂　剛）

ふ-16-2

（　）内は解説者。品切の節はご容赦下さい。

藤原伊織
シリウスの道（上下）
広告代理店に勤める辰村には秘密があった。その過去が二十五年後の今、何者かに察知された。十八億円の広告コンペの内幕を主軸に展開するビジネス・ハードボイルド。（北上次郎）
ふ-16-3

藤原伊織
ダナエ
世界的な評価を得た画家・宇佐美の絵が、切り裂かれたうえ硫酸をかけられた。犯人は「これは予行演習だ」と告げるが——。著者の代表作ともいえる傑作。表題作ほか二篇収録。（小池真理子）
ふ-16-5

藤原伊織
名残り火　てのひらの闇II
堀江の無二の親友・柿島がオヤジ狩りに遭い殺された。納得がいかない堀江は調査に乗り出し、事件そのものに疑問を覚える。著者最後の長篇ミステリー。（逢坂　剛・吉野　仁）
ふ-16-6

藤沢　周
武曲《むこく》
ヒップホップ命の高校生・羽田融は剣道部に入部。コーチの矢田部研吾は融の姿に「殺人刀」の遣い手として懼れられた父・将造と同じ天性の剣士を見た。新感覚の剣豪小説。（中村文則）
ふ-19-3

古川日出男
ベルカ、吠えないのか？
日本軍が撤収した後、キスカ島にとり残された四頭の軍用犬。彼らを始祖として交配と混血を繰り返し繁殖した無数のイヌが、あらゆる境界を越え、〝戦争の世紀＝二十世紀〟を駆け抜ける。
ふ-25-2

福澤徹三
Iターン
広告代理店の冴えない営業・狛江が単身赴任したのはリストラ寸前の北九州支店。待っていたのは借金地獄にヤクザの抗争。もんどりうって辿りつく、男の姿とは!?（木内　昇）
ふ-35-1

福澤徹三
侠飯《おとこめし》
就職活動中の大学生が暮らす1Kのマンションに転がり込んできたヤクザは、妙に「食」にウルサイ男だった！　まったく異質なふたつが交差して生まれた、新感覚の任侠グルメ小説。
ふ-35-2